私のことを嫌いなはずの冷徹騎士に、
何故か甘く愛されています
※ただし、目は合わせてくれない

目次

■　プロローグ

明かりを落とした部屋の中、シフィルは身体をしっかりと抱きしめられながらベッドへと運ばれる。ひんやりとしたシーツの上にそっと降ろされると、これからのことを想像して思わず熱い吐息が漏れた。

薄くて軽い夜着は、今夜のために用意した特別なもの。胸元のリボンが鼓動に合わせて少し震え、解《ほど》かれる時を待っている。

「大好きよ、エルヴィン」

想いを込めて囁《ささや》くと、返事のように抱きしめる腕の力が強くなった。同時に降ってくる口づけを、シフィルは目を閉じて受け止める。

「俺も、愛してる」

シフィルの肌のあちこちに唇を落としながら、エルヴィンも囁《ささや》く。時折ちくりと甘く痛むのは、彼のものであるという証を刻まれているから。それだけでシフィルの身体はどんどん熱くなっていく。

エルヴィンの指先が胸元のリボンにそっと触れた瞬間、シフィルは息を詰めた。何度身体を重ねても、彼に肌を晒《さら》すこの瞬間だけはどうしても羞恥心《しゅうちしん》がわき起こる。

「いい？　シフィル」

許可を求めるように首をかしげられて、シフィルは赤くなった顔を自覚しつつ小さくうなずいた。リボンが解けた瞬間、はらりと夜着がシーツの上に落ちる。エルヴィンがあらわになった肌をじっと見つめているのを感じて、シフィルはその視線から逃れるようにぎゅうっと目を閉じた。あたたかな手が頬に触れる。

「シフィル、目を閉じないで」

優しく呼びかけるその声にゆっくりと目を開けると、エルヴィンが柔らかく微笑んでこちらを見つめていた。

「俺を見て、シフィル。きみをこうして抱くのが誰なのか、ちゃんと見ていて」

「そんなの、エルヴィン以外に誰もいないわ」

唇を尖らせると、そこにエルヴィンのキスが落とされる。

「そう、シフィルに触れていいのは俺だけだ」

強い独占欲を感じさせるその言葉に、シフィルは笑ってうなずく。シフィルだってエルヴィン以外に触れられたくないし、彼に触れていいのは自分だけでありたいのだから。

「私だって同じよ」

囁《ささや》いて、シフィルは目の前のエルヴィンの首筋にそっと唇を寄せた。何度か軽く啄《ついば》んだあと、思い切って強く吸いついてみる。こうして彼の肌に痕を残すのは、初めてかもしれない。

「ふふ、ちゃんと綺麗に赤くなったわ。一度、つけてみたかったの」

「……っシフィル」

小さく息を詰めたエルヴィンの余裕のない表情に、笑い声がこぼれる。ベッドの上ではいつもシフィルの方が翻弄《ほんろう》されてばかりだけど、たまにはこうして彼を驚かせるのも楽しい。

「本当に……シフィルはそうやってすぐ俺を煽《あお》る」

ため息をついたエルヴィンが、まっすぐにシフィルを見下ろした。瞳の奥には燃えるような情欲の色が宿っていて、その美しく艶《つや》っぽい瞳から目を逸らせなくなる。思わずこくりと息をのんだシフィルの目の前で、エルヴィンの唇がゆっくりと弧を描いた。

「今夜は朝まで寝かせてやれないかもしれない。いや、朝までで終わるかな」

不穏なことをつぶやきながら、それでも優しく重ねられる唇にシフィルは小さく笑いつつ応えた。


それからどれほどの時間が経っただろう。エルヴィンはひたすらに甘く、指や舌でシフィルを蕩《とろ》かした。ひっきりなしに唇から漏れる嬌声《きょうせい》は、ベッドのまわりを囲む真っ白なレースのカーテンに吸い込まれて消えていく。

彼に触れられるのは気持ちが良い。だけど早くひとつになりたいのに、一番欲しいものがもらえない。ただ一方的に快楽を与えられるだけの状況に、シフィルは焦《じ》れて首を振った。

「ね、エルヴィン、もう……っ」

「ん？　何、シフィル」

シフィルが何を求めているか分かっているはずなのに、エルヴィンは意地悪な笑みを浮かべて首をかしげる。止まらない指先が引き出す快楽を少しでも逃がそうと、シフィルは強くシーツを握りしめた。

「も、だめ……っ、また、イっちゃ……っ！」

「だめじゃないよ、シフィル。まだまだこれからだ。これが欲しかったんだろう？」

何度目かも分からない絶頂のあと、くたりと力の抜けた身体を抱き寄せてエルヴィンが笑う。そして蜜口にひたりと熱いものがあてがわれた。ようやく彼とひとつになれるという期待感に、身体が震える。

「……っ、あ、あぁっ」

まだ絶頂の余韻《よいん》にひくつく身体の内側を押し広げるようにしながら、ゆっくりとエルヴィンが入ってきた。待ち望んだものを与えられた喜びに、思わず彼のものをきゅうっと締めつけてしまう。こんなにも身体の奥深くまでを許すのは、エルヴィンだけだ。

「エルヴィン……っ」

最初はゆっくりと、だけど徐々にスピードを上げて彼が何度も腰を打ちつける。そのあまりの気持ち良さに、目の前がちかちかとして星が飛ぶ。

意味をなさない嬌声《きょうせい》とエルヴィンの名前だけを口にして、シフィルは深い快楽の海へと引きずり込まれていった。

◇◆◇

「シフィル」

低く柔らかな声で名前を呼ばれてゆっくりと目を開けると、エルヴィンがじっとシフィルを見つめていた。

抱きしめる腕は優しく、乱れていた夜着が元通り着せられている。どうやら過ぎた快楽に、少しの間意識を飛ばしていたらしい。

「大丈夫か？」

「ん、平気」

「良かった」

安心したとばかりに笑ったエルヴィンの手が、慈《いつく》しむように髪を梳《す》く。

うっとりするほどの甘い笑みを向けられて、嬉しさのあまり涙があふれそうになる。

ずっとエルヴィンと笑い合える日がくるのを願っていたし、こうして彼の瞳に映りたかった。

この幸せが本当なのか確かめたくて、シフィルは自分の頬を軽くつねった。鈍い痛みが夢ではないことを教えてくれて、それだけでふにゃりと表情を緩めてしまう。

「どうした？」

怪訝《けげん》そうな顔をしたエルヴィンに笑いながら抱きついて、シフィルは彼の耳元に唇を寄せた。

「何だか、幸せすぎて夢じゃないかなって確認しちゃった。今日は、本当に幸せなことばかりだったから」

「そうだな。俺も、何度この日を夢見たことか」

小さくうなずいたエルヴィンが、そっと抱きしめる腕に力を込めた。

「式を挙げてようやく、本当にシフィルを手に入れられたような気がする」

「ふふ、挙式までに随分と時間がかかってしまったものね」

これまでの色々なことを思い出して、シフィルは笑みをこぼした。

様々な誤解を重ね、書類上だけの夫婦から始まった二人は、今日ようやく式を挙げた。

エルヴィンからプロポーズを受けた時には、こんなにも幸せな日が訪れるなんて思ってもみなかった。

彼には、ずっと嫌われていると信じていたから。

シフィルを見るたびに眉間に皺を寄せ、険しい表情を浮かべていたエルヴィン。

目すら合わせたくないとばかりに、彼はいつだってシフィルから顔を背けていた。

こんなにも甘い表情でシフィルを見つめてくれるようになるなんて、思いもしなかった。

「あの時、無理にでも祝福をもらって本当に良かったよ」

しみじみとした口調のエルヴィンに、シフィルも思わず肩を震わせて笑う。

「有無を言わさずって感じだったものね。私、びっくりして言葉も出なかったわ」

「いやもう本当に、申し訳ない。とにかくシフィルを手に入れたくて必死だったんだ」

苦い表情になるエルヴィンにくすくすと笑いながら、シフィルは過去に思いを馳せる。

二人の関係が大きく変わった最初のきっかけは、春に開催された大きな夜会でのことだった――

■　私を嫌っているはずの、初恋の人

――どうしてこうなったんだろう。

シフィルは遠のきそうな意識を必死で繋ぎ止めながら、引《ひ》き攣《つ》りそうな頬に力を入れて笑顔を保つ。

まるで逃亡を阻止するかのように、しっかりと腰に腕が回されている。何も知らない人の目には、幸せそうに寄り添う恋人同士に見えるだろうか。

実際は恋人なんてありえない関係なので、本当なら今すぐこの手を振り払って逃げ出したいところだ。だけど、さすがにシフィルだって王太子殿下の前でそんなことをするほど馬鹿ではない。

結局シフィルは笑顔の仮面を必死でかぶり、何とかこの場をやり過ごして早く逃げ出したいと心の中で念じることしかできないのだ。

今夜は、城で大きな夜会が開かれている。

シフィルの暮らすルノーティス王国で春に開かれるこの夜会は、成人の祝いの式典という名目でありながら、成人した未婚の男女であれば誰でも参加可能だ。国の守護神である月の女神が愛を司《つかさど》ることもあって、国をあげての出会いの場となっている。王家と国民の距離は近く、最近はイベントごとの大好きな王太子がこの夜会を取り仕切っている。

ここで出会って結ばれた二人は幸せになれるというジンクスもあり、シフィルの友人らも並々ならぬ気合を入れていた。

華やかな場が得意ではないシフィルはあまり乗り気ではなかったものの、今年成人を迎えた妹の付き添いとして参加していた。

それでも早々に壁の花となるつもりだったのに、どうしてこんなことに。

もう何度繰り返したかも分からない疑問で、頭の中はいっぱいだ。

「――ねぇ、シフィル？」

耳元で低い声が名前を呼んだと思ったら、更に力を込めて抱き寄せられ、より密着する。

「え？　あ、……えぇそうね、エルヴィン」

まるで胸に縋《すが》りつくような体勢に内心で悲鳴を上げつつ、さりげなく手で距離を取ってシフィルは自らを強く抱き寄せる男――エルヴィンを見上げて必死に笑みを浮かべた。

ひたすらに現実逃避をしていたので何の話題か分からないけれど、まさか聞いていなかったなんて言えるはずもない。引《ひ》き攣《つ》りそうな頬を何気なく押さえ、慌てて笑顔を貼りつけてうなずく。

「それは良かったわ。では、わたくしからも心よりの祝福を。末永くお幸せにね、エルヴィン、シフィル」

「え、ユスティナ様!?」

王太子と話をしていたはずなのに、いつの間にか目の前には光り輝く金の髪に薔薇色《ばらいろ》の瞳を持つ美女が立っていた。彼女はこの国の王女であり、国の守護神である月の女神に愛された聖女。女神の力を使うことのできる彼女は、人々にこうして祝福を授けてくれる。

ユスティナの祝福を共に受けた二人は永遠の愛を手に入れられると言われており、年頃の男女にとって一種の憧れとなっているのだ。

ユスティナは、いつも春の夜会の際にこうして恋人たちに祝福を与えてくれる。だけど恋人なんていたことのないシフィルには、最も縁遠いものだと思っていたのに。

「待っ……」

悲鳴に近い声で止めようとしたその時、シフィルのまわりに白い光が降り注いだ。柔らかな光に包まれて、ほのかに身体があたたかくなる。すうっと会場のざわめきが遠のいて、世界にはエルヴィンとシフィルの二人だけになったような心地になった。

隣にいるエルヴィンへ視線を向けると、彼は目を閉じてこの祝福の光を受け止めていた。唇が微かに弧を描いていて、その表情はどこか満足げに見える。

信じられない思いで目を見開いたままのシフィルの耳に、やがて人々のざわめきが戻ってきた。

——嘘……

呆然とするシフィルをよそに、隣のエルヴィンはにっこりと笑って腰を抱く腕に力を込めた。

「ありがとうございます、ユスティナ様。祝福をいただき、嬉しく思います」

「幼馴染《おさななじみ》のあなた方を祝福できて、わたくしも嬉しいわ。結婚式にはぜひ、呼んでね」

「もちろんです。ね、シフィル」

うなずいたエルヴィンが、慈《いつく》しむようにシフィルの頬に触れる。その感覚に、白くなっていた頭がようやく動き始めた。

シフィルは小さく首を振ると、エルヴィンの腕から逃れようと身体をよじった。だけどエルヴィンの腕は揺るがなくて、むしろ更に強く抱き寄せられて彼の胸に頬を寄せてしまう。がっしりとした腕と、服の下にある筋肉の感触に、鼓動が勝手に速くなっていく。

「……や、離し」

声を上げようとした時、周囲でざわめきが起きた。

「ユスティナ様、私たちにも祝福をいただけますか」

「僕たちにも、どうか祝福を」

先程の白い光を見て、ユスティナが祝福を与えたことを知った者たちが続々と集まってきたようだ。

「えぇ、もちろんよ。今宵はそのために来たのだから」

ユスティナは、美しい微笑みを浮かべて集まってきた者たちを見回す。彼女の言葉に、喜びの声が広がっていった。

「では、俺たちは失礼します。ありがとうございました、ユスティナ様」

同い年のユスティナとは、エルヴィン共々幼馴染《おさななじみ》ということもあってそれなりに親しい関係ではあるけれど、これ以上彼女を独占するわけにはいかないだろう。頭を下げるエルヴィンに倣《なら》いつつ、シフィルは隣の男の顔をちらりと見る。冷たく整ったその横顔は、何を考えているか分からない。

エルヴィンと共にユスティナの前を辞して、バルコニーへと向かう。周囲に誰もいないのを確認して、シフィルは腰を抱くエルヴィンの手を勢い良く引き剥がした。

「どう……いう、つもりなの、エルヴィン」

数歩下がって距離を取りつつ、シフィルはエルヴィンをにらむように見上げる。緩く結ばれて肩を流れる、夜空と同じ色をした彼の長い髪がふわりと夜風に揺れた。

王城で騎士として働くエルヴィンは、今日は式典用の儀礼服を身に纏《まと》っている。いつもの騎士の制服よりも華やかなそれに負けないほどに、彼の顔は整っている。ワインを思わせる深い赤紫の瞳にすっと通った鼻筋。少し薄い唇も、艶《つや》やかな濃紺の髪も、見惚《みと》れるくらい美しい。

職業柄すらりと引き締まった体躯は、背の高いシフィルと並んでも見劣りしない。だけど粗野な印象はなく、どこか優雅さすら漂《ただよ》わせるその姿は夜会の場でも一際《ひときわ》目を惹いていた。

幼馴染《おさななじみ》で、子供の頃からずっと好きな、シフィルの初恋の人。だけどそれは決して叶わない想いのはずだった。エルヴィンは、シフィルを嫌っているのだから。

いい加減諦めるつもりでいたのに、彼と二人でユスティナの祝福を受けるなんて。どうしてこんなことになってしまったのだろう。

シフィルの問いに、エルヴィンは柔らかく目を細めて微笑んだ。その笑みは思わず息をのむほど美しかったけれど、彼がシフィルにこんな表情を向けることなどありえなくて戸惑ってしまう。いつだってエルヴィンは、シフィルを見ると嫌そうに眉を顰《ひそ》めるはずなのに。

当惑したままエルヴィンの表情をよく観察すると、彼の視線は遠く、シフィルを見ているようで見ていないことに気づく。やはり目を合わせたくないという気持ちはあるらしい。

「シフィルを、誰かに渡したくなかったからな」

そう言って、エルヴィンはシフィルの方に手を伸ばす。距離を取ったつもりだったけど、彼の指先が頬を掠《かす》めた。その場所からじわじわと熱が広がっていき、身体が熱くなった気がする。だけどエルヴィンの次の言葉に、シフィルの体温はすうっと下がった。

「今日はユスティナ様が来られると聞いたから、二人で祝福をいただきたかったんだ。そうしたら誰も手出しはできなくなるし、きみは間違いなく俺のものになると思ったから」

「何……それ」

シフィルは、震える拳を握りしめた。

問いただすまでもない。エルヴィンの考えなど、本当は分かっている。

「……私を、ローシェの代わりにするつもりなのね」

込み上げてきた涙をうつむいて堪《こら》え、シフィルは口の中でつぶやく。痛む胸を押さえて顔を上げ、今度こそエルヴィンをにらみつけた。

「私の気持ちはどうなるの。どうして、勝手にそんなことを決めるの」

「一方的な行いだという自覚はある。だけど、俺はシフィルを他のやつに譲る気はない」

「そんな……」

悪びれた様子のないエルヴィンに、シフィルは言葉を失った。

嫌っているはずのシフィルをそばに置くほどに、彼はローシェのことが好きなのか。改めて彼の気持ちを突きつけられて、苦しいくらいに胸が痛い。


ローシェは、シフィルの三つ下の妹だ。

平均より背が高く、つり目のせいできつく見られがちなシフィルとは対照的に、妹はまるで妖精のように可憐だ。

小柄だけど女性らしい身体つきに、いつも笑って見える優しげな垂れ目。華やかさのないまっすぐな髪のシフィルに対して、ローシェは思わず触れたくなるふわふわの髪。可愛らしい彼女には、レースやリボンがよく似合う。

銀の髪に青緑の瞳という同じ色彩を持っていながら、こうも違うものかと思うほどに二人は似ていない。それでも優しくて可愛い、誰からも愛されるローシェは、シフィルにとって自慢の妹だ。

そんなローシェのことを、エルヴィンは好きなのだ。彼はいつだって、ローシェを愛おしそうに見つめていた。同じようにエルヴィンを密かに見つめていたシフィルには、彼の気持ちが手に取るように分かる。可憐な妹に勝てるはずもなく、シフィルは決して彼に想いを告げまいと心の奥に鍵をかけたけれど。

騎士団長を父に持つエルヴィンは、自身も騎士として日々鍛練に励んでいる。優秀な彼は、いずれ父のあとを継ぐだろうとも言われている。きっとそろそろ結婚相手を決めなければならないはずだ。

だけど、エルヴィンがローシェと結ばれることはない。彼女は、この国の第三王子との婚約がすでに決まっているから。


シフィルは、諦めたように小さく笑った。

きっとエルヴィンは、ローシェの代わりとしてシフィルをそばに置くことに決めたのだろう。顔立ちも体形も全然違うけれど、今日のように装《よそお》えばシフィルはローシェにほんの少しだけ似ているから。手に入らない彼女の代わりに、わずかでも面影《おもかげ》のあるシフィルを、ということだろうか。

それに彼がシフィルを欲しがる理由には、もうひとつ心当たりがある。シフィルは唇を噛むと、そっと左胸に手を押し当てた。ドレスで隠れているけれど、その奥にある痣《あざ》が、ほんのりと熱を持ったような気がした。

「……ユスティナ様に話して、祝福を取り消してもらうわ」

そんなことが可能かどうかは分からないが、このままローシェの代わりとしてエルヴィンのそばにいるなんて無理だ。いくら好きな人とはいえ、シフィル自身を見てくれないエルヴィンと一緒になるなんて、辛すぎる。

シフィルはもう一度エルヴィンをにらみつけると、くるりと踵《きびす》を返した。

「待って、シフィル」

呼び止める声と共に腕を掴まれたけれど、シフィルはそれを振り払ってバルコニーをあとにした。


華やかな夜会の場に戻ると、うしろから鈴を転がすような可憐な声で名前を呼ばれ、柔らかな手がシフィルの腕を引いた。

「シフィル、探したのよ。どこに行っていたの？」

そこにいたのは妹のローシェで、首をかしげるその姿は愛らしい。淡いピンク色のドレスを身に纏《まと》い、ふわふわと揺れる銀の髪に白い小さな花をたくさん飾った彼女は、まるで花の妖精のようだ。

シフィルは慌てて笑みを浮かべると、ローシェの髪をそっと撫でた。

「バルコニーで夜風にあたっていただけよ。ごめんなさい、ローシェを一人にしてしまって」

会場内は警備のために騎士たちが常駐しているけれど、仮にも将来ロイヤルファミリーの一員となるローシェを一人にすべきではなかったなと少し反省する。しかも、ローシェはこれが初めての夜会だったのに。

それもこれも、エルヴィンが突然シフィルの腕を引いて強引に連れ出したせいなのだけど。

「ううん、大丈夫よ。美味しそうな料理がたくさんで目移りしちゃって、なかなか戻ってこなかったのはわたしの方だし」

くすくすと笑いながら、ローシェはどの料理が美味しかったかを教えてくれる。顔馴染みの騎士がそばについていてくれたらしく、不安はなかったようだ。

「それよりも、シフィルは？　きっとたくさん声をかけられたんじゃない？　今日のシフィルは、本当に綺麗だもの」

シフィルのドレスは今夜のためにローシェが見立ててくれたもので、よく似合うと彼女は満足げにうなずいている。

「私は、特に何もないわ」

妹の問いにシフィルは笑って首を横に振る。いつものことだけど、今日もエルヴィン以外は誰一人としてシフィルに近づこうとはしなかった。

ローシェのように華やかな容姿ではないし、背の高さに加えて、顔立ちが気が強く怖そうに見えるらしい。そのせいか遠巻きにされるばかりで、男性が近づいて話しかけてきたことは数えるほどしかない。

それに、実際のところシフィルはあまり自分に自信がないうしろ向きな性格だし、華やかな場に出るよりは家で大人しく本を読んでいたいタイプなのだ。

唯一声をかけてきたエルヴィンとのことも、ローシェには告げずにおこうと決めてシフィルは微笑む。彼が本心からシフィルを欲しいと思っていないことくらい、分かっているのだから。エルヴィンの想いを知らないであろうローシェに、余計な心配はかけたくない。

シフィルが誰にも声をかけられなかったと知って、ローシェは驚いたように目を見開いた。

「えぇっ、誰も？　きっとシフィルが綺麗すぎて、気後《きおく》れしてしまったのね」

「ありがとう、ローシェがそう言ってくれるだけで充分よ」

「本当よ。シフィルは高嶺《たかね》の花って感じだもの。ほら、今だってあちこちから視線を感じるわ。皆、シフィルに見惚《みと》れているのよ」

ぐるりと周囲を見回すローシェに、シフィルは苦笑を浮かべた。彼らが見つめているのはローシェなのに、彼女はその視線が自分に向いているとは思っていないらしい。

「遠くから見ているだけの人には、シフィルは渡さないわ。ちゃんとシフィルを幸せにしてくれる人でないと認めないって決めてるの」

「ふふ、頼もしい妹がいて心強いわ」

「だってシフィルは、わたしの自慢の姉なのよ。絶対に幸せになって欲しいの」

にっこりと笑うローシェに、シフィルも笑みを返す。彼女はいつだって心からシフィルを褒めてくれる。それはとても嬉しいけれど、ローシェと並んだ自分がどれほど見劣りするかは、よく分かっている。


二人が姉妹だと知った瞬間、誰もが微妙な笑みを浮かべる。そして、必ずこう言われるのだ。——あまり似ていないですね、と。

いつだって近づいてくるのは、シフィルを通じてローシェと仲良くなりたいという下心を持つ男ばかり。誰も、シフィル自身を見てくれない。

これでローシェの性格が悪ければ、シフィルだって妹を嫌いになれたかもしれない。だけど、彼女の心は澄み切った美しい湖のように無垢《むく》で純粋だ。無邪気に慕ってくれる可愛い妹を嫌うことなんて、シフィルにはできなかった。

シフィルは、小さくため息をついて自らの格好を見下ろす。ローシェが見立ててくれたこの青いドレスはとても素敵だし、シフィル自身も気に入っている。しかし、これもきっと彼女が着た方が似合う。胸元のフリルで誤魔化しているけれど、豊満とは言い難い胸はシフィルのコンプレックスのひとつ。隣に立つローシェの柔らかな胸の膨らみは、同性の自分から見ても美しい。

うつむいたせいで顔の横に垂れてきた髪も、もうほとんどまっすぐだ。あんなに苦心して巻いたのに。どれほど強く巻いても一日もたない髪は扱いにくい直毛で、柔らかく波打つローシェの髪をうらやましく思ったことは一度や二度ではない。

ローシェとは違ってほとんどヒールのない靴を履《は》いているのに、それでも彼女との身長差は明らかだ。すれ違う男性よりも背が高いことすらあって、シフィルは無意識のうちに背中を丸めてしまっていた。少しでも背が低く見えるように。

妹のことは大好きだけど、隣に並ぶと自分のコンプレックスがどんどん刺激されて気持ちが落ち込む。どれほど着飾っても、ローシェのような可憐さはシフィルには全く手が届かないから。

表情を曇《くも》らせたシフィルに気づかない様子で、ローシェはにっこりと笑いながら会場の奥へと視線を向けた。

「そういえば、ユスティナ様が来られてたわね。シフィルはお会いした？」

「え？　えぇ。軽くご挨拶だけ」

どきりとした胸を押さえて、シフィルは慌てて笑みを浮かべた。まさかエルヴィンと共に彼女の祝福を受けただなんて、言えるはずがない。

「わたしのお友達も、恋人と一緒にユスティナ様の祝福をいただいたって喜んでたわ。わたしも来年には、マリウス様と祝福をいただけるかしら」

ローシェは、ひとつ年下の婚約者と一緒にユスティナの祝福を受ける未来を想像して、幸せそうに微笑む。その表情は、思わず誰もが見惚《みと》れるほどに愛らしい。

「そうね、きっとユスティナ様も喜んで祝福をくださるわ。楽しみね」

笑ってうなずきながら、シフィルは話題を変えるように軽く首をかしげた。

「何だか疲れちゃったし、そろそろ帰りましょ。ローシェも無理をすると、また熱を出すわよ」

「もうそんなに身体は弱くないわよ。シフィルは心配性ね」

くすくすと笑いながら、ローシェはシフィルの腕に抱きつく。小柄なローシェの身体を、まるでエスコートするように守りつつ、二人はゆっくりと会場を出た。

最後に一瞬振り返った時、会場の奥にエルヴィンの姿を見つけてシフィルの心臓が跳ねる。シフィルとも顔馴染みの騎士と何やら話しながらこちらを見ているその視線に気づかないふりをして、背を向けた。

◇◆◇

帰宅してドレスを脱ぎ、入浴を済ませて楽な部屋着に着替えたシフィルは、疲労に小さなため息をついた。

ローシェが見立ててくれたドレスは、繊細なレースやリボンがあしらわれていてとても素敵だったけれど、やっぱり自分にはあまり似合わないと思う。

飾り気のない服の方が、着ていて安心する。甘く可愛らしいデザインは観賞用だな、と脱いだドレスを見て、シフィルはまたため息をついた。

勢い良くベッドに倒れ込みながら、シフィルは今日のことを思い返す。

エルヴィンは、何故シフィルと一緒にユスティナの祝福をもらうなどという暴挙に出たのだろう。大勢の前で祝福を受ければ、シフィルが逃げられないと考えたのだろうか。

確かにここ、ルノーティス王国においてユスティナの祝福は大きな意味を持つ。聖女の祝福を受けたということは、国の守護神である月の女神に二人の仲が認められたのと同じだからだ。女神公認の恋人同士となれば、その間に割って入る者などいない。この国は女神の力によって守られているため、国民の誰もが女神の意思を何よりも尊重するのだ。

「……だけど、祝福なんて私には何の意味もないわ」

つんと痛んだ鼻の奥を誤魔化すように、シフィルはつぶやいた。

エルヴィンが、シフィルを恋人として想っているわけがない。彼は単にシフィルを、ローシェの代わりとしてそばに置くつもりなのだろう。

酷い扱いだと思う。だけど、それでも彼のそばにいられるのならと思う気持ちもどこかにあるのだ。だって、シフィルはずっとエルヴィンのことが好きだから。一緒に過ごしていれば、いつかはエルヴィンもシフィルを見てくれるかもしれない。

そこまで考えて、シフィルはずきりと痛んだ胸を押さえた。

「馬鹿みたい。ありえないわ。本当にそうなったら、傷つくくせに」

薄く滲《にじ》んだ涙を枕に押しつけて、シフィルは強く目を閉じた。

エルヴィンは、いつだってローシェを優しい瞳で見つめている。その眼差しを、自分にも向けて欲しいと何度願ったことだろう。

だけど、エルヴィンはシフィルを見るたびに険しい表情を浮かべる。不機嫌そうな彼の視線に耐えかねて、シフィルはエルヴィンと顔を合わせることを避け続けてきた。

ローシェと第三王子マリウスとの婚約が決まった時、シフィルは妹の幸せを喜ぶのと同じくらい、彼女とエルヴィンが結ばれなかったことを密かに喜んでしまった。好きな人の失恋を喜ぶなんてと、あとから酷い自己嫌悪に陥《おちい》ったけれど。

もっとも、ローシェの婚約が決まったからといって、エルヴィンがシフィルを見てくれることはもちろんなかった。相変わらず嫌そうに眉を顰《ひそ》められるたびに、きっと彼の失恋を喜んだ罰が当たったのだろうと思ってしまう。

それでも、と枕から顔を上げてシフィルは三度目のため息をつく。たとえ愛されなくても、ローシェの代わりだとしても、他の誰かがエルヴィンと幸せそうに手を取り合うのを見るよりはいくらかましだろうか。だってシフィルがそばにいる限り、エルヴィンは他の誰とも結ばれることはない。

恋人でもないのに束縛したがる自分の醜い心に、シフィルは思わず顔を歪《ゆが》めた。

あの祝福をどう受け止めるのが正解か分からず、答えの出ない問題にぐるぐると頭を働かせているうちに、シフィルは眠っていた。

◇◆◇

久しぶりにエルヴィンと会話をしたせいか、夢の中でシフィルは幼い頃を思い出していた。それは十に満たない年頃の、まだエルヴィンとの仲が良かった日々のこと。

幼馴染《おさななじみ》だったシフィルとエルヴィンは、毎日のように一緒に過ごしていた。

本を読むことが好きなシフィルに、エルヴィンはいつも付き合ってくれていた。二人で手を繋いで図書館に通い、借りてきた本を庭のベンチに座って読むのが日課。時折そこにユスティナが合流することもあったけれど､王女である彼女は幼い頃から多忙だったので､ほとんどの時間はエルヴィンと二人きりで過ごした。

シフィルが大好きな絵本を読んで聞かせるのを、エルヴィンはそばで黙って聞いていてくれた。

幼いシフィルが絵本の中のお姫様に憧れるのと同じように、彼は大きくなったらお姫様を守る騎士になるんだと目を輝かせて語ってくれた。

お菓子を分け合って食べたり、遊び疲れて庭で二人して眠ってしまったり、木の枝を剣に見立てて騎士のまねごとをするエルヴィンを応援したり。

きらきらとした幼い日々の楽しい思い出は、シフィルの心の奥に大切にしまい込まれている。

小さな頃からまわりの女の子たちより背が高かったシフィルは、それを揶揄《からか》われることも多かった。そのたびにひっそりと傷ついていたのだけど、エルヴィンだけは一度だってシフィルをそうやって揶揄《からか》ったことはない。

彼の方が少しだけシフィルよりも背が高かったおかげもあるだろうけれど、エルヴィンはシフィルの姿勢が良いところが素敵だと褒めてくれたし、まっすぐに咲く背の高い花を指さして、シフィルのようだと笑ってくれた。無邪気に告げられたその言葉は、幼いシフィルにほのかな恋心を芽生えさせるのに充分だった。

いつもシフィルの手を引いてくれて、隣で一緒に本を読んでくれたエルヴィン。明るい笑顔を向けられるたびに、シフィルの胸はとくとくと弾んだ。

だけどゆっくりとあたためていた小さな恋心は、表に出せないまま心の奥底に沈められることになる。

それは三つ下の妹、ローシェも一緒に過ごすようになった頃だった。

幼い頃は身体が弱かったローシェを、エルヴィンはいつも慈《いつく》しみの目で見守っていた。将来の夢は騎士になることだと語るエルヴィンのそばにはいつも、お姫様のように可憐なローシェ。その光景は幼いシフィルが見ても、まるで絵本の中のお姫様と騎士のようだった。

その頃からシフィルは、自分の外見がお姫様に向かないことを知っていたし、エルヴィンがローシェに向ける優しい眼差しを見て彼の想いを理解していた。お姫様を守る騎士を目指す彼が、ローシェに惹かれるのは当然だ。

だから、シフィルはエルヴィンに憧れた幼い想いに蓋をした。大人になった今も、伝えることのできない気持ちが心の奥底で燻《くすぶ》っているけれど。

そしてシフィルが自分の想いを押し込めた頃から、エルヴィンとの距離は少しずつ遠くなっていった。ローシェを大切そうに見つめるエルヴィンのそばにいることが辛くて、何かと理由をつけて彼と顔を合わせるのを避けていたし、そんなシフィルをエルヴィンは引き留めようとしなかった。

そのうち、エルヴィンはシフィルの顔を見ると嫌そうな表情を浮かべるようになった。眉を顰《ひそ》め、目すら合わせたくないというように顔を背けられる。妹のローシェに向けるものとは全く違う険しいその表情に、顔を合わせるたびにシフィルは傷ついた。

何が彼の気に障ったのかも分からず、理由を聞くことすらできないまま十数年。嫌われていると分かっていてなお諦めることのできない想いを抱えつつ、シフィルは時々遠くからエルヴィンの様子をうかがう日々を過ごしていた。

いつか彼が他の誰かと結ばれたら諦められると思っていたのに、エルヴィンはそれすら許してくれないらしい。叶わぬ想いを抱いてローシェを見つめるエルヴィンを、シフィルはこれからすぐそばで見ることになるのだろうか。

いっそのこと、嫌いになれたら楽なのに。

夢の中でも涙があふれて止まらない。

◇◆◇

翌朝目覚めると、瞼が盛大に腫れていた。夢の中だけでなく、実際に泣いていたらしい。

慌てて目元を冷やしながら、シフィルは大きなため息をついた。ただでさえ目つきが悪いのに、腫れた目だと更に不機嫌に見えそうだ。

ようやく少しましになった目を押さえつつ、シフィルはのろのろと立ち上がった。ユスティナを訪ねて、祝福を取り消してもらえないか頼んでみなければならない。

幼馴染《おさななじみ》の幸せを心から喜んで祝福を与えてくれた彼女の笑顔が曇《くも》ることを考えると、何度もため息がこぼれ落ちる。

気乗りしないままぼんやりと着替えをしながら、シフィルは鏡の前で左胸をそっと撫でた。そこにある若葉のような形をした銀色の痣《あざ》は、公《おおやけ》にしてはならないシフィルの秘密。

もっとも家族はもちろん知っているし、他にもこの痣《あざ》の存在を知っている人は何人かいる。

エルヴィンも、そのうちの一人だ。

この国で生まれた子供は、七つになると聖堂に行って女神の加護を受ける。聖堂の奥にある神樹に祈りを捧げ、加護を得るのだ。加護を与えるのは国の守護神である月の女神と、その眷属《けんぞく》の星の女神たち。大半の子供は健康を司《つかさど》る緑の星や勉学を司《つかさど》る青の星、そして勝利を司《つかさど》る金の星の女神の加護のいずれかを得る。

だけど、時折珍しい加護を得る者がいる。

中でも一番珍しいのは、月の女神の加護を得た者。その加護は、王家の血を引く女性にのみ与えられるものだ。彼女らは強大な女神の力を扱うことができるようになり、聖女と呼ばれる。王女ユスティナがこれにあたり、彼女は聖女として女神の力を使ってこの国を守っている。

そしてシフィルが得たのは、銀の星の女神の加護。魔除けの力を持つこの女神の加護を得た者は、身体のどこかにその印である銀色の痣《あざ》を与えられる。

この痣《あざ》を持つ者は、血を女神に捧げて祈れば美しい結晶を作り出すことができる。魔除けの石と呼ばれる名の通り、人々を襲う魔獣を寄せつけない効果があり、その結晶の美しさと魔除けの力欲しさに銀の痣《あざ》持ちは狙われやすい。

だから聖女とは異なり、この女神の加護を得た者はそれを公《おおやけ》にすることはほとんどない。もちろん、シフィルも同様だ。

一応、国の記録として加護の種類は登録されるけれど、本人以外が閲覧《えつらん》することは基本的にできない。そのため痣《あざ》を見られることがなければ、他人に知られることはない。

シフィルが銀の痣《あざ》持ちであることをエルヴィンが知っているのは、加護を得た時に一緒にいたためだ。

エルヴィンとシフィルとユスティナは、幼馴染《おさななじみ》の三人で手を繋いで聖堂の神樹のもとへと向かった。その頃は、エルヴィンとの関係はまだ悪くなかったから。

そこでユスティナは月の女神の加護を得て、シフィルは銀の星の女神の加護を得た。エルヴィンは、金の星の女神の加護を得たので、騎士を目指す彼にはぴったりだなと密かに嬉しくなったことを覚えている。

その時に左胸に与えられた銀の痣《あざ》を隠すために、エルヴィンはシフィルに上着を貸してくれた。それはエルヴィンがシフィルを守ってくれた唯一の出来事で、シフィルは今でもその時の彼のぬくもりを忘れられずにいる。

シフィルが痣《あざ》をもらったのとほぼ同時期に、エルヴィンとの関係は悪化していった。

きっとエルヴィンは、シフィルの力を欲しているのだろう。魔獣の討伐などの危険な任務につくことも多い騎士なのだから。

——エルヴィンにはもう、魔除けの石を渡しているのにね。

銀の痣《あざ》を撫でながら、シフィルは疲れたような笑みを浮かべる。

エルヴィンが騎士学校に入学する時に、ローシェと共に入学祝いとして渡した守り袋の底に、こっそりと自分の血から作った魔除けの石を忍ばせておいたのだ。彼が怪我なく卒業できることを祈って。

だけど、嫌いなシフィルが渡した守り袋を、今もエルヴィンが持っているとは思えない。ローシェと一緒に渡したから何とか受け取ってもらえたものの、シフィルが一人で渡そうとしたならきっとその場で断られていただろう。

あの時も、とても嫌そうな表情でにらまれたことを覚えている。


妹《ローシェ》の代わりとして、そしてこの血が目当てでエルヴィンはシフィルを手に入れたいのだろう。

銀の痣《あざ》持ちにはあとひとつ女神の力が備わっていることを、きっとエルヴィンは知っている。

それは、痣《あざ》を持つ者が初めて結ばれた相手に、女神の加護をうつすことができるということ。

加護がうつった相手は魔除けの石を作ることはできないけれど、その代わりにあらゆる魔獣から身を守れるようになる。それは、騎士にとって喉から手が出るほどに欲しいものに違いない。


だけど、とシフィルはため息をついて首を振った。

エルヴィンは、何も分かっていない。

銀の星の女神は、愛を司《つかさど》る月の女神の眷属《けんぞく》。

愛のない二人が結ばれたところで、加護はうつらない。

シフィルが加護をうつしたいと思う相手はエルヴィン以外にはいないけれど、もし彼と結ばれて加護がうつらないことを目《ま》の当《あ》たりにしたら、シフィルはどんな顔をすればいいか分からない。

きっとエルヴィンは落胆するだろうし、二度とシフィルを見てくれなくなるだろう。

そろそろこの不毛な恋を諦めて、新しい恋をすべきなのは理解している。シフィルだって、もう結婚を考える年なのだから。

ずっと叶うはずもないのにエルヴィンだけを想い続けたシフィルは、男性と付き合ったこともない。もっとも、シフィルを好きだと言ってくれる人など今まで一人もいなかったけれど。

ローシェのように誰かに見初《みそ》められることはないにしても、せめて昨日の夜会でもう少し積極的に人の輪に入っておけば良かったと後悔しつつ、シフィルは再び重たいため息をついた。

その時、部屋の扉が控えめにノックされた。

「——シフィル？」

響いたその声に、シフィルの胸は痛いほどに締めつけられた。

「エル、ヴィン」

「朝早くから、すまない。どうしても会いたくて。……中に、入っても？」

呼びかける声は、今まで聞いたことがないほどに優しい。

どうして彼は、こんな声でシフィルに話しかけるのだろう。いつだって彼がシフィルを見る目は険しくて、眉間に深い皺を刻んでいるのに。

成長してからは直接話しかけられたことすら、ほとんどないのに。

「待って、——いいわよ」

慌てて鏡をのぞき込み全身をチェックして、シフィルは跳ねる鼓動を落ち着かせながら返事をした。

ゆっくりと扉が開き、まず目に飛び込んできたのは色とりどりの花束。

驚きに目を瞬《しばたた》くシフィルの前に、大きな花束を抱えたエルヴィンが穏やかな笑みを浮かべて立っていた。

「えっと……」

シフィルは戸惑いつつ、花束とエルヴィンの顔を交互に見る。よく見るとエルヴィンの頬は若干引《ひ》き攣《つ》っていて、無理をして笑みを浮かべていることが分かる。シフィルを見ているようで見ていない、遠い目をしているところも、昨日の夜会の時と同じだ。

「何の用？」

一瞬どきりとしてしまったことにため息をついて、シフィルはエルヴィンを見上げる。わざわざ花束まで持って、無理に笑顔まで作って、そこまでしてシフィルの持つ加護が欲しいのだろうか。それともローシェの代わりか。

「いや、昨日の話……途中だったから」

「話すことなんて、何もないわ。私はローシェの代わりになる気はないし、ユスティナ様の祝福だって、受け入れたつもりがないもの」

言いながら痛む胸を押さえて、シフィルはにらむようにエルヴィンを見た。こちらを見下ろすエルヴィンの眉間には皺が寄っていて、どうやら表情を取り繕うことをやめたらしいことに気づく。

――ほら、そんな目で見るくせに。

不機嫌そうな、嫌なものでも見るような視線。

ここまで彼に嫌われる理由は、正直シフィルもよく分からない。

いつからか、エルヴィンはシフィルを見るたびにこんな表情を浮かべるようになった。

その理由を問いただすことが怖くて、シフィルはいつだってエルヴィンの姿を見ると逃げ出していた。

だって、彼の口から直接嫌いだと告げられたら、立ち直れないだろうから。

「ローシェは関係ない」

眉間の皺を更に深くして、エルヴィンは硬い口調で首を横に振る。先程の穏やかな声は、今はもう欠片《かけら》も残っていない。

「俺は、ローシェじゃなくてシフィル、きみが欲しいんだけど」

告げられた言葉とは裏腹に、エルヴィンの表情は苦虫を噛み潰したようだ。

そんな顔をしながらシフィルに花束を押しつけるように差し出してくるのだから、意味が分からない。

受け取った花束は、淡い色合いでまとめられた可愛らしいもの。きっと、ローシェをイメージして作られたものなのだろう。

「どうか、話を聞いてくれ。渡したいものもあるんだ」

必死な様子で言われて、シフィルは大きなため息を落とす。こんな朝早くにわざわざ訪ねてきたエルヴィンを話も聞かずに追い返したら、両親に何を言われるか分からない。

幼い頃からの付き合いということもあってか、両親はエルヴィンをとても気に入っている。冗談混じりにシフィルを嫁《とつ》がせたいと話すこともあって、そのたびシフィルは冷や汗をかいていた。エルヴィンがシフィルを嫌っていると、何故か両親は気づいていないのだ。シフィルが、顔を合わせる機会を避け続けているせいもあるだろうけれど。

ともかくエルヴィンの来訪は両親も知っているはずで、このまま彼を帰すわけにはいかない。

シフィルは、渋々ながらエルヴィンを迎え入れるために、部屋の中へと一歩下がった。

「どうぞ、話は座って聞くわ」

ソファを指し示すと、エルヴィンは不機嫌そうな表情のままうなずいてゆっくりと部屋の中へ入ってくる。

そんな顔をしてわざわざ嫌いな相手を訪ねてくるなんて、エルヴィンは本当に何がしたいのだろう。


「お茶でも飲む?」

「いや、このあとすぐに仕事に行かなければならないんだ」

だから、と言って、エルヴィンは制服の胸元から四角い小箱を取り出した。中央に金の箔押《はくお》しが施された濃紺のビロードの箱は、シフィルもよく知っている。王都で最近絶大な人気を誇る、有名ジュエリーショップのものだ。

訝《いぶか》しげに眉を顰《ひそ》めたシフィルの前で、エルヴィンは小箱を手に身を乗り出した。

「シフィル、俺と結婚してくれないか」

「は？」

ぱかりと蓋を開けられた中には、大きなダイヤが輝く指輪。横から見ると台座部分にリボンがあしらわれている珍しいデザインだ。可愛らしいものが好きなシフィルは思わず見惚《みと》れかけて、慌てて首を振る。

「え、いや何言ってるの。さっきの話、聞いていたでしょう」

「ご両親には、また改めて挨拶にうかがう。だけど、シフィルの返事を聞きたい」

「返事も何も……」

「ユスティナ様に祝福をいただいた俺たちなら、うまくやっていけると思うんだ」

声に必死さを滲《にじ》ませて、シフィルの言葉に重ねるようにエルヴィンは言う。その表情はやっぱり不機嫌そうで、不本意だが仕方なくと顔に書いてある気がする。

「女神の祝福は、そんな万能なものではないと思うわ」

目を伏せて、シフィルはつぶやく。

エルヴィンは、シフィルのことをローシェの代わりとしか思っていないだろうし、彼が求めるのは女神の加護だけ。それでどう、うまくやっていけるというのだろう。

だけど、とシフィルは唇を噛む。

これはもしかしたら、女神が与えてくれた慈悲なのかもしれない。

叶わぬ想いをいつまでも捨てることのできないシフィルを、女神が憐れんだのだろうか。

それならば、覚悟を決めよう。たとえ愛されなくとも、彼のそばにいることを。

きっと辛い日々になるだろう。それでも、シフィルはエルヴィン以外の誰とも結婚したいとは思えないし、エルヴィンが他の誰かと結ばれるところも見たくないのだから。

シフィルは一度きつく目を閉じると顔を上げた。声が震えないように、涙がこぼれないようにゆっくりと息を吸って、笑みを浮かべる。

「……分かったわ。結婚、しましょう」

「本当か」

「ただし、条件があるの」

不機嫌そうな顔をしながらも、わずかに身を乗り出したエルヴィンを手で制して、シフィルは笑みを深める。絶対に泣き顔なんて見せてはならない。

「条件……、それは、どういう」

「式は挙げない。それから夫婦の営《いとな》みは、拒否します。ただ、魔除けの石はあなたに作って渡すわ」

「魔除けの……？　いや、それよりせめて式は」

「条件がのめないのなら、話はこれで終わりよ」

立ち上がろうとしたシフィルの腕を掴んで、エルヴィンは慌てた様子でうなずいた。

「分かった、シフィルの希望通りにする」

眉間の皺を深くしながら、エルヴィンはシフィルをにらむように見る。きっと、シフィルが条件を出したことが気に入らないのだろう。大嫌いだと言わんばかりのその表情が、ローシェに向けるものと同様に柔らかく綻《ほころ》ぶ日は来るのだろうか。

——期待なんて、しちゃいけない。そばにいられるだけで、いいと思わないと。

一瞬鼻の奥がつんと痛んだのを誤魔化すように咳払いをして、シフィルは微笑みを浮かべた。

「ありがとう。どうぞよろしくね、エルヴィン」

「こちらこそ。必ず、幸せにすると誓う」

誓いの言葉を口にしているとは信じられないほどに険しい表情で、エルヴィンは小箱から指輪を取り出すと、シフィルの指に滑らせた。

大好きな人にプロポーズをされて、素敵な指輪までもらったのに、シフィルの気持ちは沈み込んでいく一方だ。

だけど、それを気取らせないように、シフィルは笑顔を貼りつけた。自分が選んだ道だ。傷ついて泣くようなことは、決してしない。


指輪をシフィルに渡したあと、また来ると言い置いてエルヴィンは慌ただしく部屋を出ていった。急いで仕事に向かうのだろう。

両親やローシェにどうやって報告しようかと考えながら、ふと窓の外を見たシフィルは、小さく息をのんだ。

庭の隅に、エルヴィンの姿があったのだ。そばにいるのは、ローシェだ。

仕事に行くから急いでいたのではなく、ローシェに会うためだったのだろうか。

シフィルの胸が、ずきりと痛む。

ローシェはこちらに背を向けているので表情は分からないが、どうやらエルヴィンに何かを一生懸命に訴えているようだ。エルヴィンは機嫌の良さそうな表情で、何度もうなずいている。そんなにローシェに会えるのが嬉しいのか。

二人の間に何もないことは分かっていても、シフィルに向けるものとは全く違うその表情に、胸が苦しくなる。

込み上げてきた涙を堪《こら》えて、シフィルは窓に背を向けた。

◇◆◇

エルヴィンがシフィルの部屋を出た瞬間、横から伸びてきた手がぐいっと腕を掴んだ。か弱いのに有無を言わさないその手の主は、シフィルの妹のローシェだ。

「……こっちに来て」

低くつぶやいた彼女に引っ張られるようにして、エルヴィンは歩き出す。せっかくシフィルにプロポーズを受け入れてもらえて幸せな気持ちでいっぱいなのに、ローシェは随分と不機嫌な様子だ。

ローシェがエルヴィンを連れていったのは、屋敷の庭だった。周囲に誰もいないのを確認したあと、彼女は目をつり上げてエルヴィンをにらみつける。

「どういうつもりなの、エルヴィン。こんな朝早くから押しかけるなんて」

「すまない、仕事に行く前にどうしてもシフィルに会っておきたかったから」

「お母様からあなたが来ていると聞いて、わたしがどれほど驚いたか分かる？　お母様もお母様よ。こんなに朝早い訪問を許すなんて」

不機嫌そうに腕を組みながら、ローシェは大きなため息をついた。王子にも見初《みそ》められたほどの妖精のような美貌を持つ彼女だが、気心の知れたエルヴィンの前では完璧で可憐な淑女の仮面を脱ぎ捨てている。そして彼女の愛する姉、シフィルが絡むとローシェの沸点は非常に低くなる。

「で？　こんなにも朝早くにうちのシフィルを訪ねてきた理由は何？　くだらない理由なら、二度と我が家の門はくぐらせないわよ」

「そんなに怒らないでくれ、ローシェ。きみはもうすぐ俺の義妹になるんだから」

「義妹……ですって？」

目を見開いたローシェに、エルヴィンは大きくうなずいてみせる。幸せでついにやにやとしてしまう口元を隠すように手で押さえ、表情を整えてエルヴィンはローシェをまっすぐ見つめた。

「そう。さっきシフィルにプロポーズをして、受け入れてもらえたんだ」

「嘘、本当に？　シフィルがあなたのプロポーズにうなずいたの？」

信じられないとつぶやいたローシェとは対照的に、エルヴィンは上機嫌で先程のシフィルを思い返していた。

昨日の夜会での着飾った彼女も輝くばかりに美しかったけれど、今朝の彼女もやはり可愛かった。

朝が弱い彼女のまだ少し眠たそうな表情が見られたのは嬉しかったし、落ち着いた濃紺のワンピース姿もとても似合っていた。彼女が身動きするたびにさらさらと揺れるまっすぐな長い髪は、いつだって綺麗でうっとりと見惚《みと》れてしまう。あの艶《つや》やかな髪に触れたい、指を絡めて口づけてみたいと何度思ったことだろう。

可愛らしいものが大好きな彼女のために選んだ指輪は、シフィルの細い指にあつらえたようにぴったりだった。台座にリボンがついたデザインをシフィルも気に入ったのか、じっと見つめていたのが可愛かった。

結婚を受け入れると言った彼女が浮かべた優しい微笑みは、一瞬呼吸が止まるほどに綺麗だった。その上、ほっそりとした手のなめらかな感触は、思わずそのまま甲に口づけてしまいたくなるほどにエルヴィンの心を揺さぶった。

幼い頃からシフィルは、エルヴィンにとって唯一のお姫様。まるで百合《ゆり》の花のように凛《りん》とまっすぐに立つ彼女は、気高く美しい。だがひとたび笑顔になると、シフィルはふわりと柔らかな空気を纏《まと》うのだ。あの笑顔を自分だけに向けてもらえたなら、どれほど幸せだろうか。

可愛くて綺麗なシフィルが自分の妻になるのだと思うと、それだけで叫び出したくなるほどの喜びが全身を駆け巡る。

少し強引な手段で騙すように祝福をもらったことは申し訳なく思うが、これから先は何があってもシフィルを幸せにすると心に決めている。

「余韻《よいん》に浸《ひた》るのはいいんだけど、クールな騎士様の面影《おもかげ》が消え失せてるわよ、エルヴィン」

呆れたようなローシェの声に、エルヴィンはハッとして瞬《まばた》きをする。緩んだ頬を隠すために横を向いて、誤魔化すように咳払いをしてみるものの、ローシェの視線は冷たいままだ。

「まったく、あなたは変な人ね、エルヴィン。いつもはほとんど無表情なくせに、シフィルが絡むと途端に表情がコロコロと変わるんだから」

「それは……、シフィルの前では緊張してしまうから」

エルヴィンはため息をついて唇を噛んだ。もともとあまり表情豊かな方ではないが、シフィルを前にすると緊張でよりこわばってしまうのだ。その時の自分がどんな顔をしているのかは鏡を見たことがないので分からないが、とても不機嫌そうで怖いらしい。ローシェに言わせると、まるで親でも殺されたかのような顔、なのだそうだ。

子供の頃から大好きなシフィルにそんな顔を向けて申し訳ないと思うものの、彼女の前では挙動不審になってしまうし、表情だって硬くなってしまう。

「もう少しまともな表情ができるようにならないと、幸せな式にならないんじゃない？　まるで望まない結婚のような顔をしてるもの」

ローシェの言葉に、エルヴィンは更にうなだれた。プロポーズは受け入れてもらったが、挙式を拒否されたことを思い出したのだ。

「それが、シフィルには式を挙げないと言われてしまった……」

「はぁ？　意味が分からないんだけど。どういうこと？」

「俺に聞かれても、分からないって……。シフィルに似合いそうなドレスだって、色々と見繕っていたのに。そうだ、ローシェからシフィルに何とか言ってくれないか？　いや、無理強《むりじ》いするつもりはないんだけど、やっぱりシフィルのドレス姿を見たいと思う気持ちはあって……。だって、間違いなく綺麗だろう」

「プロポーズを受け入れてもらう前からドレスを見繕ってるあたりが、そこはかとなく重たくて嫌だけど、まぁそれは置いておいて。ちょっとあなたとシフィルの間の意思疎通に、何か問題がありそうな気がしてきたわ。エルヴィンはちゃんとシフィルに好きだって伝えたのよね？　その上でプロポーズをしたのよね？」

眉を顰《ひそ》めて頭を抱えるローシェの問いに、エルヴィンは首をかしげた。

「俺はシフィルが欲しいんだ、と言ったらうなずいてくれたから、伝わってると思うんだが」

「そんな遠回しの言葉で、シフィルに伝わるわけがないでしょう！」

イライラが最高潮に達したのか、地面を踏み鳴らしてローシェは小さく叫ぶ。

「緊張してこんな顔になってしまうけど、本当はちゃんとシフィルのことが好きなんだと、伝えなさいよ。あなたのその顔で迫られたら、シフィルだって怯えて断れないわよ」

「そう……なのか」

やはりこの顔に怯えて、シフィルは結婚を承諾したのだろうか。優しく微笑んでうなずいてくれたと思ったのに。

そういえば、夫婦の営《いとな》みを拒否するとも言われた。手を握るくらいは許容範囲だろうか。夫婦となっても、キスもハグもできないのだろうか。というか、何故拒否されたのだろう。もしかして生理的に無理とか、そういうことだろうか。

一気にずんと落ち込んでその場にしゃがんだエルヴィンに、ローシェのため息が降ってくる。

「エルヴィンの気持ちは、あなた自身が伝えないとシフィルには届かないのよ。しっかりと真摯《しんし》に向き合って、まっすぐに想いを伝えてあげて。エルヴィンならシフィルを幸せにしてくれると信じてるから、わたしはあなたを認めたのよ。もしもシフィルを泣かせるようなことがあれば、それこそマリウス様の手を借りてでもあなたを全力で排除するわよ」

慰《なぐさ》めなのか脅しなのか分からない言葉に、エルヴィンは神妙な表情でうなずきつつ立ち上がった。姉のことを何よりも大切に思っているローシェは、シフィルが絡むと時々過激になる。そのおかげでシフィルは変な男に絡まれることなく今まで過ごしてこられたのだが、絶対に敵に回したくない相手でもある。

「シフィルを泣かせるはずないだろう。誰よりも幸せにしたい人なのに」

「だから、それをわたしじゃなくてシフィル本人に伝えなさいよ」

「分かってるって……」

頭では理解していても、シフィルの前では緊張で言葉が出なくなるのだ。もともと口下手であるから、なおさら自分の想いを言葉にするのが難しい。

「まぁ、黙って遠くから見てるだけだったエルヴィンがシフィルにプロポーズしたのは、大きな前進だと思うけど。その勢いで、ちゃんと気持ちを言葉にしてあげて」

「そうだな、頑張る……」

まずは鏡の前で笑顔の練習から始めるべきかもしれないと考えつつ、エルヴィンはうなずいた。

とにかくプロポーズは受け入れてもらえたのだから、結婚してもいいと思う程度には好かれているはずだ。嫌われてはいないと信じたい。多分。

ローシェが反対しないということは、きっとまだ望みはある。

女神の祝福がどうか味方をしてくれますようにと、エルヴィンは祈るように手を組んだ。

■　孤独な新婚生活

エルヴィンのプロポーズを条件つきで受け入れてから半月。あっという間に話は進んでいった。

きっとエルヴィンも、シフィルの気持ちが変わらないうちに事を進めたかったのだろう。

式を挙げないため、必要な手続きは婚姻の届けを出すだけだ。書類一枚で、今日からシフィルはエルヴィンの妻となる。

挙式に関する準備が必要ない分、シフィルがすべきことは新しい生活のための準備のみ。甘い気持ちになったり幸せな雰囲気を漂わせたりすることもなく、ほとんど単なる引っ越しのような気分で、シフィルは淡々と荷造りをこなした。

「シフィル、寂しくなるわ。エルヴィンは大切にしてくれるでしょうけど、何かあったらいつでも帰ってきてね」

ローシェが、涙ぐみながら抱きついてくる。大好きな可愛い妹と離れ離れになることが、一番辛いかもしれないとシフィルは思う。新居はここからそう離れた場所ではないけれど、それでも毎日会えなくなるのは寂しい。

「ローシェも、いつでも遊びに来て」

「やぁね、新婚家庭にお邪魔するなんて、気まずいわ」

「新婚って言っても、世間一般の新婚とは違うし……」

「幼馴染《おさななじみ》だと、ずっと一緒だからあまり変わらない気はするわね、確かに」

ローシェが、くすくすと笑いながらうなずく。これが愛のない結婚であることは、彼女に告げるつもりはない。きっと、心配させるだけだから。彼女の代わりとして嫁《とつ》ぐなんて、決してローシェに知られてはならない。

「幸せになってね、シフィル」

涙を拭《ぬぐ》いながら告げるローシェに、シフィルは笑ってうなずいてみせる。

「ありがとう、ローシェ」

「エルヴィンを、信じてあげて。不器用な人だけど、エルヴィンは誰よりもシフィルのことが好きよ」

まっすぐな瞳で見上げるローシェに、シフィルの胸がずきりと痛む。ローシェの目には、そう見えるのだろうか。優しく無垢《むく》な妹は、人を疑うことを知らない。

だけど、今更それを否定したところで、彼女を心配させるだけだ。

ローシェの前だけではずっと幸せな姿を見せようと決めて、シフィルは笑って可愛い妹を抱き寄せた。

今日からエルヴィンと暮らす新居は、王城にほど近い閑静《かんせい》な住宅街の一角にある。彼の仕事を考えると、城にすぐ駆けつけられる距離に住むことは重要だ。

エルヴィンの叔父にあたる人がかつて住んでいたというその小さな屋敷は少し古いものの、綺麗に手入れされていて住み心地は良さそうだ。

さほど多くない荷物を運び込み、シフィルは部屋の中を見回す。クロゼットには色鮮やかなドレスがたくさん並んでいて、そのほとんどはエルヴィンが婚約期間にプレゼントしてくれたものだ。シフィルの気持ちが変わることを危惧したのか、エルヴィンは毎日やってきては様々な贈り物をしてくれた。

急な結婚話に最初は驚いていた両親も、毎日綺麗な花束と共に贈り物を携《たずさ》えてやってくるエルヴィンにあっという間に絆《ほだ》された。もともと幼馴染《おさななじみ》である彼のことを両親は気に入っていたし、客観的に見ても容姿端麗で騎士として優秀なエルヴィンは、非の打ち所がない相手だ。シフィルの母親とエルヴィンの母親は昔から仲が良く、二人が大きくなったら結婚すればいいのにと夢見ていたので、まさか本当になるなんてと大喜びしていたくらいだ。

式を挙げないことは残念がっていたけれど、エルヴィンの仕事が忙しくて時間が取れないのだと言い訳すると、双方の両親も一応納得してくれた。

クロゼットの中を彩《いろど》る、春の花々を思わせる華やかなドレスたちは、どれも可愛らしいデザインのものばかり。レースやフリル、リボンなどが好きなシフィルは、それを見るたびに心を躍らせる。だけど同時に重たいため息も漏らしてしまう。だってこんな可愛らしい服、自分には似合わないから。

まるで、これを着てローシェのように振る舞えとエルヴィンに言われているような気がする。

——こんなことで傷ついていたら、この先やっていけないわ。

沈みかけた気持ちを追い払おうと、シフィルは首を振った。

「シフィル」

その時うしろから声をかけられて、シフィルはびくりと身体を震わせた。

「なぁに、エルヴィン」

慌てて笑みを浮かべて振り返ると、またエルヴィンの眉間に皺が寄った。へらへらと笑うな、ということだろうか。

一瞬ずきりと痛んだ胸を、シフィルは誤魔化すように押さえる。

エルヴィンは部屋の中を見回したあと、小さく首をかしげた。

「いや、あの、荷物の片付けを手伝おうと思ったんだが」

「あぁ、ありがとう。でも、もうほとんど終わったから、大丈夫よ」

「そうか。なら、下のテラスでお茶を飲まないか。菓子を、もらったから」

「いい、けど」

思いがけないエルヴィンからの誘いに、シフィルは戸惑いつつうなずく。彼なりに、シフィルと少しは良い関係を築こうと考えているのだろうか。

「じゃあ、行こうか」

そう言って、エルヴィンの手がエスコートするようにシフィルの腰に添えられた。驚いて見上げると、やはり不機嫌そうな目がこちらを見ていてシフィルは黙ってうつむく。

結局エルヴィンの手は離れていき、二人は無言で歩き出した。

日当たりの良いテラスに出て、二人は向かい合って座った。

ぽかぽかとあたたかい日差しは気持ちが良いし、庭の花壇も綺麗に手入れされていて美しい。

テーブルの上には、シフィルが淹《い》れた紅茶とエルヴィンが結婚祝いにもらったのだという可愛らしい焼き菓子。

それだけ見れば、新婚夫婦の仲睦《なかむつ》まじいお茶の時間だ。

だけど、目の前に座る人は不機嫌な顔でテーブルの隅をずっとにらんでいる。正確に言えば、シフィルの右手に一番近い角を。

シフィルは、ため息をつきたい気持ちを紅茶と一緒に飲み干した。

エルヴィンは時折カップに口をつけながらも、ずっと険しい表情でテーブルの隅をにらみつけている。その視線の強さにそのうちテーブルが割れてしまうのではないかと馬鹿げたことを考えつつ、シフィルはエルヴィンの眉間の皺をなんとなく見つめていた。

——そんな顔するのなら、無理にお茶に誘ってくれなくてもいいのに。

そう思いながらも沈黙に耐えかねて、シフィルはカップを置くとエルヴィンに声をかけた。

「お茶、口に合わなかったかしら」

その言葉に、エルヴィンが驚いたような表情でテーブルから視線を外してこちらを見る。目が合った瞬間に嫌そうに目を眇《すが》められて、またシフィルの胸がずきりと痛んだ。

「……いや、とても美味しいと思う。ありがとう」

そんな感情のこもらない声で言われても、と思いつつ、シフィルはうなずいた。

「このブレンド、ローシェが結婚祝いにくれたの。ほら、薔薇《ばら》の花が入っているから見た目も可愛いし、甘い香りがするでしょう」

「そう、なのか」

確認するようにエルヴィンはガラス製のティーポットを見つめ、次いでカップに鼻を近づける。

そして、微かな笑みを浮かべた。

「確かに、甘い香りがするな」

ローシェの名前を出した途端に緩んだ表情を見て、シフィルは自分で言っておきながら傷つく弱い心に内心でため息をつく。

もっと強くならなければ。

そう決意して、シフィルはそっと拳を握りしめた。

◇◆◇

そして夜。少し明かりを落とした部屋の中で、シフィルはどくどくとすごい勢いで打つ鼓動に動揺しながらベッドの隅に腰かけていた。

二人でお茶をしたあと、エルヴィンは仕事をすると言って部屋に篭《こも》っていた。きっと持ち帰りの書類仕事が多いのだと思いたいけれど、シフィルと顔を合わせたくないというのが本音なのだろう。

夕食は一緒に食べたもののやはり会話もなく、そそくさと食事を終えたエルヴィンは、また仕事をすると言って部屋に戻ってしまった。

顔を合わせても話すことはないし、あんな風に不機嫌そうにされるのなら遠くから見つめるくらいがちょうどいい。

だけど、夜はそうもいかないだろう。夫婦の営《いとな》みをしないことは決めているけれど、きっとエルヴィンもこの部屋で眠るはずだ。ベッドは、ここにしかないのだから。

大きな天蓋《てんがい》つきのベッドは白いレースがふんだんに使われていて、子供の頃に絵本で読んだお姫様が眠っていたもののようだ。こんな可愛らしいベッドでエルヴィンが眠ることを想像すると、少しだけおかしい。

このベッドは広いから二人が十分離れて眠れるだろうけど、それでもエルヴィンとこんなに近くで過ごすのは子供の頃以来だ。シフィルは速くなった鼓動を落ち着かせるように、深呼吸をした。

初夜とはいえ、シフィルの夜着は普段と変わらない露出のないもの。

それでもやっぱりどこか落ち着かなくて、シフィルはまるでため息のような深呼吸を何度も繰り返している。


静かな部屋に、時計の針が動く音だけが響く。

どれほど待っただろうか。

そろそろ真夜中に差しかかる頃だけど、エルヴィンは来ない。

あぁそうかと、シフィルは重たくなった胸を押さえてため息をついた。

きっとエルヴィンは、シフィルと一緒に眠るつもりはないのだろう。

まだきちんと整えていないけれど一階に来客用の部屋があるし、そこで眠るつもりなのかもしれない。それとも、自室のソファか。

夫婦の営《いとな》みをしないと宣言をしたのはシフィルだし、同じ部屋で眠る必要もないと考えたのだろう。

「……考えてみれば、当たり前よね。何を期待してたのかしら、私」

夫婦になったのだから、たとえ行為がなくても眠るのは一緒だろうと勘違いした自分が恥ずかしい。

そもそも嫌いな相手と、同じ部屋で眠るわけがないのに。

勝手に期待して、勝手に打ちのめされる心に苦笑して、シフィルはベッドにごろりと転がった。

一人で眠るには広すぎるこのベッドだけど、寝返りはうち放題だな、と無理矢理に前向きなことを考える。

明日からは大きなぬいぐるみでも持ち込もうと決めて、シフィルは毛布をかぶって目を閉じた。


「シフィル」

囁《ささや》くような声で名前を呼ばれた気がして、眠りの底にあった意識がゆっくりと浮上していく。

ふわりと頭を撫でられて、その感覚に幸せな気持ちになる。

優しく名前を呼んだのは、エルヴィンの声。都合のいい夢を見ていたなと思いながら、シフィルはぼんやりと目を開けた。

「すまない、起こしたか」

目の前にあるのは、エルヴィンの顔。その眉間にはやっぱり深い皺が刻まれていて、酷く不機嫌そうだ。

「あ……、ごめんなさい。エルヴィンは別の部屋で休むと思っていたから、先に寝てしまっていたわ」

シフィルは、慌てて身体を起こしてエルヴィンに場所を譲るべく、ベッドの端へと移動する。どうせ一人だと思っていたから、ベッドのど真ん中で寝てしまっていた。

「いや、遅くなったのは俺の方だし、待ってもらわなくて構わない」

そう言ってエルヴィンは、眉根を寄せたままシフィルを見下ろしている。

「……一緒に、寝ても？」

絞り出すような声で問われて、シフィルは黙ってうなずく。こんなに嫌そうなのに、それでも夫婦は同じベッドで寝るべきだと生真面目に考えているのだろうか。

警戒しつつ、といった様子でベッドに上がったエルヴィンは、シフィルと距離を取るように端の方に横になる。ご丁寧に背まで向けられた。

「夜中に起こしてすまなかった。シフィルも、休んでくれ」

「……おやすみなさい」

こちらに視線を向けることなく告げられた言葉は平坦な冷たい響きをしていて、先程シフィルの名前を呼んだあの優しい声は、やはり夢だったのだと胸が痛む。

こんなことなら、ずっと幸せな夢の中にいたかったのに。

まるで拒絶するような広い背中が視界に入ることが耐えられなくて、シフィルもエルヴィンに背を向けた。

眠れないまま、どれほどの時間が経っただろう。

突然、大きなため息をついてエルヴィンが身体を起こした。不機嫌そうに何やら毒づく声まで聞こえて、シフィルは身体を硬くして寝たふりをする。

エルヴィンは、苛立った様子でがしがしと頭をかくと、立ち上がって部屋を出ていった。扉の閉まる音が、冷たく響く。

やはり、一緒に眠るのが嫌だったのだろうか。

どうして、こんなにもエルヴィンに嫌われるのだろう。

何度も繰り返した疑問が、また浮かぶ。

そばにいられるなら、愛されなくても構わないと思っていた。こういうことになるだろうと、覚悟もしていたつもりだった。

だけど、胸が締めつけられるように苦しい。初日からこんな調子で、この先耐えられるだろうか。

シフィルは込み上げてきた涙を堪《こら》えて、強く手を握りしめた。

——自分で決めたことよ。絶対に、泣かない。

こんなにも嫌われているけれど、シフィルはエルヴィンのことが好きなのだから。

彼のそばにいるのは自分だ。この場所は、誰にも譲らない。

シフィルは、唇を噛みしめて震える身体をなだめる。

一瞬でも二人で眠ったベッドは、一人になるとその広さが際立って辛い。

せめて夢の中では、さっきのようにエルヴィンが優しく名前を呼んでくれますようにと祈りながら、シフィルは目を閉じた。

祈りが通じたのか、そのあと見た夢ではエルヴィンにまた優しく頭を撫でてもらった気がした。

翌朝、目覚めた時にやはりエルヴィンの姿はなく、シフィルはのろのろと身体を起こすと着替え始めた。

きっと、今夜からは寝室を別にすることになるだろう。

朝食の席でも、エルヴィンは相変わらずテーブルの隅をにらみつけていた。もしかしたらそこに何かあるのだろうかと確認したが、染みひとつないので、恐らくシフィルの代わりにテーブルをにらみつけているのだろうと思うことにする。

まるで、目に見えない印でもついているかのように同じ場所をにらむので、あぁまたかと、シフィルは乾いた笑みを浮かべた。

カトラリーが食器に触れる音が時折響く以外は、会話もなく静かだ。

こっそりとうかがったエルヴィンの表情は険しく、少し目の下に隈《くま》ができている気がする。昨夜は遅くまで仕事をしていたようだし、その上途中で眠る場所まで変えたのだから、疲れがとれていないのかもしれない。

食事が終わる頃、エルヴィンがふと手を止めてシフィルを見た。

「そういえば今日の夕食、だけど」

まるで深刻なニュースを告げるような表情で、エルヴィンが口を開く。シフィルは、戸惑いつつも黙って続きを待つ。

「シフィルさえ良ければ、外に食べに行かないか」

「外に……」

目を瞬《しばた》いてシフィルは首をかしげた。同じベッドで眠ることすら嫌な相手と、わざわざ出かけようとするエルヴィンの考えが分からない。

言葉に詰まるシフィルを見て乗り気でないと判断したのか、エルヴィンの眉間の皺が深くなった。

「いやあの、別に無理にとは言わないが」

「そんなことないわ。……楽しみにしてる」

慌ててシフィルがうなずくと、エルヴィンは少しだけほっとしたような表情を浮かべた。

◇◆◇

夕方、シフィルは何度も鏡の前とクロゼットをうろうろと往復していた。

せっかくのお出かけだし、外で誰かに会うかもしれないし、と独りごちながら、何を着ようかと頭を悩ませる。

彼が声をかけてくれた理由は分からないけれど、初めて二人での外出なのだから。

昨夜あんなことがあったのに、それでもほんの少しだけシフィルは浮かれていた。

「やっぱり、これにしよう」

つぶやいて、シフィルは淡い水色のドレスを手に取る。

婚約期間中にエルヴィンから贈られたそのドレスは、繊細なチュールの上にレースでできた花がちりばめられた可憐なデザイン。きっとローシェにはよく似合うだろうと思いかけて、シフィルはそれを振り払うように目を閉じた。

わざわざ自分で傷つく必要はない。

ドレスに着替えて、シフィルは鏡の前に立った。

「……笑顔、笑顔」

言い聞かせるようにつぶやいて、シフィルは両手で口角を上げる。似合うかどうかはさておき、可愛らしいドレスを着るとやはり少しだけ心が躍る。

だけど髪を巻かないのは、自分はローシェではないのだとアピールするための、せめてもの悪あがき。

もう一度鏡の中の自分をチェックして、シフィルはくるりと身を翻《ひるがえ》して部屋を出た。

エルヴィンが連れていってくれたのは、落ち着いた雰囲気のレストランだった。背の高い観葉植物が程よく目隠しになって他の客の姿が見えにくく、二人きりのように錯覚しそうだ。

シフィルはじっと、向かいに座るエルヴィンの表情を観察する。

場所が変わっても、彼は相変わらずテーブルの隅をにらんでいる。

――嫌いな相手とわざわざ食事に行こうだなんて、エルヴィンは何を考えてるのかしら。

思わず漏れそうになったため息を、シフィルはワインで流し込んだ。

つい先程、出発前のことを思い出すだけで胸が疼《うず》く。

玄関ホールでこのドレスを着たシフィルを見た瞬間、エルヴィンの表情は分かりやすく変わったのだ。

まるで嫌なものを目にしたかのように顔をしかめ、それ以降は一度もシフィルの方を見ようともしない。

そりゃ、自信を持って似合っているとは言えないけれど、まるで何故そんな服を着るのだと言わんばかりの表情をされても困る。そもそもこの服を贈ってくれたのは、エルヴィンなのに。ローシェみたいに着こなせないのは、仕方がない。

——分かっていても、こうもあからさまに態度に出されたら傷つくわね。

思ったより自分は堪《こら》え性がなかったなと思いつつ、シフィルは手にしたワイングラスを一気に傾けて飲み干すと、少し強めにテーブルに戻す。タンッという乾いた音が響いて、エルヴィンがテーブルの隅から視線をこちらに向けた。

「エルヴィンは、何をそんなに怒ってるの」

「怒って、ないが」

シフィルの言葉に、エルヴィンは驚いたような表情を浮かべた。

「じゃあ、何故そんなにずっと眉間に皺を寄せているの。別に、無理して私と一緒に過ごしてくれなくてもいいのよ。あなたが私を嫌いだってことは、よく分かってるし」

「そんなつもりは」

「魔除けの石は、帰ったらすぐに作って渡すわ。あなたが欲しいのはそれでしょう」

「シフィル、そんなことは外で軽率に口にするものじゃない」

エルヴィンは声をひそめ、警戒の顔で周囲をうかがう。確かに、この会話を聞かれてシフィルが銀の痣《あざ》持ちであることが誰かに知られたら困るけれど、今はそんなことを話しているのではない。

「もう……、私に構わないで。あなたの求めるものは差し出すし、見た目だってなるべくローシェに近づけるよう努力するわ。だからもう、放っておいて」

「シフィル、違う」

エルヴィンは焦ったように身を乗り出したが、料理が運ばれてきたので黙ってそのまま座り直した。

並べられた料理はとても美味しそうなのに、シフィルは全然食欲がわかない。

それでも残すことはできないので、黙々と口に運ぶ。味なんて、全然分からないけれど。


「シフィル」

食事が終わる頃、硬い声で名前を呼ばれてシフィルはゆっくりと顔を上げる。やはり不機嫌そうなエルヴィンがこちらを見ていて、内心で大きなため息をついた。

「何」

不機嫌なのはこちらも一緒だという気持ちで、シフィルも短く答える。

「その、色々と誤解なんだ」

「誤解って、何が」

苛立ちを込めて、シフィルは無愛想な口調でエルヴィンに先を促す。

「俺は、その……、何というか」

口ごもるエルヴィンを見て、彼は何を言うつもりだろうとシフィルが眉を顰《ひそ》めた時、背後から明るい声が響いた。

「あれ、エルヴィン。シフィルちゃんも」

「……ヘンドリックさん？」

そこにいたのは、エルヴィンの同僚の騎士、ヘンドリックだった。

彼は、エルヴィンと共に王城で働く騎士だ。同期ということで、エルヴィンとは仲がいいらしい。

シフィルも何度か顔を合わせたことがある。冷たい表情を浮かべがちなエルヴィンとは対照的に、明るい笑顔の似合う人だ。

「二人でデートか。いいなぁ、新婚さんは。いや俺も妻と来てるんだけどね、子供らを預けてるからあんまりゆっくりできなくてさぁ。このあと急いで迎えに行かなきゃならないんだよね。お土産《みやげ》も買って帰らないと。そうだ、ここで売ってるクッキーはおすすめだよ。シフィルちゃんもエルヴィンに買ってもらうといいよ」

「え、あ、……はい」

息つく暇もなく話すヘンドリックに、シフィルは曖昧《あいまい》な相槌《あいづち》を打つ。

「そうそう、シフィルちゃん。こいつ口下手だけど悪いやつじゃないからさ、よろしく頼むね。いやぁ、シフィルちゃんがエルヴィンを受け入れてくれて本当良かったよ。もうさー、毎日毎日、ずっとうるさかったんだよ、シフィルが、シフィルがって。笑っちゃうくらいベタ惚れでさぁ」

「え……？」

シフィルが戸惑いの声を上げるのと、エルヴィンが慌てて立ち上がってヘンドリックの口を塞ごうとするのは同時だった。

「ヘンドリック、余計なことは言わないでくれ」

眉間に皺を寄せて低い声でそう言うエルヴィンと、意味が分からず目を瞬《しばたた》くシフィルの表情を見て、ヘンドリックは、あんぐりと口を開けた。

「え、何、おまえもしかして、シフィルちゃんにまだ話せてない……とか？」

「今……まさに話そうと、していたところ、だったんだ」

苦虫を噛み潰したような顔をするエルヴィンに、ヘンドリックは呆れた様子でため息をついた。

「おまえなぁ」

何かを言いかけて、ヘンドリックは咳払いをして口をつぐむ。

「……いや、俺が話すことじゃないな。とにかくちゃんと話せ。シフィルちゃんも、こいつの話、聞いてやって」

励ますようにエルヴィンの肩を叩くと、ヘンドリックは妻が待っているからと手を振って去っていった。

まるで嵐のような人だと思いながら、シフィルはエルヴィンを見上げる。目が合った瞬間、ふいっと視線を逸らされるものの、シフィルはもうここで引くつもりはない。

「ヘンドリックさんが言ってたことって」

「ここでは話し辛いから、家で話そう」

眉間に深い皺を刻んだエルヴィンは、やっぱり不機嫌そうに見える。だけど頬が微かに赤くなっているし、耳までほんのり赤い。

——もしかして、照れてる……？

シフィルは、思わずくすりと笑ってしまう。その瞬間エルヴィンがこちらをにらむけれど、きっと怒っているわけではないのだと分かれば、怖くはない。

「帰って、ゆっくり話しましょう」

笑って手を差し出すと、エルヴィンは更に眉間の皺を深くしながらも、うなずいてシフィルの手を取ってくれた。

■　不機嫌顔の意味

シフィルはエルヴィンの前に紅茶のカップを置いた。

「……ありがとう」

顔も声も不機嫌そうだけど、こうしてきちんとお礼を言ってくれるところは好きだと思う。思い返してみれば、シフィルが何かした時にはいつもお礼の言葉が返ってきていたことに、今更気づく。

向かいのソファに座って、シフィルはカップに口をつけながらエルヴィンを見た。

相変わらずテーブルの隅をにらみつけて黙りこくるエルヴィンを、観察しつつ待つこと数十分。

すっかり空《から》になってしまったカップを見つめ、もう一度お茶を淹《い》れ直すべきだろうかとシフィルは考える。

「……その、ヘンドリックが言っていたこと、だけど」

淹《い》れ直したお茶も冷え切る頃、エルヴィンがようやく口を開いた。彼はやっぱりテーブルの隅から視線を外さない。

いっそのこと、そこに自分の写真でも貼ってやろうかと思いつつもシフィルはうなずく。

「うん、なぁに」

先を促すように答えると、エルヴィンはちらりとシフィルの方を見た。目が合った瞬間、すぐに逸らされてしまったけれど。

「何というか、俺は、本当に口下手で。顔だってこんなだし、緊張すると余計に怖い顔になると言われる」

「う、……ん」

確かに眉間に皺を寄せたエルヴィンは、その整った容貌も相まってかなり冷酷に見える。だけど、それを肯定して良いものかどうか分からず、シフィルは曖昧《あいまい》にうなずいた。

「ずっと、シフィルのことが好きだった。きみはどんどん綺麗になるし、他のやつにとられたらどうしようと、いつも不安で」

告げられた言葉は嬉しいのに、エルヴィンの表情はやっぱり険しい。

「あの、エルヴィン……、本当に？」

確かめるために問いかけたシフィルを見てエルヴィンはまた眉を顰《ひそ》め、ため息をついた。

「騙すようにして、強引にユスティナ様の祝福をいただいたことは、申し訳ないと思っている。だけどあんな……、綺麗に着飾ったきみを見たら、ああでもしないと他の誰かにとられてしまうんじゃないかと必死で」

うつむいて、まるで罪を告白するかのような表情で、エルヴィンは言葉を絞り出す。

「えっと、確認なんだけど、エルヴィンは私のこと……嫌いじゃない、のね？」

恐る恐る問いかけると、エルヴィンは勢い良く顔を上げた。にらむような視線にシフィルは一瞬怯《ひる》みそうになるけれど、じっと堪《こら》えて彼の赤紫の瞳を見つめ返した。

「嫌いなはず、ない。ずっと、好きで好きでたまらなかったのに」

視線を逸らして告げられた言葉は表情と差がありすぎるけれど、ほんのり赤く染まった彼の耳を見るに、その言葉は真実なのだろう。

「子供の頃からずっとだ。気持ちを自覚した途端に自然に振る舞えなくなって、意識すればするほど挙動不審になってしまったけど」

ため息をついて、エルヴィンはシフィルの胸元に視線を向けた。そこにある銀の痣《あざ》が、速さを増す鼓動に合わせて熱を持った気がして、シフィルは胸元を押さえる。

この痣《あざ》を隠すために幼いエルヴィンが貸してくれた上着のぬくもりは、今でも忘れられないシフィルの大切な思い出。

「シフィルも、俺を嫌ってはいないと……、思ってもいいのだろうか」

怒ったような顔だけど、その声はどこか不安そうな響きだった。シフィルは、少しだけ滲《にじ》んだ涙を拭《ぬぐ》って、顔を上げた。

「私ね、エルヴィンに嫌われてると思ってた。その理由をずっと考えていたわ。ローシェに向けるような笑顔を、どうして私には向けてくれないんだろう、どうして私の顔を見ると怒ったような、嫌そうな顔をするんだろうって」

「それは……、本当にすまない。その……、何というか、シフィルの前では緊張してまともに顔が見られないし、顔がこわばってしまうんだ。怖い顔をしているという自覚はあるんだが……」

ちらりとシフィルの方を見たエルヴィンは、またテーブルの隅に視線を戻してしまう。

「きみはいつだって綺麗で、可愛くて。きみに恋焦《こ》がれるやつがどれほどいたことか。そいつらを牽制《けんせい》するのには、この顔が役に立ったけど」

少しにらんで話をすれば大抵の男は逃げ出したから、とつぶやきつつ、エルヴィンはため息をつく。

「ローシェにも、ヘンドリックにも、早く想いを告げろと呆れられていたんだけど、きみの前に立つと緊張してしまって。本当ならば、こうして結婚をする前に伝えるべきだったのに」

そう言って、エルヴィンは手で顔を覆《おお》った。

しばらくそうしていたエルヴィンはゆっくりとシフィルの方を見る。眉間に皺を寄せた不機嫌そうな表情に見えるけれど、握りしめた手はわずかに震えている。

「シフィルのことが、好きなんだ。今更だけど、こんな俺のことを……、受け入れてくれる、だろうか」

まるでにらむような視線に、感情の読めない平坦な声。

これまでのシフィルなら、無理してそんなことを言っているのだと思っただろう。

だけど微かに震える声や不安げに揺れる瞳に気づいてしまったら、それすら愛おしくなってくる。

シフィルは小さく笑うと、ゆっくりと立ち上がってエルヴィンのそばに座った。

驚いたように身体を震わせるエルヴィンにまた笑って、シフィルは彼の顔をのぞき込む。

「私も、子供の頃からずっとエルヴィンが好きだったわ。女神の加護をいただいたあの日、あなたが私を守るために貸してくれた上着、すごく嬉しかった」

そう言って、シフィルはエルヴィンの額にそっと手を伸ばす。指先で眉間の皺を伸ばすように撫でると、エルヴィンの表情が少しずつ緩んできた。

「……うん、やっぱり眉間には皺寄せてない方が素敵」

悪戯《いたずら》っぽく笑ってみせると、エルヴィンは咳払いをして横を向いてしまった。耳が真っ赤になっているから、照れているので間違いないだろう。

「シフィル、ちょっと距離が近すぎて……その、離れてくれると……」

「近づいちゃ、だめ？」

お互いの気持ちが分かったのだから、少しでも近くにいたいという気持ちを込めて首をかしげると、エルヴィンは低く唸《うな》った。

「じゃあ、せめてこうしよう」

そう言ってエルヴィンは、シフィルの腕を引くと自身の脚の間に座らせた。隣に座っていた時よりも密着することになって、シフィルはぶわりと熱を持った頬を押さえる。

「シフィル、愛してる」

顔が見えなければ平気なのか、エルヴィンは甘く優しい声で囁《ささや》く。一方、シフィルは動揺を隠せない。

「え、あ、あの、ありがとう……。私も、その……好き、よ」

「うん、ありがとう」

くすりと笑って、エルヴィンがシフィルを抱きしめる。

顔が見えないだけでこんなに変わるなんて、ありえない！　と心の中で叫びながら、シフィルは真っ赤になって身動きできなかった。

うしろからシフィルを抱きしめたまま、エルヴィンは満足げなため息を漏らす。吐息が耳を掠《かす》めて、シフィルはふるりと身体を震わせてしまう。

「ようやく、シフィルを手に入れられた」

シフィルの髪をそっと撫でて、エルヴィンがつぶやく。その声は上機嫌で、さっきまでひたすらに不機嫌そうな顔でテーブルの隅をにらみつけていた人とは信じられない。

「この服も、似合うと思っていたけど想像以上だった。あまりの可愛さに、直視できなかった。シフィルには、やはりこういう可愛い服がよく似合う」

「え……」

饒舌《じょうぜつ》に褒められて、シフィルは気恥ずかしさに身悶《みもだ》えする。エルヴィンの豹変ぶりに、シフィルはついていけない。

というか、出がけに嫌そうな顔をされたと思ったのは、彼の照れからくるものだったらしい。

「確かに素敵だけど……、こういう可愛らしいデザインは、ローシェみたいな子でないと似合わないわ」

「何故そこでローシェが出てくるんだ？」

不思議そうな声でつぶやいたエルヴィンは、抱き寄せる腕に力を込めてシフィルの顔をのぞき込んだ。目が合った瞬間に眉間に皺を寄せて顔を背けてしまったので、やはり顔を見て話すのは無理らしい。

「シフィルは可愛いし、その服もよく似合っている。シフィルは、こういう可愛らしいものが好きだろう。部屋の家具やベッドも、シフィルの好みに合わせたつもりなんだが」

「そう、だったの？」

シフィルはエルヴィンを振り返って見上げる。眉を顰《ひそ》めて視線を逸らされたので、慌てて前を向いたけれど。

「私、ずっとエルヴィンはローシェのことが好きだと思ってたから……、この服も部屋も、ローシェをイメージしていたのかと」

「それは……とんだ勘違いをされたものだな」

不服そうな声でため息をつかれて、シフィルは少しだけ唇を尖らせる。

「だって……、私の顔を見たらいつも不機嫌そうにするのに、ローシェとは楽しそうに話すし、あなたがローシェを見つめる視線はとても優しかったもの」

「いや、本当に申し訳ない。ローシェのことは確かに妹のように可愛がっていたが、ふとした表情がきみによく似ていて、シフィルが笑いかけてくれたらこんな風かなと、それしか考えていなかった」

ローシェには、いつも呆れられていたけど、とエルヴィンは小さく笑う。

「騙すようにユスティナ様の祝福を受けて、きみを強引に手に入れたけれど、それでも俺が好きだと言ってくれて、俺は今、死ぬほど幸せなんだ」

そっと後頭部に唇を押し当てられる気配を感じて、シフィルの身体が熱くなる。

嫌われていると思っていたのに、実はこんなにも愛されていたなんて。直接顔を見なければ驚くほどに饒舌《じょうぜつ》に愛を囁《ささや》くエルヴィンに、嬉しいけれど戸惑ってしまう。

「……でもほら、あの夜会の日は今みたいな感じだったじゃない。あの日もまるで別人のようだと思ったけど」

シフィルの言葉に、エルヴィンはため息混じりに笑った。

「あれは、ヘンドリックに任務だと思えと言われて」

「任務?」

「仕事で時折、要人を警護することがあるんだ。相手が女性であれば、パートナーとしてエスコートすることもあるから、そういう任務だと思えば挙動不審にはならないだろうと」

「あぁ、そういうこと」

普段とのギャップが激しいあの姿は、彼の演技の結果だったのだろう。シフィルは納得してうなずく。

「シフィルを、エスコートして護衛する任務だと、必死に念じていた。そうでもしないと、まともに話すこともできないと思ったから」

そう言って、エルヴィンは抱きしめる腕に力を込めた。

「またこうして、シフィルに触れられるなんて、夢みたいだ。今更だけど、やっぱり式を挙げないか。シフィルはきっと、どんなドレスを着ても似合うだろうし、シフィルが俺のものであるということを、大々的に見せびらかしたい」

「え、えっと、それは……、ちょっと難しいんじゃないかしら」

戸惑い首をかしげたシフィルの言葉に、エルヴィンは勢い良く顔をのぞき込んできた。

「どうして」

低い声は怒っているようだし、にらみつけるような視線は正直怖いほどだ。だけど、シフィルは人差し指でエルヴィンの眉間にそっと触れた。

「だって、その顔じゃあ幸せな結婚式には見えないわ。少なくとも、顔を見て話ができないと」

エルヴィンは顔を背けたあと、小さくうなずいた。

「……確かに、シフィルの言う通りだな」

大きなため息をついたあと、エルヴィンはそっとシフィルの左手を取った。そして、薬指を飾る指輪を優しい手つきで撫でる。

「少しずつ、顔を見て話せるよう努力する。だから、いつかはきっと式を挙げよう」

「うん。楽しみにしてるわ」

エルヴィンの手に、ゆっくり自分の手を重ねてシフィルは微笑んだ。

「もうこんな時間」

壁の時計を確認して、シフィルはつぶやいた。

「明日も仕事でしょう。そろそろ休まないと」

エルヴィンは身体が資本だし、しっかり睡眠を取ることも大事だろう。昨晩は、あまり眠れなかった様子だし。

立ち上がろうとしたシフィルを止めるように、抱きしめる腕に力を込めたエルヴィンが、耳元で囁《ささや》いた。

「あと少しだけ、こうしていても構わないだろうか」

「え、うん……」

優しい声で願うようにそう言われたら、シフィルは断れない。この体勢だと、真っ赤になっている顔を見られずに済むのは助かるなと思いながら、小さく吐息を漏らした。

◇◆◇

ベッドの隅に腰かけて、シフィルは何度も深呼吸を繰り返す。昨夜のエルヴィンは途中から別の場所で眠ったようだけど、お互いの気持ちを確認し合ったのだから、今夜こそは一緒に眠るはずだ。

夫婦の営《いとな》みはしないというシフィルの宣言は、まだ有効なのだろうか。それとも、やはり今日は初夜のやり直しということになるのだろうか。

どうすればいいか分からなくて、シフィルはとりあえず普段通りの夜着に身を包んでいる。

やがて、規則正しい足音と共に扉が開き、エルヴィンが部屋に入ってきた。

思わず身体を硬くしたシフィルを見て、エルヴィンは眉根を寄せて視線を逸らす。

「待っていて、くれたのか」

「う、うん」

ぎこちなくうなずいて、シフィルはエルヴィンを見上げる。目を合わすまいと扉の方をにらみつけながら、エルヴィンは軽く手を振った。

「一緒には眠るが、あの、何もしないから。半分より向こうには近づかないと誓う」

先にベッドに上がれと促され、シフィルはベッドの左端に寄った。それを横目で確認して、エルヴィンは恐る恐るといった様子でベッドの右端へと身体を滑り込ませる。

落ちるか落ちないかといったギリギリの場所に、しかも大きな身体を縮めるようにこちらに背を向けて横になるエルヴィンを見て、シフィルはその肩に触れた。

「ねぇ、ベッドは広いんだし、もう少し真ん中で眠った方が……」

「いや、これでいい。騎士というのは、野営で狭い環境で眠らなければならないことも多いんだ。普段から、こうしてどんな環境でも眠れるようにしておかなければ」

頑《かたく》なな様子でそう言われ、騎士とは大変なものだなぁとシフィルも思わず納得してしまう。

だけど広い背中を見つめながら、シフィルは少しだけ残念な気持ちになっていた。

別に期待していたわけではないけれど、さっきうしろから抱きしめて甘く囁《ささや》いてくれた声やぬくもりを思い出すと、もっと触れたくなる気持ちもある。

——しないって宣言したのは私の方だし……。今更やっぱり、なんて言えるわけないし。

エルヴィンにばれないように、シフィルはこっそりとため息をついた。

好きな人に触れたいと思うのは自然なことだけれど、まだまだ二人には難しそうだ。なんせ、顔を見て話すことすらできないのだから。

——エルヴィンに、もっと触れたいと思ってしまうなんて、はしたないかしら。

経験はなくとも、シフィルだって女友達とそういった話で盛り上がったことがあるし、少し大人の恋愛小説を読んで心をときめかせたことだってある。

ふと、いつか読んだ話の官能的なシーンを思い出す。人目を忍んで逢瀬《おうせ》を重ねていた二人が、高まる想いのままに愛し合う話だ。ヒーローのたくましい腕がヒロインを抱き寄せ、二人は熱い一夜を過ごすのだ。うっかりそれを自分とエルヴィンに置き換えて想像してしまったシフィルは、一瞬で熱を持った頬を押さえて慌てて首を振る。

「シフィル？」

ベッドが揺れたからか、エルヴィンが怪訝《けげん》な表情で振り返る。シフィルを見た瞬間に、やっぱり眉が顰《ひそ》められるけれど。

「ごめんなさい、何でもないわ。おやすみなさい」

赤くなった顔を見られたくなくて、シフィルは慌てて毛布の中に逃げ込んだ。

頭からかぶった毛布の暗闇の中で、シフィルは心を落ち着けるようにゆっくりと深呼吸をする。

いずれはエルヴィンとそういう関係になるのはいいとして、シフィルには問題がもうひとつある。

シフィルの持つ銀の星の女神の加護は、初めてを捧げた相手にうつすことができる。

ただし、それはお互いが愛し合っていてこそ。

一応、想いは通じ合ったとはいえ、顔もまともに見られない状態でこの加護をエルヴィンにうつすことは可能なのだろうか。

胸元の痣《あざ》に触れて、シフィルは小さくため息をついた。

加護を得た時は子供だったし何も考えていなかったけれど、もしもエルヴィンと結ばれた時に加護がうつらなかったらと考えると、怖くてたまらなくなる。

——それでも、きっとまだまだ先の話でしょうけれど。

まずは少しずつ顔を合わせることに慣れるのが先だなと考えて、シフィルは目を閉じた。


疲れていたのか、あっという間に眠りに落ちたシフィルは、優しくエルヴィンに名前を呼ばれ、そっと慈《いつく》しむように何度も頭を撫でられた夢を見た。

夢の中のエルヴィンは、甘く柔らかな笑みを浮かべてシフィルを見つめていて、胸がきゅうっと苦しくなるほどに嬉しかった。

◇◆◇

翌朝シフィルが目覚めた時には、やっぱりすでにエルヴィンの姿はなかった。朝食の席でたずねたところ、早朝に庭で鍛練をしているのだと教えられて納得する。

妻たるもの、一緒に起きて汗を拭くタオルや水分補給のための飲み物の準備をすべきではないかと提案したものの、あっさりと不要だと断られてしまった。シフィルが案外朝に弱いことを、エルヴィンは知っていたらしい。

「今日は、なるべく早く帰るので、夕食は一緒に食べよう」

相変わらずテーブルの隅を見ながら、エルヴィンがそう言う。了承の返事をしつつ、それでも眉間の皺は少しましになっているかもしれない、とシフィルは微笑んだ。

「それでは、行ってくる」

玄関ホールで、エルヴィンはシフィルの方に向き直った。騎士の制服を身に纏《まと》ったエルヴィンは、普段よりもずっと精悍《せいかん》に見えて、シフィルは高鳴る鼓動に動揺しながら笑みを浮かべた。

不機嫌そうに眉を顰《ひそ》めていたって仕事モードの真剣な表情に見えてしまうのだから、不思議なものだ。

「気をつけて。行ってらっしゃい」

「うん」

うなずいたエルヴィンが扉を開けて外に出ようとした瞬間、ふと足を止めて振り返った。

何か忘れ物でもあっただろうかと首をかしげた時、近づいてきたエルヴィンがふわりとシフィルを抱き寄せ、こめかみ付近に柔らかなものが押し当てられた。

それが彼の唇であることに気づいた時には、エルヴィンはすでにシフィルに背を向けて、外へ歩き出していた。

「……行って、らっしゃい」

一気に熱を持った頬を押さえて、シフィルはもう一度、見送りの言葉をつぶやいた。


不意打ちのように額に口づけを受けて以来、毎朝見送りの際には、軽く抱き合ってエルヴィンの唇を額に受けることが習慣となった。そのたびにドキドキして、顔だって真っ赤になってしまうけれど、優しく触れる唇が嬉しくてたまらない。

毎回険しい顔で口づけるエルヴィンの表情は一向に緩む気配がないものの、それでもシフィルは充分に幸せだった。

エルヴィンは忙しいのか就寝も遅く、時折夜中にも起きて仕事をしているようだ。あまり眠れていないのではないかと心配になって何度か声をかけたものの、平気だ、大丈夫だからと押し切られている。

せめてゆっくり休めるようにと、安眠効果のあるお茶を淹《い》れることくらいしかできないのが、シフィルは少し歯痒《はがゆ》い。

そんな状態で、シフィルからも夫婦の営《いとな》みを申し出る気持ちにはなれず、二人は毎日何事もなく朝を迎える。そのことに何も思わないわけではないけれど、痣《あざ》のこともあるし、関係を深めるのはお互い目を合わせて笑い合えるようになってからでもいいのではないかと、シフィルは自分を納得させている。

■ 精一杯の誘惑を

いつものように額への口づけを受けてエルヴィンを見送ったあと、シフィルは軽く部屋の掃除をして、庭の花をいくつか摘《つ》んで部屋の花瓶に活けた。

今日は、これから友人たちが来る予定なのだ。式を挙げなかったため、お祝いの品を持ってきてくれるらしい。妹のローシェも来ると言っていたので、きっとにぎやかになるだろう。

「シフィル！　ご結婚おめでとう！」

「ありがとう」

やってきた友人らに祝われて、シフィルは少しくすぐったい気持ちで微笑む。つい先日まではこんな気持ちで笑うことなんてできないと思っていたから、友人らに会うのが憂鬱《ゆううつ》だったくらいなのに。

「突然で驚いたけど、二人は幼馴染《おさななじみ》だものね。やっぱり子供の頃からお互い好きだったの？」

お茶を飲みながら、わくわくといった表情で友人のカリンが身を乗り出す。

「えっと……、それは」

シフィルは思わず言葉に詰まる。お互い子供の頃から想いを抱いていたのは事実だけど、それが判明したのはつい先日のこと。エルヴィンの見せる愛情表情にもまだ慣れないシフィルには、彼とのことをどこまで話せばいいのか分からない。

「エルヴィンが、ずうっとシフィルを好きだったのよ。わたし、いつもいつもエルヴィンから恋愛相談を受けていたもの。最近になって、シフィルがようやくエルヴィンを受け入れて、それで結婚ということになったのよ」

言葉を探して黙り込んだシフィルを見て、ローシェが代わりに説明してくれる。語られた内容に、シフィルも密かに驚いてしまったけれど。

「あのクールなエルヴィン様が、ずっと一途にシフィルのことを想っていたなんて、ロマンティックだわ！」

きゃあっと声を上げて、カリンともう一人の友人であるアレッタが、夢見るように両手を組む。

「でも、式を挙げないなんて、もったいなかったわね。きっとシフィルのドレス姿、素敵だったでしょうに。エルヴィン様の正装も、もう一度じっくりと見たかったわぁ。夜会の時はあまり近くで見れなかったんだもの」

騎士の儀礼服はあまり目にする機会がないので、貴重なのだとアレッタが熱く語る。彼女は、制服姿の男性がとても好きなのだ。

「落ち着いたら式をしたいという気持ちはあるんだけど、なかなか……」

言い訳をするように、シフィルはつぶやく。笑顔で顔を合わせられるまで式を延期しているなんてことは、さすがに言えない。

「そうよね、騎士の方々は今、あの事件を追っていて忙しいみたいだものね。それでも、一刻も早くシフィルと一緒に暮らしたいという、エルヴィン様の熱い想いを感じるわね」

くすくすと揶揄《からか》うように、カリンも笑う。

シフィルは、彼女の言葉に首をかしげて身を乗り出した。

「あの事件……って、カリン、何か知っているの？」

確かにエルヴィンは自宅にいても部屋に篭《こも》って書類仕事をしていることが多いし、顔にも疲れが見られる。

何度聞いても大丈夫だとはぐらかされるので、ずっと心配していたのだ。

シフィルの言葉にカリンは、あぁと言って小さくうなずいた。

「私もね、兄から少し聞いただけなのだけど。最近、不法に魔除けの石を売る人がいるんですって。大量に売っているらしいから、組織ぐるみじゃないかって話よ。出どころも不明で、騎士の方々が街を見回りしながら警戒してるみたい。取引の場所は日によって変わるから、なかなか現場を押さえることができないそうで」

カリンの兄は、新聞社に勤めている。きっと、確かな情報だろう。

「魔除けの石はとても美しいと聞くけれど、出どころが分からないのは嫌ね。血を売っているも同然だし、なんだか怖いわ。どこで、誰が作っているのかしら」

アレッタが、首を振って寒気を抑えるように腕をさする。

「確か、国の防御結界はユスティナ様の祈りと魔除けの石で成り立っているのよね。だからこそ、魔除けの石の勝手な売買は禁止されているんだし。銀の星の女神の加護を受けた人はとても少ない上に、魔除けの石目当てに血を狙われやすいせいで存在を隠しているでしょう。だから、誰が作っているのかも分からないみたい」

カリンもそう言ってうなずく。シフィルは何気なさを装《よそお》って、胸元の痣《あざ》をそっと押さえた。仲の良い彼女らにも、シフィルは自分が銀の痣《あざ》を持つことは話していない。

同じ痣《あざ》を持つ人が、魔除けの石を作って売っているのだろうか。魔除けの石を作るのには血を流す必要があるし、少量作るだけでもかなり消耗する。一体どんな理由で作り、そして売っているのだろう。

「そんなことよりもシフィル、エルヴィンとの生活はどう？　新婚生活ってどんな感じなのか、聞きたいわ」

シフィルの様子に気づいたローシェが、話題を変えるように明るい声を上げた。

「私も気になるわ。あのエルヴィン様がシフィルにどんな風に愛を囁《ささや》くのか、ぜひ聞かせてもらいたいもの」

アレッタが、目を輝かせてシフィルを見る。それほど語る内容を持たないので、シフィルは言葉を探して口ごもった。

それを照れだと判断したのか、カリンも飲んでいたカップを置くとずいっと身を乗り出した。

「ねぇねぇ、夜のエルヴィン様って、どんな感じなの？　騎士様って体力あるし、激しいイメージがあるけど。やっぱり朝まで寝かせてもらえない、とかある？」

「な……っ、それ、は……っ」

一気に真っ赤になったシフィルを見て、アレッタとカリンのテンションも上がる。

「どうなの⁉」

二人に詰め寄られて、シフィルは涙目になりながらぷるぷると首を横に振る。

「ま、まだ……、何もしてないから……っ」

「はぁ⁉」

カリンとアレッタ、そしてローシェの声が綺麗に重なって響いた。

「まだって何⁉　意味が分からないわ」

「信じられない！　結婚したのに、まだ清い関係ってこと⁉」

「う、うん……」

友人二人にすごい勢いで詰め寄られて、シフィルは若干引きつつうなずく。

「ほらあの、仕事が忙しいみたいで……っ、それに私もまだ、心の準備が……」

必死に言い訳するように訴えると、ローシェが隣でため息をついた。

「……あのヘタレ」

小さく舌打ちと低い声が聞こえた気がするけれど、可憐な妹がそんなことをするはずがないので、気のせいだと思うことにする。

「たとえお仕事が忙しくたって、初夜をすっ飛ばすなんて信じられないわ。もう、あなたたちが夫婦になって何日経ったと思っているの。エルヴィン様は、何を考えてるのかしら」

カリンが、呆れた響きのため息をつくので、シフィルは慌てて首を振る。こんなところでエルヴィンの評判を落とすわけにはいかない。

「いやあの、私も、もう少し先でもいいかなって思ってるしっ……」

「はぁぁ？　何言ってるの、シフィル。そんなことを言っていたら、いつまでも変わらないわよ。ここは、あなたからも攻めていかなきゃ」

「カリンの言う通りよ。ちょうどいいわ、私、結婚祝いに今のシフィルにぴったりなものを持ってきたの」

そう言って、アレッタが可愛らしいリボンのついた包みを差し出す。開けるよう促されて、シフィルはゆっくりとリボンを解《ほど》いた。

「……これ、は」

中から出てきたのは、白い下着らしきもの。ただし、向こう側が透けるほどに生地が薄く軽い。これは、身につけたところで肌を隠すことはできないのではないだろうか。

アレッタの家は下着も扱う衣料品店で、これは最近入荷した人気商品なのだそうだ。

「今夜、これを着てエルヴィン様を押し倒してごらんなさいよ。さすがにそれで拒絶するようなら、離縁もやむなしね」

「えっ」

「だってそうでしょう。この先何十年と一緒に過ごすのよ。今はよくても、きっといつかシフィルが辛くなるわ。求められないのって、案外心にくるものなのよ」

アレッタが、頬を押さえてため息をつく。彼女は、一度は婚約までした相手と、性の不一致で別れたことがあるのだ。今は、夜会で出会ったという新しい恋人とうまくいっているようだけど。

「で、でも」

友人らに押されてオロオロとしていると、ローシェがため息をついてシフィルの手から薄い下着を取り上げた。

「押し倒すのは、シフィルにはさすがに高度すぎるわね。だけど、このままじゃ時間だけが過ぎていくわ。とりあえずシフィル、今夜はこれを身につけて眠ったらどうかしら。それで何もないなら、もう実家《うち》に帰ってらっしゃい」

「ローシェ……、あなたもしかして、もうマリウス様と……？」

無垢《むく》で純粋だと思っていた妹がこの会話に平然と参加していることに、シフィルは驚きを隠せない。実は、婚約者である第三王子と、すでに一線を越えているのだろうか。彼はローシェのひとつ年下で、まだ成人していないはずなのだけど。誠実な少年だと思っていたのに、見る目が変わってしまいそうだ。

妹を心配する姉の表情になったシフィルを見て、ローシェは、くすくすと笑いながら首を振った。

「大丈夫、まだ何もないわ。だけど、マリウス様のもとに嫁《とつ》ぐためのお勉強のひとつとして、閨《ねや》の教育もあるから」

「そ、そう……」

ローシェの事情は分かったけれど、姉なのに妹に教えを乞うような状況が、少し情けなくもある。

シフィルの知識は友人との会話や、大人向けの恋愛小説で読んだものしかないから。

「とにかく、今夜はこれを着て眠ってみたら？　先にベッドに入っていれば、恥ずかしくないでしょう」

「シフィルは、それさえ着ていれば、何も考えなくて大丈夫よ。あとはエルヴィン様にお任せすればいいわ。さすがにこれを着たシフィルを見て、何もないってことはないでしょう」

「そうそう。もしも怖かったら、優しくしてって上目遣いで言えば、きっと大丈夫よ」

ローシェがシフィルの手に下着を握らせると、カリンとアレッタも、口々にアドバイスをしてくれた。

緊張するなら眠る前に少しお酒を飲んでおけばいいとか、素顔風に見える化粧を施しておくと自信が持てるなどと教えられ、シフィルは戸惑いつつうなずいた。

◇◆◇

そして夜。

シフィルは、ソワソワと落ち着きなく部屋の中を歩き回っていた。

夕食前に帰宅したエルヴィンと一緒に食事をして、すでに入浴も済ませている。

恐らくシフィルは緊張から挙動不審だったと思うけれど、エルヴィンは相変わらずテーブルの隅に視線を固定していたので、きっと気づいていないだろう。

緊張を紛《まぎ》らわすために、カリンのアドバイス通りいつもより多めにアルコールを摂取したし、アレッタのアドバイスを思い出しながら、素顔のようでほんのり綺麗に見えるように化粧も施した。

あとはあの薄い下着を身につければいいのだけど、シフィルは何度も手に取っては戻すことを繰り返している。

だって、エルヴィンにその気がなかったらどうすればいいか分からない。もし引かれたら、嫌われたらと思うと、怖かった。

それでも、友人らと約束してしまったのだ。次に会う時には報告をする、と。

もしかしたら、二人の関係が変わるのではないかという期待も、ほんの少しだけある。

シフィルはため息をひとつ落とすと、決心したように下着を手に取った。


「……え、いやこれは……」

身につけて鏡の前に立ったシフィルは、自分の姿を直視できずに真っ赤になった。勇気を出して着てみたものの、これはむしろ何も着ていない方が良いのではと思うほどに肌が透けている。細い肩紐のみで支えられた薄いシフォンの生地はふわりと広がったドレスのようで美しいけれど、腿《もも》の半分ほどの丈しかない。それに胸元のリボンを解けばすぐに脱げてしまう。脱ぐも何も、そもそも薄すぎて肌を全く隠せていないのだけど。

そしてもっと問題なのは、ショーツと思《おぼ》しきもの。ほとんど紐というか、繊細なレースでできていて、最初どうやって身につけるのかすら分からなかった。広げた形状から、恐らくそうであろうと予想して身につけてみたものの、やっぱり紐でしかないと思う。

あまりの頼りなさに、シフィルは慌ててガウンを羽織《はお》った。熱を持った頬を押さえ、深呼吸を繰り返して心を落ち着けようと努力する。

夕食のあと、エルヴィンは寝る前に書類仕事を片付けてくると言って部屋に篭《こも》っている。いつ頃終わるのかは聞いていないが、そろそろ来るだろうか。

シフィルは緊張を追い払うように首を振ると、ソファへと向かった。そこには、事前に準備しておいた甘い果実酒のボトルが置いてある。夕食でもそれなりに飲んだつもりだけど、もっと酔いを深めておかないと羞恥心《しゅうちしん》でどうにかなってしまいそうだ。

大好きな甘い果実酒を飲むと、緊張して硬くなっていた身体が少しずつほぐれていくような気がする。

——エルヴィン、まだかな……

グラスを握りしめながら、シフィルはぼんやりと部屋の扉に目をやる。

開く気配のない扉を見つめているうちに、シフィルはいつの間にか眠っていた。

◇◆◇

書類仕事を終えて、エルヴィンは足早に寝室へと向かった。すっかり遅くなってしまったので、シフィルはもう眠っているかもしれない。

寝る前に言葉を交わすことができないのは残念だが、シフィルの寝顔を見ることができるのは嬉しい。普段は緊張してまともに顔を見ることができなくても、寝顔ならいくらでも眺めていられる。

あどけなく見える寝顔も、微かな寝息も、そばで感じるぬくもりも。その全てが愛おしくて、ついい何度も名前を呼んで頭を撫でてしまう。そうするとシフィルは、眠ったまままいつも幸せそうに微笑んでくれる。

それは、エルヴィンにとって何よりも癒される幸せの時間だ。彼女の笑顔を見るだけで、仕事の疲れなんて一瞬で吹き飛んでしまう。本当は起きている状況で笑いかけて欲しいのだが、それを直視できるはずがないから仕方ない。

まだ照れもあって少しぎくしゃくしてしまうものの、ずっと好きだった人を手に入れた喜びを、共に眠ることのできる幸せを、エルヴィンは毎晩噛みしめている。

幼い頃から、シフィルは魅力的な少女だった。妹のローシェの華やかさに隠れがちだったが、彼女の凛《りん》とした美しさや控えめな優しさが、エルヴィンはとても好きだった。

絵本を読んでお姫様に憧れるシフィルは本当に可愛かったし、彼女がお姫様ならば自分は騎士になろうと思った。絵本の中の騎士は凛々《りり》しくて、だけど戦いのたびに長い髪が優雅に揺れていた。シフィルがそれを素敵だと言ったから、エルヴィンはずっと髪を長くしている。彼女の憧れた騎士に、少しでも近づけるように。

一緒に聖堂へ行き、共に女神の加護を得た時のことは、今でも忘れられない。

銀の星の女神の加護を得たシフィルは、その瞬間美しい銀色の光に包まれた。眩しそうに目を閉じた彼女の長い髪が、ふわりと浮かんで銀の光に溶ける。もしかしたら、シフィルのあまりの美しさに女神が連れ去ってしまうのではないかと不安になった頃、光が消えて、ゆっくりとシフィルが目を開けた。

すると、美しい青緑色をしているはずのシフィルの瞳が銀色に染まっていて、エルヴィンは思わず息をのんだ。まっすぐにエルヴィンを見つめる瞳は、七歳の少女とは思えないほどに冷静な色をしている。

「シ、フィル……」

彼女の手を掴むと、シフィルは柔らかな微笑みを浮かべた。だけど、銀の目を細めて笑う彼女はシフィルではない。そこにいるのは恐らく、銀の星の女神。

——私の愛し子を、よろしくね。守ってあげてね。

頭の中に直接語りかけられた声。少し低く落ち着いたその響きは、シフィルの声とは全く違う。

目を見開いて固まるエルヴィンの前で、シフィルが何度か瞬《まばた》きを繰り返した。

銀色に染まっていた瞳は、やがていつもの青緑色に戻っていく。

「エルヴィン？」

手を握られていることに気づいて、シフィルが小さく首をかしげる。そのあどけない仕草にほっとしながら、エルヴィンはシフィルの胸元を指差した。

「痣《あざ》が……」

「え？　あ、本当だ」

左胸を確認したシフィルは、驚いたように痣《あざ》に触れた。襟元から微かにのぞく銀色の痣《あざ》は、確かにさっきまでなかったもの。

そして、銀の痣《あざ》を持つ者はその存在を公《おおやけ》にしないことも、狙われやすいことも、エルヴィンは知っている。

——女神に言われなくたって、シフィルは俺が守る。

その時、エルヴィンは固く決意した。

この先、何があろうとも、シフィルを守ると。

エルヴィンは、自分の着ていた上着を脱ぐと、シフィルの肩に着せかけた。シフィルが着ている服では、痣《あざ》を完全には隠せないから。

ハッと顔を上げた彼女との距離の近さに動揺しつつ、エルヴィンは青緑色の瞳を見つめた。ちらりとまた銀色がよぎった気がして、どきりとした胸を押さえながら視線を逸らす。

「痣《あざ》が、見えると困るから」

「ありがとう、エルヴィン」

ぶっきらぼうな言い方になってしまったことに内心後悔したけれど、こちらを見上げて笑ったシフィルの笑顔が可愛くて、嬉しくて、そんな気持ちはあっという間に吹き飛んだ。

ちなみにあとからユスティナには、わたくしの存在を完全に忘れていたでしょうと盛大に拗《す》ねられた。

それでも、エルヴィンがシフィルを好きなことはユスティナもよく知っていたので、最終的に彼女は笑って許してくれたけれど。

シフィルに見惚《みと》れていたのだろうと揶揄《からか》うユスティナに曖昧《あいまい》に笑ってうなずきながら、どうやらシフィルの瞳の色が変わったのを見たのも、女神の声を聞いたのも自分だけであることをエルヴィンは理解する。

銀の星の女神に愛されたシフィルを絶対に守ると決めつつ、だけど女神にだってシフィルは渡さないと、幼いエルヴィンは強く思った。


それ以来、エルヴィンは騎士になるためにできることは全てしようと決めた。明確な目標があれば、勉学にも鍛錬にも更に気合が入る。

騎士団長という地位にある父親も、息子が同じ道を選んだことを喜んで応援してくれたし、親の七光りを抜きにしても、そこそこ優秀な騎士としての地位は得ていると思う。全ては、シフィルを守るために努力した結果だ。
もともと生真面目な性格であるし、あまり冗談を言うような質《たち》でもないせいか、怖い人だと思われていることは知っている。緊張したり、何かに真剣になったりすると眉間に皺が寄り、近寄りがたいと言われることも。

それでも親しい人たちはエルヴィンのことを理解してくれていたし、騎士という職業柄、相手に舐められないことは重要だったので、そこまで困ることはなかった。それに、怖がられて女性から遠巻きにされることも好都合だった。エルヴィンにとって、そばにいて欲しいのは、シフィルただ一人だから。

もっとも、そのシフィルの前でも緊張して、不機嫌そうな顔しかできないのだが。

シフィルは、いつまでたっても自身の美しさには全く気づかない。それどころか、地味で可愛げのない女だと自らを卑下《ひげ》している。

きっとそれは、可憐な妹がそばにいるからだ。

二人は仲の良い姉妹だが、シフィルと対照的な容姿を持つローシェの存在は、彼女から自信を奪っていく。

可愛らしいものが誰よりも好きなのに、妹の方がそういったものは似合うから、と一歩引いたようなところに、何度もどかしい思いをしただろう。シフィルだって、きっと可愛らしいものがよく似合うはずなのに。

リボンやレースなど､彼女が好きなものに囲まれて幸せそうに笑う姿を見たいと､それをエルヴィン自身の手で実現してやりたいと夢見ていた。

なのに、肝心のシフィルを前にすると、緊張してまともに顔が見られなくなる。会うたびに可愛く、更に美しくなっていくシフィルを、エルヴィンは直視することができなかった。

それでもシフィルのことを諦められず、遠くから見つめ続ける日々。

シフィルを守ると決めたのに、そばにいられないことがもどかしかったものの、彼女は自ら危険に飛び込んでいくようなタイプではないから、こっそり見守ることが唯一できることだった。もちろん、彼女に近づく男は念入りに排除したが。

そして銀の星の女神は、そんなエルヴィンにまるで訴えかけるように、時折シフィルの瞳の奥にあらわれた。きっとそれは、彼女をしっかりと守れという女神なりのメッセージだったのだろうが、シフィルと目を合わせようとするたびにちらつく銀の色は、エルヴィンを苛立たせた。

女神に指示されるまでもなく、エルヴィンはシフィルを守るつもりでいる。もしも彼女に危険が及ぶことになれば、この身に代えてでも守ると決めている。

ここまで女神に愛されたシフィルを、そのうち女神が連れ去ってしまうのではないか、いつかあの美しい青緑の瞳が銀に染まり、元に戻らなくなるのではないかと思うと恐ろしくて、だんだんと彼女と目を合わせることができなくなった。

それでもシフィルに関するほんの些細《ささい》な情報でも欲しくて、エルヴィンは彼女の妹であるローシェと親しくしていた。もともと幼馴染《おさななじみ》として交流はあったし、ローシェの婚約者である第三王子マリウスとも、仕事柄それなりに接することがある。マリウスも将来の義姉であるシフィルとは、エルヴィンよりもよっぽど親しくしているようだから。

そんなマリウスとローシェは揃ってエルヴィンの恋心を揶揄《からか》うことを楽しんでいて、内心鬱陶《うっとう》しく感じることもある。それでも彼らからもたらされるシフィルの情報の貴重さは何物にも替え難かったし、彼らが本音では応援してくれていることは分かっていたので、多少揶揄《からか》われることは情報料だと思って我慢している。

夜会でのシフィルはあまりにも美しくて、彼女に見惚《みと》れる男たちを見ていたら居ても立ってもいられなくて、皆の前でユスティナの祝福をもらうという強引な手段を使い、逃げ道を塞いでシフィルを手に入れた。

それでもエルヴィンは、全身全霊をかけて彼女を幸せにするつもりでいた。姉《シフィル》を何より大切にしているローシェに反対されなかったことも、後押しになった。

なのに、シフィルを前にするとやはり緊張から眉間に皺が寄ってしまう。そのせいで、自分に嫌われているのだと彼女に勘違いさせているとは思わなかった。

更に、エルヴィンはローシェのことを好きだと思っていたとシフィルから聞かされた時は、心底驚いたものだ。ローシェのことは妹のような存在としか見たことがなかったから、そんな誤解が生じるとは夢にも思わなかったのだ。

誤解が解けたのは、つい先日のこと。

あの優しく可愛らしい声が、エルヴィンが好きなのだと告げてくれたことを思い出すだけで、ついニヤニヤと笑み崩れてしまう。

抱きしめたぬくもりも、その華奢《きゃしゃ》な身体もどこか甘い香りも、愛おしくてたまらなかった。

仕事中にも思い返して、あまりにニヤニヤしすぎていたからか、ヘンドリックにはキモいと何度も言われてしまったが。

関係を進めたい気持ちはずっと身体の奥に燻《くすぶ》っているものの、エルヴィンの一方的な欲をぶつけて、シフィルに怖がられたり嫌われたりしたらと思うと、どうしても踏み出すことを躊躇《ちゅうちょ》してしまう。

結婚にあたって夫婦の営《いとな》みをしないと言ったシフィルの真意は分かっている。きっと女神の加護のことを気にしているのだろう。

エルヴィンとしては、女神の加護など正直どうでもいい。ただシフィルの気持ちがちゃんと前向きになるまでは、いつまでだって待つつもりだ。

もっとも、女神に対してシフィルは自分のものだと宣言したい気持ちはあるが。まだ時折、瞳の奥を銀色がよぎる気がして、しっかりと彼女の瞳を見つめることができずにいるのが、エルヴィンは少し歯痒《はがゆ》い。

そして最近は、シフィルの顔を見るだけで頬が緩む。この可愛い人が自分の妻なのだと思うと、嬉しくて幸せでたまらないのだ。そのため、シフィルの前では意識して眉間に皺を寄せている。にやついた、だらしない表情を見せるわけにはいかない。

だから、もう少しましな表情を保てるようになるまでは、関係を深めるのは難しいかもしれない。

そばで一緒に眠っているのに指一本触れられない状況はまるで甘い拷問《ごうもん》のようだが、それでもエルヴィンは幸せだ。時折興奮した自身をなだめるために、夜中に何度か浴室へ駆け込む必要はあるが。おかげで最近少し寝不足ではあるものの、シフィルのそばで眠ることをやめるつもりはない。

それに、毎朝出がけに額とはいえ口づけをすることができるようになったのはかなり大きな一歩なのではないかと思っている。毎回シフィルの頬が赤く染まるのは可愛らしいし、その反応を見る限り、きっと嫌がられてはいないはずだ。

もどかしいほどの速度ではあるが、このまま少しずつ触れ合いを増やしていけば、いずれは――

思わずだらしなく緩んだ頬を押さえて、エルヴィンは寝室の扉を開けた。

「……シフィル？」

ベッドの上に誰もいないことに眉を顰《ひそ》めて部屋を見回したエルヴィンは、ソファの上で眠るシフィルの姿に気づいて慌ててそちらに足を向けた。

テーブルの上には、飲みかけの酒のボトルとグラス。シフィルが好きな、甘い果実酒だ。どうやら酒を飲んでいて、眠ってしまったようだ。ガウンを着ているから、きっとここでエルヴィンを待っていたのだろう。

先に眠っていてくれていいのに、それでもエルヴィンを待っていてくれようとするシフィルの気持ちがいじらしく、嬉しい。

「シフィル、ベッドで眠ろう」

声をかけて緩く肩を揺すると、シフィルは一瞬顔をしかめるものの、目覚める気配はない。

すうすうと気持ち良さそうに寝息をたてているので起こすのが可哀想になるが、さすがにソファの上で眠らせるわけにはいかない。

エルヴィンはため息をつくと、恐る恐るシフィルの身体を抱き上げた。

柔らかな身体と、酔いのせいかいつもより少し高い体温。そして抱き上げた拍子に微かに漏れた声に、エルヴィンの理性が崩壊しそうになる。果実酒の甘い香りと、シフィル自身の甘い香りが入り混じって、頭がくらくらしそうだ。

騎士たるもの、眠っているシフィルに手を出すようなことは決してしてはならないと、眉間に力を入れてエルヴィンはそっと彼女をベッドへと運ぶ。

慎重にゆっくりと降ろし、シフィルが目覚めないことを確認して、エルヴィンはようやく身体の力を抜いて大きく息を吐いた。そして、穏やかな表情で眠るシフィルの頭を優しく撫でる。

その瞬間ふわりと幸せそうに緩む表情は、何度見てもエルヴィンの心をとらえて放さない。

まっすぐな銀の髪はうっとりするほど触り心地が良くて、いつまででも指を絡めていたくなる。

さらりとシーツの上に広がったその髪をもっと乱せる日は来るのだろうかと、エルヴィンは髪を掬《すく》い上げて口づけつつ考える。

エルヴィンが与える快楽に、シフィルはどんな反応を示すのだろう。普段の声だってもちろん可愛らしいが、もっと甘さを増した声はどんな響きなのだろう。

この華奢《きゃしゃ》な身体を暴いて快楽でぐずぐずに溶かし、自分のことだけしか考えられないようにしたいと、エルヴィンは思わず熱いため息をついた。

うっかり邪《よこしま》な妄想をして、エルヴィンは慌てて首を振る。このままだと、眠るシフィルに手を出してしまいそうだ。

それでも、額に口づけくらいは許されるだろうかと自らの雑念と戦っていると、不意にシフィルが小さくうめいた。

起こしてしまったかと慌てて身体を離すと、シフィルは眉を顰《ひそ》めながらガウンの腰紐を解こうとしている。きっと酔いのせいで体温も上がっているだろうし、暑いのだろう。

色々と良からぬことを考えていたこともあって、なんとなく手出しをするのも気が引ける。つい黙って見守ってしまったエルヴィンの目の前で、シフィルの指が腰紐を解《ほど》いていく。そしてそのまま、まごろりとこちらに寝返りをうつと同時に、器用に片腕を脱いだ。

「……っ」

エルヴィンは、思わず漏れそうになった声を抑えるために、両手で口を塞いだ。

ガウンの下、シフィルが身につけていたのは白いシフォン地の下着。なだらかな身体のラインを彩《いろど》るような薄布は美しいものの、肌が透けて見える。

きっとそれは、肌を隠すというよりも、より美しく魅《み》せるためのもの。

柔らかそうな胸の膨らみも、その先の淡く色づいた蕾《つぼみ》すら、薄布に彩《いろど》られて目の前に晒《さら》されている。

少し視線を下に向けると頼りないほどに細いレースがかろうじて秘部を守っていて、その奥に隠された秘められた場所を暴きたいという欲望を、エルヴィンは慌てて首を振って耐える。それでも、下半身に一気に血液が集中していくのは止められない。

目を見開いて固まるエルヴィンの前で、シフィルは眉を顰《ひそ》めながら完全にガウンを脱いでしまう。役目を終えたガウンはベッドの下に滑り落ち、白く妖艶《ようえん》な下着を身に纏《まと》ったシフィルの姿が余すところなく晒《さら》された。

やはり暑かったのか、それとも酔いのせいか、肌はほんのりと淡く色づいている。冷たいシーツの感触が心地良いようで、シフィルは目を閉じたまま満足げな吐息を漏らし、またエルヴィンの方へと寝返りをうって近づいた。

どう考えても普段使いではありえない下着を身につけて眠るシフィルを見て、エルヴィンは荒くなりかけた呼吸を整えるべくゆっくりと深呼吸を繰り返す。

お互いの想いを確認し合ったとはいえ、顔もまともに見られない今の状況で身体を重ねることなど無理だろうと思っていたし、経験のないシフィルを思って焦らず進めるつもりでいた。最初にシフィルが宣言した夫婦の営《いとな》みをしないという言葉が、エルヴィンをどこか臆病にしていたせいもある。

だが、シフィルはそうではなかったのだろうか。

もちろんエルヴィンとしては今すぐにでも、という気持ちでいるので、大歓迎なのだが。

仕事に集中しすぎて遅くなったことが、死ぬほど悔《く》やまれる。

きっとシフィルは、恥じらいながら待っていてくれたのだろうに。テーブルの上に果実酒があったことを考えると、酔った勢いだったのかもしれないが。

それでも、愛する人からのこんなにも可愛らしく妖艶《ようえん》な誘いを、直接受けられなかった。

エルヴィンは大きなため息を落としながら、目の前で眠るシフィルを見つめる。

夢にまで見たシフィルの身体を、まさかこんな形で見ることになるとは。

柔らかそうで、綺麗で、美味しそうで、目が離せない。できることなら今すぐにでも味わいつくしたいところだが、さすがに眠る彼女に許可なく触れるわけにはいかない。

それでも名残惜《なごりお》しくて、名前を呼んで起こそうとしてしまう。せめて剥《む》き出しの肩に触れるくらいは許されるだろうと、勝手に判断して。

「シフィル。……起き……るわけ、ないよな」

「んー……」

何度呼びかけても、シフィルは目覚めない。

可愛らしい声で、不満そうに唸《うな》るだけ。

微かに開いた薄紅色の唇に触れたい、どこもかしこも柔らかそうなその肌に触れたいと葛藤《かっとう》しながら、エルヴィンは一晩中、浴室と寝室を何度も往復することになった。

◇◆◇

「ん……」

随分よく寝たなという気持ちで、シフィルはゆっくりと目を開けた。部屋は明るく、朝であることを認識したと同時に、目の前にエルヴィンの顔があって思わず息をのむ。

いつもはこちらに背を向けて眠るエルヴィンが、シフィルの方を向いているなんて珍しいこともあるものだと、つい寝顔を観察してしまう。こんなに近くでじっくりとエルヴィンの顔を見ることなんて、もしかしたら初めてかもしれない。

長い睫《まつげ》毛が朝の光を浴びて頬に微かな影を落としているのを見つめつつ、目を閉じていても彼の顔はやはり整っているなと見惚《みと》れてしまう。

だけどこのところの仕事の忙しさのせいか顔色があまり良くない気がするし、目の下には隈《くま》ができている。

少しでもゆっくり休めるといいのだけどと思いながら、シフィルはエルヴィンの夜色《よるいろ》の髪に触れたい気持ちを堪《こら》えていた。きっと触れたら起こしてしまう。

髪に触れる代わりに再度寝顔の観察をすることにしたものの、眠っていても眉間に皺が寄っているのがおかしくて、シフィルは思わずくすりと笑ってしまった。

その声に反応したのか、エルヴィンの瞼が震える。

ゆっくりと姿をあらわした赤紫の目が、シフィルを捉えた瞬間、甘く細められた。初めて向けられたその優しい表情に、シフィルの胸がぎゅうっと苦しくなる。

「……っ、おはよう、エルヴィン」

動揺して震える声で囁《ささや》くように言うと、ハッとしたように目を見開いたエルヴィンの顔が、いつもの不機嫌顔に戻ってしまう。本当に不機嫌でないことはもう分かっているけれど、それでもさっきの柔らかな表情が消え失せてしまったことに今度は逆の意味で胸が苦しくなる。

「……あ、あぁ、おはよう」

何故か動揺したような声で、エルヴィンは視線を逸らしてしまう。やっぱり顔を見てはくれないのだなと少し悲しい気持ちになってうつむいたシフィルは、その時初めて自らの格好に気づいて声にならない悲鳴を上げた。

昨夜はソファでお酒を飲みながらエルヴィンを待っていて、その後の記憶がない。ベッドに移動しているし、羽織《はお》っていたガウンが見当たらないということは、彼が運んでくれたのだろうか。

すごい勢いで毛布に潜《もぐ》り、シフィルは真っ赤になった頬を押さえる。

着た時は深く考えていなかったけれど、この下着を着て眠るということはつまり、エルヴィンにも色々と見られてしまうということだ。

この、ほとんど裸に近い姿を見られたのだと思うと冷静ではいられない。とんでもない速さで打つ鼓動に、シフィルは毛布をかぶった闇の中で喘《あえ》ぐような呼吸を繰り返した。

――何も、なかった……のよね？

ほとんど隠せていないとはいえ下着は身につけたままだし、身体に違和感もない。初めては痛いと聞くけれど、どこにもそんな痛みはない。

やっぱり、こんな格好をして引かれたのだろうか。

それとも、エルヴィンはシフィルのことをそういう対象としては見られないとか。

下着はともかく、シフィル自身は色気のあるタイプではない。こんな貧相な身体では、その気になれないのかもしれない。

何もなかったことに安心する気持ちと、何もしてもらえなかったことに悲しくなる気持ちが混じり合って、シフィルは混乱する気持ちのまま、自らの身体を守るように抱きしめた。

「シフィル」

優しげなエルヴィンの声が聞こえたと思った瞬間、包《くる》まった毛布の上から抱きしめられて思わず悲鳴を上げてしまう。

彼の手はシフィルを毛布の中から出そうとしていて、身体を縮めて抵抗を試みるが、顔は外に出てしまう。せめて表情は見られないようにとシフィルは毛布に顔を埋めた。それでも毛布越しにぬくもりをいつもよりも強く感じるのは、普段の夜着よりもっと薄い下着しか身に着けていないせいだ。

「や、離し……て……っ」

「どうして?」

「ど、どうして……って、だってこんな……っ！　違うのっ」

「何が違う?」

くすくすと笑いながらエルヴィンが抱き寄せる腕に力を込めるから、シフィルは再びくぐもった悲鳴を上げた。

「だ、だってあの、これは……、えっと、アレッタが結婚祝いにくれて」

「素敵な結婚祝いだな」

「う、うん……。あの、せっかくだから、着た方がいいかなって……その、皆に言われて。これを着て眠ればいいって。そうしたら、その、えっと……」

「あぁ、アレッタ嬢には、俺が大喜びしていたって、伝えておいて」

「うん……って、えぇ!?」

耳元で響いた声に、シフィルは思わず大きな声を出してしまう。その反応に、エルヴィンは楽しそうな笑い声を上げた。

「こんなに素晴らしい格好をしているのにシフィルは気持ち良さそうに眠っているし、見るだけとか、何の拷問《ごうもん》かと思ったけどな」

「引かなかった……の？」

やっぱりしっかり見られていたのか、と熱くなる身体をなだめながら恐る恐る問いかけると、抱きしめる腕にまた力がこもった。

「まさか。どこに引く要素があるんだ」

「だって……、こんな格好……」

「シフィルが、俺とのことを前向きに考えてくれてるんだなって思って、嬉しかったけど」

「う、うん……」

「でも、急がなくてもいいから。こういうことは、人に言われてするものじゃないだろう」

ふわりと頭を優しく撫でられて、思わず涙が浮かぶ。

こんな格好をしておきながら、エルヴィンに見られることをちゃんと考えていなかったことや、やっぱり行為に怯《ひる》む気持ちがあることを、彼はきっとよく分かっているのだろう。

その優しいぬくもりが嬉しくて、シフィルは身体を縮めつつも、そっと涙を拭《ぬぐ》って笑った。

「俺は、着替えて先に行くから。朝食は、一緒に食べよう」

ぽんぽんと頭を撫でて、エルヴィンはそう囁《ささや》くと部屋を出ていった。


部屋の扉が閉まる音と遠ざかっていく足音を確認して、シフィルはようやく毛布から顔を出す。

朝の明るい光の中で改めて自分の格好を見下ろすと、泣き出したくなるほどに恥ずかしいし、これをエルヴィンに見られたのかと思うと叫び出したくなる。

鏡を見ないようにしながら着替えを済ませて、ようやく落ち着いたシフィルはため息をついた。


朝食の席で、エルヴィンは何事もなかったかのように接してくれた。だけどやっぱりまともに顔を見ることができなくて、シフィルはテーブルの隅をひたすら見つめ続けた。

あぁ、エルヴィンがテーブルの隅を見つめていたのはこういうことかと、少し彼の気持ちが理解できて、それだけは嬉しかった。


「行ってらっしゃい。気をつけて」

「うん。あとで城の図書館に来るんだろう。昼食は、一緒に食べよう」

「分かったわ」

そんな会話を交わしたあと、エルヴィンはそっとシフィルを抱き寄せた。慌てて目を閉じたシフィルの額に、柔らかなものが一瞬触れて離れていく。

毎朝のことなのに、そのたびに身体が熱くなる。今朝は、あの下着のことがあるから余計に。

目を開けると、耳を赤くしてこちらに背を向けるエルヴィンの横顔が見えた。

「――っ行って、くる」

「うん。また……お昼に」

お互い真っ赤になった頬を見られないように視線を逸らして、ぎこちない会話を交わす。

エルヴィンが出ていった玄関の扉をぼうっと見つめながら、シフィルは彼の唇の感触を思い出していた。

うっかり、それが自分の唇に触れたらどうなるだろうと想像して、更に真っ赤になってしまったけれど。

■　魔除けの石と、銀の痣《あざ》の持ち主

軽く家のことを済ませたあと、シフィルは城へと向かった。月に数回ユスティナが図書館で子供たちに読み聞かせをしていて、シフィルもその手伝いをしているのだ。

「シフィル、ご結婚おめでとう。式には呼んでくれるっていうから楽しみにしていたのに、まさか式を挙げないなんて。びっくりしちゃったわ」

図書館で、ユスティナはそう言って唇を尖らせた。王女であり聖女でもある彼女は、幼馴染《おさななじみ》のシフィルの前だと少しだけ気安い態度に変わる。

「ごめんなさい……、いつかまた日を改めて、とは思ってるんだけど」

「エルヴィンも、そう言っていたわ。わたくしね、シフィルのドレス選びをすごく楽しみにしてたの。だから、式の日取りが決まったら絶対に教えてね。あなたに似合いそうなドレスを見繕っておくわ」

ふふふと悪戯《いたずら》っぽく笑ったユスティナは、まだ見ぬシフィルのドレス姿について熱く楽しそうに語る。ユスティナも、可愛らしいものがとても好きなのだ。彼女は自分で身につけるよりもまわりの人間を飾り立てる方が好きで、侍女らもよくそれに巻き込まれていると聞く。

とはいえ、普段は聖女として月の塔と呼ばれる城の一角で女神に祈りを捧げていることの多いユスティナの唯一の楽しみなので、それを拒《こば》む者はいないけれど。

「あなたたちの祝福をしてから、わたくし最新のドレスのカタログを取り寄せたのよ。シフィルには、やっぱり可愛らしいドレスが似合うかしら。裾がふんわり広がった、花やリボンがたくさんついているような」

「え、そんな可愛らしいドレスは、私には似合わないわ……」

慌てて首を振るシフィルを見て、ユスティナはため息をついた。

「シフィル、あなたはとても可愛くて、魅力的な女性よ」

「でも」

反論しようとしたシフィルの唇に指を当てて、ユスティナは首をかしげる。きっと彼女には、シフィルがこのあと何を言おうとしたかはお見通しだ。

「無理にローシェと比べる必要はないわ。あの子が可愛らしいことは否定しないけれど、シフィルだって、とっても可愛いわ」

幼い頃からシフィルを見てきたユスティナは、同い年なのに姉のような存在だ。ローシェに対して劣等感を抱いていることも、彼女には知られている。ユスティナは、シフィルが自分を卑下《ひげ》するたびにそんなことはないと声をかけてくれるけれど、シフィルはなかなかそれにうなずくことができずにいた。

可憐で愛らしくて、王子に見初《みそ》められて婚約をした、誰が見ても物語の中のお姫様のようなローシェ。そんな彼女がそばにいれば、シフィルを見てくれる人などいないと思っていた。

今までシフィルに近づいてきたのは、ローシェ目当ての男ばかりだったから余計に。

エルヴィンがシフィルを好きだと言ってくれたことでほんの少しだけ自分に自信を持てるようになったけれど、それでも長年のうしろ向きな思考はなかなか変えることができない。

「きっと、これからね。シフィルが変わるのは」

そう言って、ユスティナは優しく微笑んだ。何のことか分からず怪訝《けげん》な表情を浮かべるシフィルを見て、ユスティナはこそりと耳元に唇を寄せる。

「エルヴィンに愛されることで、シフィルはもっともっと美しくなるわ。もちろん、今でもあなたはとっても素敵だけどね」

「……っ」

熱を持った頬を押さえたシフィルを見て、ユスティナはくすくすと笑った。

「ここだけの話、祝福をしたものの、どうなることかと思ったのよ。あれは完全にエルヴィンの暴走だったものね。てっきり二人で祝福をもらいに来たと思ったから、わたくしも嬉しくなってつい前のめりに祝福をしてしまったけど、あとで内心ちょっと焦ったわ」

「えっ……、嘘、気づいてたの？」

言葉を取り繕うことすら忘れて目を見開くシフィルに、ユスティナはため息をついてうなずいた。

「正直なところ気づいたのは、祝福をした直後ね。シフィルの表情が絶望感にあふれていたから。でも、わたくしの祝福は、お互いに想いがなければ与えられないの。何か行き違いがあるにせよ、エルヴィンとシフィルがお互いを好きなことは分かったわ」

「祝福って、そうなんだ……」

頬を押さえたまま、シフィルは呆然とつぶやく。

「当たり前でしょう。月の女神は愛を司《つかさど》るのよ。誰彼かまわず祝福を与えていたら、大変なことになるじゃない。時々いるのよ、不道徳な行いをしているのに祝福を欲しがるような人が。わたくしが祝福をするのは、ちゃんと真面目にお互いを想い合っている二人だけだわ」

ユスティナの言葉に、確かにその通りだなとシフィルも納得してうなずく。

「エルヴィンがシフィルのことを好きなのはずっと前から知っていたから、シフィルもエルヴィンのことが好きだと分かって、わたくし嬉しかったの」

「ユスティナ様も知ってたの？　その、エルヴィンの気持ちを。私、全然知らなくて……」

「そりゃあ、あれだけ熱い視線を送っているんだもの。そばで見ていたら分かるわよ。むしろシフィルがどうして気づかなかったのか不思議だわ」

「私、ずっとエルヴィンには嫌われてると思ってたから……」

「えぇ!?」

驚いて目を見開くユスティナに、シフィルは彼の表情が自分に向けられる時だけこわばって怖くなることを説明する。今はもうそれが緊張からくるものであることを知っているけれど、それでも怒ったような表情を向けられるよりは笑いかけて欲しいと願ってしまう。

「何でもそつなくこなすくせに、肝心なところでは不器用なのね、エルヴィンは」

困った人ねとため息をつくユスティナに、シフィルも同意して小さくうなずく。

「えぇとそれで、一応確認なんだけど、あなたたちの行き違いは解消されたのよね？」

「それは大丈夫。だけどまだ、ちゃんと顔を見て話すこともできていないの。だから挙式はまだまだ先になりそう」

「まぁ、挙式までの準備期間がたくさんあると前向きに捉えるしかないわね。それまでに、素敵なドレスを選びましょう。ねぇ、今度お茶をしながら一緒にドレスのカタログを見ない？　気に入ったものがあれば、試着できるように取り寄せるわ」

「ありがとう、ぜひ」

「楽しみだわ。親友のドレスを選ぶの、ずっと夢だったのよ」

まるで自分のことのように喜んでくれるユスティナの気持ちが嬉しくて、シフィルも微笑みを浮かべた。その穏やかな表情を見て、ユスティナが安心したと小さく笑う。

「本当にシフィルは今、幸せなのね。今までとは全然表情が違うわ」

「そ、そう？」

「えぇ、何だか雰囲気がとても柔らかくなったわ。やっぱり愛されると変わるのねぇ」

何が変わったのか自覚がないけれど、にこにこと笑うユスティナの視線に耐えかねて、シフィルは赤くなった頬を隠すようにうつむいた。


読み聞かせを終えて図書館を出たシフィルは、ユスティナと共にエルヴィンとの待ち合わせ場所である城の食堂へと向かった。

途中、騎士団の訓練場が見える通路で無意識のうちにエルヴィンの姿を探してしまったシフィルを見て、ユスティナがくすくすと笑う。

「あら、シフィルの想いが通じたかしら。あそこにいるのは、エルヴィンじゃなくて？」

ユスティナの指差す先に見えるのは確かにエルヴィンで、シフィルはつい身を乗り出してしまった。

真剣な表情で訓練をする姿は、普段とはまた違っていて目が離せない。長い髪を優雅に舞わせながら、重たそうな剣を軽々と振り回す姿に思わず見惚《みと》れてしまう。

結局、訓練が終わるまでシフィルはその通路から動くことができなかった。

訓練が終わり、騎士たちが引き上げていくのを見て、ようやくユスティナがずっと隣で待っていてくれたことに気づく。

「ご、ごめんなさい」

慌てて頭を下げるシフィルに、ユスティナは笑って首を横に振った。

「こんなにも一途に想ってくれる相手がいて、エルヴィンは幸せ者ね。そろそろ昼休憩の時間でしょうから、ここで待っていましょう」


しばらくして訓練場の端にある事務室から出てきたエルヴィンは、隣のヘンドリックと何やら会話をしながら歩いている。

楽しそうに話すその表情に、シフィルの胸が少しだけ疼《うず》く。だってシフィルは、エルヴィンにそんな笑顔を向けてもらったことがないから。

「せっかくだから、こちらから迎えに行きましょうか。エルヴィンも、きっと喜ぶと思うわ」

シフィルがまたうしろ向きなことを考えたことに気づいたのか、ユスティナが明るい声を上げてシフィルの手を引いた。そばの階段を降りていけば、ちょうどエルヴィンたちと出会う形になる。

だけど一歩踏み出そうとした時、高い声がエルヴィンの名前を呼んだ。

「……っ」

足を止めたシフィルの視線の先で、エルヴィンが声の主を探して振り返った。

彼に駆け寄ってきたのは、秘書官の制服を着た可愛らしい女性。柔らかく波打つ金の髪に、菫色《すみれいろ》のリボンがよく似合っている。

垂れがちな目は優しげだし、花びらのような唇は可憐な微笑みをたたえている。小柄で一生懸命にエルヴィンを見上げる様子も可愛らしい。

書類を差し出して、彼女はエルヴィンに何かを熱心に話しかけている。エルヴィンはうなずいて、穏やかな笑みを浮かべた。見知らぬ女性に向けられたその表情に、シフィルの胸がずきりと痛む。

一度として、シフィルに向けられたことのない、その笑顔。

「シフィル？」

訝《いぶか》しげに振り返ったユスティナに慌てて笑ってみせて、シフィルはゆっくりと階段を降りた。少しずつ、エルヴィンとの距離が近づくごとにシフィルの胸が苦しくなる。

エルヴィンと、見知らぬ可憐な女性が並ぶところなど近くで見たくない。醜い嫉妬《しっと》で、シフィルはきっと酷い顔をしているだろう。このままでは、何の罪もないあの女性をにらみつけてしまいそうだ。

必死で祈ったのが通じたのか、やがて女性は手を振って離れていった。

シフィルは、こわばった身体の力を抜こうと、そっとため息をついた。

「あれ、シフィル。ユスティナ様も」

階段を降りてきた二人に気づいたエルヴィンが、驚いたような表情を浮かべて駆け寄ってくる。

シフィルは、慌てて笑顔を貼りつけた。

「ごきげんよう、エルヴィン。ランチをご一緒しようと思っていたのだけど、わたくし急ぎの用があることを思い出してしまったの。ヘンドリック、お部屋まで付き添ってくださるかしら」

シフィルの横を通り過ぎたユスティナが、にっこりと笑ってヘンドリックの腕を掴む。

「え？　あ、えぇもちろんです、ユスティナ様。さぁ参りましょう」

どこか芝居がかった口調でヘンドリックがうなずき、恭《うやうや》しくユスティナを促す。

ユスティナは、エルヴィンの肩を叩いてにっこりと笑うとシフィルに手を振り、ヘンドリックと共に去っていった。

二人残される形となり、シフィルは戸惑いつつもエルヴィンを見上げる。ユスティナは、きっと二人きりにしてくれたのだろうけど、今のシフィルはエルヴィンの前で素直に笑える自信がない。

ちらりとこちらを見たエルヴィンは、やはり眉間に皺を寄せている。その理由を分かってはいても、他の女性には向けた笑顔が自分には向けられないことに、どうしても落ち込んでしまう。

「シフィルが来てくれるとは思わなかった。こちらから迎えに行くつもりだったんだが」

そう言って、エルヴィンがシフィルの腰を抱き寄せる。顔は不機嫌そうだけど回された腕は優しくて、シフィルはそのぬくもりに縋《すが》るように身体を寄せた。

「そうだ、これをシフィルに」

思い出したように、エルヴィンが胸元から白い小箱を取り出す。それを受け取ったシフィルは、首をかしげてエルヴィンを見上げた。

「これは？」

「開けてみて」

促されて、シフィルは小箱を開ける。中から出てきたのは、可愛らしいバレッタだった。たくさんの赤紫の石が花の形を模《も》していて、まるで小さな花束のよう。太陽の光にきらきらと輝く石は、エルヴィンの瞳の色によく似ている。

「綺麗……」

思わずつぶやくと、エルヴィンが視界の隅で顔を背けたのが見えた。こちらに向いた耳が赤いので、恐らく照れているのだろう。

「シフィルは、いつも髪飾りをつけているだろう。だから、それも使ってもらえると嬉しい」

視線を逸らしつつ、エルヴィンがシフィルの髪を撫でた。まっすぐで扱いにくい髪なのであまり凝《こ》った髪型にすることはなく、大抵耳より上の髪をうしろでまとめて結び、あとは下ろしている。

エルヴィンは、着飾ることが苦手なシフィルが唯一身につけるのが髪飾りであると知っていて、これを贈ってくれたのだろうか。

重苦しかった胸の中に、柔らかくあたたかいものが広がっていき、シフィルは思わず微笑んだ。

「ありがとう。すごく嬉しいわ」

笑顔を向けてもらえなくても、エルヴィンはシフィルのことをこんなにも想ってくれている。

シフィルは、くすぐったいような気持ちで笑うと、バレッタを手に取ってエルヴィンを見上げた。

「せっかくだから、今つけてもいいかしら」

「それなら」

うなずいたエルヴィンが、シフィルの手からバレッタを取り上げた。髪に結んでいたリボンを解《ほど》くと、代わりにバレッタをぱちりと留めてくれる。

「……よく似合う」

満足そうな声でうしろから囁《ささや》かれて、シフィルは熱くなった頬を押さえた。

「ありがとう、エルヴィン。大切にするわ」

振り返って見上げると、エルヴィンは穏やかな微笑みを浮かべていた。なのに、シフィルと目が合った瞬間に眉間に皺を寄せてしまう。

「私にも、笑って欲しいわ」

「え？」

つぶやくと、エルヴィンが戸惑ったように目を見開いた。

シフィルは小さくため息をついてエルヴィンの方に向き直り、くっきりと深い皺を刻む眉間に指先で触れる。

「さっきね、少し嫉妬《しっと》したの。私には向けたことのない笑顔を、知らない女の人に向けていたから」

言いながら、不満な気持ちを込めて強めに眉間の皺を押し伸ばすと、エルヴィンは困ったような表情で口元を押さえた。

「いや、そんな……、っていうか、シフィル、近い」

「だって。ねぇ、私にも笑って」

子供のような我儘《わがまま》を言っている自覚はあるけれど、もうあとにはひけない。

自分の中にこんなにも強い嫉妬心《しっとしん》があったなんてと思いながら、シフィルはエルヴィンの顔をのぞき込む。

目を合わすまいと必死な様子で視線を逸らしていたエルヴィンは、ため息とも唸《うな》り声ともつかないものを漏らしたあと、眉間を押していたシフィルの手を掴むとそのまま強く抱きしめた。

「わ、……ちょ……っ、エル、ヴィン」

急に近づいた距離に、シフィルは動揺して身体をよじろうとする。だけど、しっかりと背中に回った腕がそれを許してくれない。

うしろから抱きしめられた時よりもっとエルヴィンの体温を感じて、シフィルの全身から一気に汗が噴き出したような気がする。

というか、ここは家の中でもなく公共の場だ。周囲に人の姿はないものの、すぐそこはエルヴィンの職場なのだ。

こんなところを誰かに見られたらと思うと、なおさら冷静ではいられない。

「は、離して……」

ものすごい速さで打つ鼓動が苦しいほどで、訴えた声は動揺のあまり震えていた。

「ごめん。シフィルの可愛い嫉妬《しっと》に、今の俺は気持ちが悪いほどに顔が緩んでるんだ。こんな顔、見せられない」

はぁっと熱い吐息が耳をくすぐり、シフィルは思わず身体を震わせてしまう。

だけど同時に、右手に感じるエルヴィンの鼓動もシフィルと同じくらいの速度で打っていることに気づいて、少しだけ嬉しくなる。

「その顔が、見たいのに」

られてしまった。

「幻滅されたくないんだ」

つぶやいて顔を上げようとすると、そう言って動きを封じるようにぎゅうっと更に強く抱きしめ

しばらくそうしていると、エルヴィンが小さくため息をついたあと、ようやくシフィルの身体を解放してくれた。

すかさず見上げたエルヴィンの顔は、眉尻を下げた少し情けない表情をしていた。照れ隠しなのか手で口元を覆《おお》っているけれど、眉間には皺が寄っていない。

「……やっぱり、無理だ」

目が合った瞬間、皺が寄りかけた眉間を揉むように押さえてエルヴィンが顔を背けるのを見て、シフィルは思わず笑ってしまった。

「ほら、笑うだろう」

今度こそ眉間に皺を寄せてエルヴィンが拗《す》ねたような口調で言うから、シフィルは笑いを堪《こら》えながら見上げた。

「ごめんなさい、でも幻滅なんてしないわ。エルヴィンの色々な表情を見たいの」

「シフィル、そういうことを言われると、余計に表情を保てないんだが」

何度目かのため息をついたエルヴィンが、汗を拭くためにポケットからハンカチを取り出した。

その拍子に、小さな巾着《きんちゃく》がぽとりと地面に落ちる。

「何か落ちたわよ」

拾い上げようと手を伸ばしたシフィルは、見覚えのあるその巾着《きんちゃく》に目を見開いた。

「これ……」

「あぁ、うん。俺のお守りで、宝物だ」

シフィルの手から巾着《きんちゃく》を受け取ったエルヴィンは、大切そうにそれを両手で握りしめる。

濃紺の生地に金の星が刺繍された小さな巾着《きんちゃく》は、エルヴィンが騎士学校に入学する時にシフィルが贈った守り袋だ。彼が怪我をすることのないよう祈りを込めて縫い、刺繍も施した。中にはこっそり、自分の血から作った魔除けの石も忍ばせている。

「すごく嬉しかったから。今まで俺が大きな怪我なく過ごしてこられたのは、きっとこの守り袋のおかげだと思ってる」

「まだ持っていてくれたなんて……」

胸がいっぱいになって、シフィルは口元を押さえた。嫌われていると分かっていてもどうしても渡したかったあの頃の自分の気持ちが、報われたような気がする。

「もらったあの日からずっと、いつも身に着けてる。改めて、ありがとう、シフィル」

穏やかな声でそう言われて、シフィルは滲《にじ》んだ涙を拭《ぬぐ》って笑った。

二人で食堂に向かって歩きながら、エルヴィンは思い出したようにくすりと笑った。

「それにしても、まさかシフィルが嫉妬《しっと》してくれるとは思わなかったな」

機嫌の良さそうな声は、嫉妬《しっと》を喜んでいるようだけど、シフィルは唇を尖らせてしまう。思い出すと、やっぱり胸がモヤモヤするのだ。

「だって。何だか可愛い人だったし」

ぽつりとつぶやいて、シフィルはうつむいた。

小柄で、可愛らしいものがよく似合う可憐な人。自分とは正反対のその存在は、どうしてもシフィルの思考をうしろ向きにする。

あんな可憐さが少しでもあれば、エルヴィンは笑顔を向けてくれるのではないかと思ってしまう。

シフィルのため息に気づいたのか、エルヴィンは腰を抱き寄せる腕に力を込めた。

「彼女は単なる仕事仲間だし、俺はシフィル以外の女性には、何の興味もない」

きっぱりと言い切り、エルヴィンはシフィルの左手を取って指輪に触れた。

「他の、何とも思わない相手の前ならいくらでも笑えるのに、シフィルの前では笑顔ひとつまともにできないのは、申し訳ないと思ってる。だけど……見捨てないで欲しい」

「見捨てるなんてことは、ないけど」

つぶやくと、エルヴィンの腕が更に強くシフィルを抱き寄せた。

「それに、俺の方こそ不安なんだ。今日はユスティナ様が一緒だったから良かったが、今後騎士団には決して一人で近づかないでくれ。猛獣の檻《おり》に飛び込むようなものだからな」

「そんな、猛獣って」

思わず目を見開いて見上げると、エルヴィンは苦い表情で首を振る。

「本当だ。騎士団にも、きみを狙っていたやつがどれほどいたことか。結婚していたって、油断なんて少しもできない」

「えぇっ、それは言いすぎだと思うわ」

「シフィルは、自分が思っている以上に可愛いということを認識すべきだな」

それはきっと買いかぶりすぎだと思うけれど、彼の口から可愛いと言ってもらえたことが嬉しくて、シフィルは込み上げてきた笑みを隠すように口元を押さえた。

◇◆◇

二人で食事をしたあと、エルヴィンは仕事に戻っていった。

気をつけて帰るように、人通りの多い道を通るようにと何度も念を押し、本当は送っていきたいと言い出すエルヴィンの過保護ぶりに、シフィルは苦笑いしつつ首を横に振った。

城を出て大通りへと向かうと、シフィルは途中でお気に入りの茶葉専門店へと立ち寄った。最近あまりよく眠れていないエルヴィンのために、リラックス効果のあるブレンドを中心に購入する。安眠のためには、寝具を変えるのもいいかもしれないと考えながら、シフィルは手に持った茶葉の包みを抱え直した。ついたくさん買いすぎてしまったので、少し重たい。

その時、鞄の中からリボンがひらりと落ちた。

エルヴィンが贈ってくれたバレッタをつけたので、もともと結んでいたリボンは鞄の中にしまっていたのだけど、荷物を持ち替えた拍子に飛び出してしまったようだ。

「あ、待って」

軽いリボンは、風に舞って飛ばされていく。シフィルは、慌ててそれを追いかけた。

飾り気のないシンプルなリボンだが、それはシフィルにとっては大切なもの。エルヴィンの髪によく似た夜空の色をしていて、お気に入りなのだ。

ふわりふわりと、リボンは地面すれすれを飛んでいく。荷物のせいであまり速く走れないシフィルとの距離は開く一方で、気持ちが焦る。

一際《ひときわ》強い風に宙を舞ったリボンは、古い建物の門に引っかかってようやく止まった。

リボンだけを見て追いかけていたので気づかなかったけれど、シフィルはいつの間にか裏通りに入り込んでしまっていた。

人通りがなく、薄暗い裏通りはあまり治安が良くない。

シフィルは急いでリボンを取ると、周囲を見回した。生まれ育った街とはいえ、シフィルがよく知るのは大通りのみ。こんな裏通りに入ったことはなくて、全く知らない場所に来たような気がする。

早く大通りに戻ろうと、恐らくこちらだろうと見当をつけて歩き出した時、脇道から小柄な影が飛び出してきた。

「……っ⁉」

どしんと腰付近に衝撃を感じたと同時に、シフィルはよろめいてその場に膝をつく。弾みで荷物を落とし、地面に茶葉の包みがいくつも転がった。

すぐそばには、黒っぽいローブのフードを頭からかぶった小柄な影がうずくまっている。どうやらぶつかった拍子にお互い転倒してしまったらしい。

「あの、大丈夫……ですか？」

顔は見えないものの、背格好からシフィルより小さなその姿は子供のようで、シフィルはそっと声をかける。

恐らく相手のものであろう荷物もいくつか散らばっていて、それを拾い上げようとしたシフィルは、息をのんで手を止めた。

地面にいくつも転がる赤く美しい宝石に似た結晶は、シフィルもよく知るもの。

それは、銀の痣《あざ》を持つ者の血から作られる、魔除けの石だった。

目の前に転がる赤い石を呆然と見つめていると、薄汚れた小さな手が慌てたように拾い集めていく。

「待ってそれ……」

手を出そうとしたら激しく振り払われて、シフィルはびくりとして動きを止めた。

その拍子にかぶっていたフードが脱げて、くしゃくしゃの金髪があらわれた。

まだ十にも満たないと思われる少女は、怯えた目をしながら守るように胸元で石を握りしめた。

その腕は傷だらけで痛々しく、微かに血が滲《にじ》んでいる。めくれ上がったローブの袖の奥、肘の内側に見覚えのある銀の痣《あざ》を見つけて、シフィルは目を見開いた。

「……大、丈夫？」

恐る恐る声をかけると、少女はびくりと身体を震わせる。警戒する様子を見せる少女に、シフィルは安心させるために笑いかけた。

「怖がらないで。私もあなたと同じ痣《あざ》を持っているの」

シフィルの言葉に、少女は戸惑ったように緑の瞳を揺らした。

「――っ」

少女が何かを言おうとした時、背後から荒々しい足音が響いた。その瞬間、少女は怯えた表情でシフィルに抱きついてきた。

「アリス、探したんだぞ。おまえはすぐに迷子になるから、皆心配しているんだ。さぁ、戻ろう」

足音の主は三人の中年の男で、見るからに堅気《かたぎ》ではなさそうな雰囲気だ。シフィルを見て一瞬足を止めたものの、有無を言わさぬ様子で一人の男が少女の腕を掴む。優しげなのにどこか芝居がかった口調に、アリスと呼ばれた少女は泣き出しそうな表情で、シフィルの服の袖をぎゅっと握りしめた。

「あの、怖がってるみたいですけど……」

シフィルの言葉に、男は苛立ったような表情を浮かべた。にらみつけられて少し怯《ひる》むけれど、エルヴィンの不機嫌な表情を見慣れているんだから平気だと自分に言い聞かせて、アリスを守るように抱き寄せた。

「お嬢さんには関係ないだろう。さぁ、アリス、おいで」

「……嫌っ！」

悲鳴を上げたアリスが、必死な様子でシフィルに縋《すが》りついてくる。それを見て、シフィルは眉根を寄せた表情で男を見上げた。

「ほら、すごく嫌がってるじゃないですか。それに……、これ、魔除けの石ですよね。こんなにたくさん、しかもこの大きさ……、この子に無理に作らせたのでは？」

傷だらけのアリスの手に触れながらそう言うと、図星だったのか男の表情が更に苛立ったものになり、小さく舌打ちが聞こえた。

「うるさいな、余計な口出しをしないでくれ」

「……っ嫌、もう嫌！　いつもナイフで切られるの。痛いのもう嫌なのっ！　おうちに帰りたい……っ、お父さんとお母さんに会いたいようっ」

耐えかねてか叫んだアリスに、男たちの空気が変わった。

「どういう……っ」

問いただそうとしたシフィルの口を、男の一人がうしろから塞いだ。抵抗しようと身体をよじったものの、あっという間に腕を取られて身動きできなくなる。

「やだあっ！　もう、おうちに帰してっ！」

泣き叫ぶアリスの身体を、別の男がまるで荷物のように抱え上げた。小柄な少女の身体では大した抵抗もできず、泣き声すら口を押さえつけられて聞こえなくなる。暴れた拍子に腕からこぼれ落ちた赤い石が地面に転がるのを、もう一人の男が拾い集めて革袋に詰めるのが見えた。

「おい、どうする？　このまま解放するわけにはいかないだろう」

シフィルを押さえつけた男が、アリスを抱えた男に声をかける。

「……ここで殺すのはまずいな。とりあえず連れていこう。売れば、それなりの金にはなるだろう。若い女は、それだけで価値があるからな」

シフィルを頭の先からつま先まで舐めるように見た男は、冷たい口調でそう言う。その内容の恐ろしさにシフィルは身体をよじって逃げようとするものの、掴まれた腕は揺るがない。

「こいつに声をかけたのが運の尽きだったな、お嬢さん。抵抗したら、痛い目を見ることになるぞ」

逃げようともがくシフィルをあっさりと押さえつけた男は、にやにやとしながら顔をのぞき込んでくる。その下卑《げび》た表情に、背筋がぞくりとした。

「なかなかの美人さんじゃないか。売る前に少しくらい味見したいな。俺、こういう気の強そうな女を泣かせるのが好きなんだ」

「別に構わないけど、傷は残らないようにしろよ。価値が下がる」

「殴って言うことを聞かせるのが楽しいんだけどな。まぁいいや、これで脅せば充分か」

いやらしい表情で笑いつつ、男がシフィルの頬にナイフを当てる。そのひやりとした冷たさに、シフィルは強く唇を噛んで悲鳴を押し殺した。

ぼそぼそとやりとりをする男たちの会話から察するに、どうやらアリスは誘拐されてこの男たちに監禁されていたようだ。目的は、アリスの血から作り出される魔除けの石だ。脅されて、魔除けの石を作らされていたのだろう。

以前にカリンが言っていた、魔除けの石を不法に売っているのも、彼らの仕業《しわざ》かもしれない。

男たちの非人道的な行いにシフィルは寒気がする。

魔除けの石は、銀のナイフで肌を傷つけた時に流れ出す血に触れて女神に祈ることで作られる。

純銀のナイフであれば傷はすぐに塞がり、痛みもほとんどない。

だけどアリスの腕の傷を見る限り、使われているのは恐らく銀の含有量の少ない刃物。あんなに傷を負って、アリスはどれほど苦痛だっただろう。

だけど、今はシフィル自身も非常にまずい状況だ。魔除けの石が彼らの目的ならば、シフィルも痣《あざ》を見せれば命は保証されるかもしれない。自分の身と引き換えに、アリスの解放を交渉することは可能だろうか。

必死に頭を働かせているうちに、男はシフィルの腕を縛り上げた。抵抗しようにも鋭く光るナイフを突きつけられて、声を上げることすらできない。

「少しでも騒いでみろ。こいつを殺すからな」

男が脅すようにアリスにナイフを向けた。抵抗を諦めたのか、表情を失くしてただ涙をこぼすアリスは、首筋に当てられた冷たいナイフにもほとんど反応を示さない。

銀の痣《あざ》を持つアリスを男たちが本気で殺すことはないだろうけれど、ここでシフィルが騒げばどうなるかは分からない。シフィルは、黙って何度もうなずいた。

「行くぞ。さっさと歩け」

腕を強く引かれた時、頭からバレッタが外れて落ちた。さっき抵抗しようとした時に、きっと緩んでしまったのだろう。

かしゃんと微かな音を立てて、バレッタは地面に転がる。弾みで石が外れたのか、きらりと赤紫の光がいくつか広がった。

せっかくエルヴィンからもらったのにと一瞬場違いなことを考えたのも束の間、シフィルは男たちに引きずられるようにして路地の奥へと連行される。

誰もいない地面の上に、赤紫の石がきらきらと美しく光を放っていた。

◇◆◇

危機的状況だけど、最悪の展開にはならないはずとシフィルは必死で自分に言い聞かせていた。

シフィルが帰宅していないことに気づけば、エルヴィンは必ず探してくれるはずだ。すぐに助けが来ることはないかもしれないけれど、この国の騎士は優秀だ。さっき落としたバレッタを手掛かりに、きっと見つけ出してくれる。

それに、魔除けの石を作ることのできるシフィルには利用価値がある。命までは奪われることはないだろう。多少血を失うことになっても、その間に逃げる方法を考えればいい。

冷静にそう考えようとしても、身体の震えは止まらない。だって命は奪われなくとも、それ以外のものを失うかもしれないから。エルヴィンにもまだ触れられていない身体をこの男たちに好きにされるかもしれないと思うと、今にも嗚咽《おえつ》が漏れそうになる。

こんな事態になるのなら、もっと早く勇気を出してエルヴィンに初めてを捧げていればよかった。今朝のことは泣き出したくなるほどに恥ずかしかったけれど､それでも決して嫌ではなかった。ゆっくりと少しずつ、二人のペースで関係を深めていけると思っていたのに。

ここで泣いたら負けだと必死に涙を堪《こら》えていると、不意に背後から聞き覚えのある声がした。

「あれ、シフィルちゃん?」

場違いなほどに明るい声に、男たちはぴくりと身体を震わせる。こっそりと突きつけられたナイフが、シフィルに反応するなと命じている。

「困るなぁ、彼女は俺の友人の大切な人なんだ。悪いことは言わないから、今すぐ彼女を解放した方がいい。もし傷つけでもしたら、あんたら大変なことになるよ」

ため息混じりにそう言われ、男たちはシフィルに突きつけたナイフを見せるようにして振り返った。

予想通り、そこにいたのはヘンドリックだった。騎士の制服を着ているものの、周囲には他に誰もいない。一人対三人なので、男たちも逃げきれると判断したのだろう。

「いくら騎士様でも、こっちには二人も人質がいる。それ以上近づいたら、こちらのお嬢さんを殺すぞ」

男がシフィルの首に腕を回してナイフを当てた。脅しではないことを証明するためか薄く首筋を切られて、じくじくとした痛みが走る。

ヘンドリックはそれを見て、額に手を当てて今度は大きなため息をついた。

「あーあ、最悪。せっかく警告してあげたのに。きみたち、死にたいのかな」

「近づくな。この女がどうなってもいいのか」

「わぁ、小物感あふれる台詞《せりふ》。そんな小さな子まで攫《さら》って、何をするつもりだ」

「黙れ」

手を上げろと低い声で言われて、ヘンドリックはひらりと両手を上げた。広げた両手に何も持っていないことを確認して、男が腰の剣を地面に置くようにヘンドリックに言う。

「シフィルちゃん、一人でこんな裏通りに入ってきたらだめだよ。エルヴィンに寄り道するなって言われなかった？」

「喋るなと言っている」

地面に剣を置きながら飄々《ひょうひょう》とした口調で話すヘンドリックに、男が苛立った口調で命じる。

「はいはい。シフィルちゃんもそこのお嬢ちゃんも、悪いけど目を閉じていてもらえるかな。きみにこんな荒事見せたなんてエルヴィンに知られたら、俺も怒られちゃう」

「黙れ、喋るなと――」

声を荒らげた男の言葉は、途中で途切れた。

どこからか飛んできた物体が、次々と男たちの顔に命中したのだ。どうやらよく熟《う》れた果実だったようで、衝撃で割れた果物の汁が目に入り、男たちは顔を押さえて悶《もだ》えている。酸味のある果実なので、かなり痛むはずだ。

場違いなほどに爽《さわ》やかな香りが、あたりに広がった。

「くそっ、どこから……っ」

「俺一人だと油断したのが間違いだよね。騎士は、基本的に単独では行動しない。――あぁ、あんまり擦《こす》ると炎症起こすよ。あとで洗ってあげるから、触らない方がいい」

食べてよし、攻撃にもよし、なんだよねぇとヘンドリックが笑う。

ちらりと視線を後方に向けたあたり、恐らくどこかから他の騎士が男たちを狙って果実を投げたのだろう。

シフィルを拘束《こうそく》する男も、果汁に視界を奪われてうめきながら目を押さえた。腕を掴む手が緩んで逃げ出すチャンスだと思うのに、動けない。全身から力が抜けて、シフィルはその場にへたり込んでしまった。

その時、シフィルの横を一陣の風のような濃紺の残像が駆け抜けた。次の瞬間、腕を掴んでいたはずの男が勢い良く後方に吹っ飛んだ。壁に強く身体を打ちつけて崩れ落ちた男は、気を失ったのかそのまま動かなくなる。

男が握りしめたままのナイフを手の届かない距離まで蹴り飛ばした騎士の背中で、見覚えのある夜色《よるいろ》の髪がさらりと揺れた。

一瞬の出来事に驚いて目を見開くシフィルをそっと振り返ったのは、エルヴィンだった。

見たこともないほどに厳しい顔をしていた彼が、シフィルの姿を認めた瞬間に安堵したような表情になる。

「ごめん、エルヴィン。ちょーっとミスってシフィルちゃん、怪我させちゃった」

そこに、ヘンドリックが申し訳なさそうに小さく手を上げながら割って入る。確認するようにシフィルを見たエルヴィンは、すぐに首の傷に気づき顔をぐしゃりと歪《ゆが》めた。

「やったのはどいつだ」

地を這うような低い声で問うたエルヴィンに、ヘンドリックが壁際で倒れている男を視線で示す。地面に転がるナイフに血がついているのを見て、エルヴィンが強く拳を握りしめるのが見えた。

「気持ちは分かるけど、カッとなるなよ。万が一殺しでもしたら、証言が取れなくなる」

ヘンドリックがたしなめると、エルヴィンは冷たい笑みを浮かべた。

「殺す？　シフィルの前でそんなことするはずないだろう。ちゃんと捕らえて、きっちりと罪を償《つぐな》ってもらうに決まってる」

「だよね。まぁ、彼らにとっては死ぬより恐ろしい目に遭いそうだけど」

肩をすくめてため息をついたヘンドリックの言葉に反応することなく、エルヴィンは地面に座り込んだままのシフィルを見て少しだけ表情を緩めた。

「シフィルは、じっとしてて」

言いながら一気に男たちとの距離を詰めたエルヴィンが、人質を連れていない方の男の腕を掴んで捻《ひね》り上げた。果汁のせいで視界を奪われていた男は、ろくな抵抗もできないままに地面に倒される。低くうめいて崩れ落ちた男の背をヘンドリックが踏みつけて両手を縛り上げるのを確認して、エルヴィンはアリスを抱える男の方へと向き直った。顔を拭《ぬぐ》いつつも、ナイフを構えようとする男の腕を見事な蹴りで狙うと、ナイフは乾いた音を立てて地面に転がった。

衝撃で男が抱えていたアリスを落としそうになったのを、捕縛を終えたヘンドリックが抱き止めつつ、膝を男の鳩尾《みぞおち》にめり込ませた。

あっという間に男たちはほとんど身動きのとれない状況となり、その速さにシフィルは思わず目を瞬《しばた》いてしまう。

男たち三人を縛り上げたエルヴィンがゆっくりと振り返るのを見て、シフィルはようやく震える吐息をこぼした。無意識のうちに、息を止めていたらしい。

よほど怖かったのか、ヘンドリックの腕の中でアリスは気を失っていた。怪我はないようで、そのことに少しだけ安心してシフィルは身体の力を抜く。

腕の拘束《こうそく》も解《と》いてもらい、もう大丈夫だと分かっているのにまだ全身の震えが止まらない。

「俺たちを捕まえたって、すぐに仲間が助けに来るさ。背後に注意しな、騎士様」

縛られて地面に転がされた男の一人が、負け惜しみのように顔を歪《ゆが》めながら笑う。その視線はエルヴィンの後方に向けられていて、まるでそこに仲間がいるとでも言いたげだ。

「この期《ご》に及んでよく喋るね。まさか、仲間が助けに来てくれるとでも思ってるの？　きみたちみたいなのは、あっさり切り捨てられるに決まってるでしょ」

呆れたように言いながら、ヘンドリックが男の口を塞ぐために布を噛ませる。それを見たエルヴィンが小さく首を振った。

「念のため、周囲一帯を確認しよう」

「え？　でも、別に気配は感じないけど」

「さっき一瞬、あそこで何かが動いた。他の誰かが囚われてる可能性もあるし、こういう違和感は放置しておかない方がいい」

　エルヴィンが視線を向けたのは、少し前方にある古い建物。見たところ薄暗いその建物内に人の気配はなさそうだが、ヘンドリックは分かったとうなずいた。

「じゃあ、確認してくるよ。エルヴィンはシフィルちゃんについててあげて」

「いや、俺が感じた気配を追う方が確実だ。応援が来たらこちらに寄越してくれ。シフィルのことは、頼む」

　そう言ってエルヴィンは一度シフィルの頭をそっと撫でると、身を翻《ひるがえ》してあっという間に建物の方に走っていく。それを見送ったヘンドリックは、肩をすくめてシフィルを見た。

「シフィルちゃんから離れたくないくせにね、それでも仕事を優先しちゃうんだから。本当に生真面目というか、融通《ゆうずう》が利かないというか」

　ため息をついたヘンドリックに、シフィルは黙って首を横に振った。エルヴィンが騎士の仕事に誇りを持っているのは知っているし、この状況で自分を優先して欲しいなんて、言えるはずがない。

　やがて応援の騎士が到着し、保護されたアリスと共に捕らえた男たちも連行されていった。エルヴィンが先に向かった建物の捜索も始まって、一気にものものしい雰囲気になる。

「さて、俺たちは先に戻ってようか。シフィルちゃん、立てる？」

　ヘンドリックが差し出した手に掴まって立ち上がろうとしたら、足に力が入らなかった。どうやら腰を抜かしてしまったようで、シフィルは思わず眉尻を下げる。それを見て、ヘンドリックは小さく笑った。

「だから俺が見てくるって言ったのにね。エルヴィンに怒られそうだけど、この場合、仕方ないよねぇ」

エルヴィンごめんとつぶやいて、ヘンドリックはシフィルを抱き上げた。


ヘンドリックに連れられて騎士団の医務室に行き、シフィルは首元の傷の手当てをしてもらった。傷自体は浅くすでに出血も止まっていたけれど、襟元が血で汚れてしまったのが悲しい。エルヴィンから贈られた、お気に入りの服だったから。

もう安全な場所にいることは分かっているのにまだ微かに身体は震えていて、シフィルは震えを抑えるように固く手を握りしめた。

「そうそう、これ、シフィルちゃんのだろ」

少し話を聞かせて欲しいと、事務室へ戻ったところで、ヘンドリックがテーブルの上にバレッタを置いた。落ちた拍子に外れた石も、拾い集めてくれたらしい。

落としたままにしてしまったことを気にしていたので、シフィルはバレッタを取って胸元で抱きしめる。

「ありがとうございます……、もう戻ってこないかと思ってました」

「エルヴィンが、ああでもないこうでもないって悩みながら選んでたのを見てたからね。すぐにシフィルちゃんのだって分かったし、何かがあったと気づくことができた。きっとエルヴィンが守ってくれたんだね」

穏やかな表情で笑いながら、ヘンドリックがシフィルの前にお茶の入ったカップを置いてくれる。

「まぁ、それを見たエルヴィンが死ぬほど動揺したから、最初に近づくのは俺の役目になったんだけど」

そう言ってヘンドリックがシフィルの首元を見つめたあと、頭を下げた。

「ごめんね、痛い思いをさせてしまった。怪我をさせるなんて、騎士として不甲斐《ふがい》ない」

「そんなこと……。助けに来てくれて、本当に安心したんです。この通り傷も深くないですし、謝らないでください」

シフィルは慌てて首を横に振る。あのままどこかへ連れ去られていたらと思うと、恐ろしくてたまらない。助けてもらったことに感謝こそすれ、怪我をしたことを責める気持ちなんてひとつもない。たどたどしくそれを告げると、ヘンドリックはもう一度深く頭を下げたあとゆっくりと顔を上げた。

「ありがとう。だけどエルヴィンにはあとで怒られるだろうなぁ。あいつ本当に、シフィルちゃんのことになると余裕なくすから」

ため息混じりのそんな言葉に、シフィルは小さく笑った。こんな状況だけど、自分の知らないエルヴィンの一面を教えてもらうのは少しだけ嬉しい。

「さて、疲れてるところ申し訳ない上に、嫌なことを思い出させてしまうけど、今日の件について少し話を聞かせて――」

「シフィル!!」

ヘンドリックが本題に入りかけた時、扉が勢い良く開いてエルヴィンが駆け込んできた。

今にも泣き出しそうに顔を歪《ゆが》めたエルヴィンが一直線に向かってくると、シフィルを強く抱きしめた。

「ごめん。無事で本当に……、良かった」

耳元で囁《ささや》かれた声も、抱きしめた腕も震えている。

エルヴィンのぬくもりに包まれて、シフィルもようやく身体の震えがおさまったような気がして、そっと背中に手を回した。

「それだけ取り乱すなら、最初から付き添ってればよかったのに」

シフィルを抱きしめて離そうとしないエルヴィンに、ヘンドリックは呆れた様子で言う。だけどやはりエルヴィンが一瞬感じた気配は本物で、彼が向かった建物内で仲間と思《おぼ》しき男を見つけたそうだ。もしもシフィルに付き添っていたらそれを見逃したかもしれないと考えると、エルヴィンの判断は正しかったのだろう。

ため息をつきながらも、シフィルが不安だったことも分かっているからかヘンドリックは黙って待っていてくれた。

しばらく経ってようやくシフィルを抱きしめることはやめたエルヴィンだったが、今度はすぐそばに座って強く腰を抱き寄せている。

普段なら人前で密着することはないし、そもそもこんなに近い距離で過ごすことには慣れない。

だけど、今はエルヴィンのぬくもりを感じていないとシフィルも不安で仕方ない。何も言わずにいてくれるヘンドリックの優しさに甘えて、シフィルはエルヴィンに身体を預けるようにして座り直した。

「最近、魔除けの石が不法に取引されていることがあってね。騎士団で出どころを探ってたんだけどさ」

改めてシフィルにお茶を勧めつつ、ヘンドリックが口を開く。

「銀の痣《あざ》持ちを見つけ出して誘拐し、作らせていたんだ。あのアリスって子も、その被害者だね。ご両親から捜索願が出ていたよ。逃げ出さないよう、あの子には親に捨てられたのだと言い聞かせていたみたいだ」

酷いことをするものだと、ヘンドリックは眉を顰《ひそ》めた。

保護されたアリスは、無事に両親と再会できたらしい。随分と消耗はしていたものの命に別状はないと聞いて、シフィルはほっと息を漏らす。あの幼い少女が、これからは幸せに暮らせることを願わずにはいられない。

シフィルが裏通りにいた理由とアリスに出会った時の状況を聞き取ると、ヘンドリックはペンを置いて疲れたように首を回した。

「偶然とはいえ、おかげで不届き者を捕らえることができて良かったよ。シフィルちゃんには、危険な目に遭わせてしまったけど」

首元の傷について再度頭を下げられ、シフィルは慌てて首を横に振った。隣に座ったエルヴィンからは不満そうな気配を感じるものの、シフィルがそっと手を握ると小さなため息と共に不穏な気配は薄まった。

■ 女神の加護をあなたに

夜遅く、エルヴィンの仕事の終わりを待って共に帰宅したシフィルは、家の中に入った瞬間にまた強く抱きすくめられて驚きに声を上げた。

「エルヴィン……？」

「あのバレッタが落ちているのを見た瞬間血の気が引いて、生きた心地がしなかった。任務中に取り乱すなんて、騎士失格だけど……。すぐに助けられなくて、ごめん」

苦しそうに囁《ささや》かれて、シフィルはゆっくりとエルヴィンの背に手を回した。落ち着かせるようにそっと何度か背中を叩いていると、こわばっていた身体が少しずつ緩んでくる。

「エルヴィンのせいじゃないわ。そもそも私が裏通りに入り込んだことが原因だし。それに、ちゃんと助けに来てくれたでしょう。騎士失格なんかじゃないわ。エルヴィンは、私の命の恩人よ」

「だけど、怪我までさせて……」

エルヴィンは顔を歪《ゆが》めながら首元の傷に手を伸ばす。ガーゼに滲《にじ》んだ血を見たからか、指先の震えが強くなった。

もっと痛めつけてやれば良かったと物騒なことをつぶやくエルヴィンに、シフィルは苦笑を浮かべた。

ヘンドリックがぽつりと漏らした内容によると、どうやらエルヴィンの鬱憤《うっぷん》は捕らえた男たちの取り調べにぶつけられたようだ。苛烈な取り調べのおかげか、男たちは驚くほどの早さで自らの罪を話したという。

捕らえた男たちの口から彼らの根城が明らかになり、アリスのように魔除けの石を作ることを強制されていた人が複数助け出された。中には家族に売られた人や、自らお金のために石を作り出して売っていた人もいたと聞かされて、シフィルは痛む胸を押さえて目を閉じた。

シフィルが今まで無事でいられたのは、痣《あざ》の秘密を守ってくれた家族や周囲の人のおかげであり、自らの血を売る必要のない、恵まれた生活をしてきたからなのだろう。

エルヴィンはため息をつくと、突然シフィルを抱き上げた。急な浮遊感に悲鳴を上げて、シフィルは彼の首にしがみつく。至近距離で顔を見ることになって、頬が一気に熱を持った。

眉根を寄せた表情で、エルヴィンはシフィルを見る。どうやら今は、本当に不機嫌なようだ。

「俺が頼んだことだから仕方ないとはいえ、ヘンドリックもシフィルをこうして抱いていただろう」

腰を抜かしたシフィルを、ヘンドリックが抱き上げて連れ帰ってくれた時のことだろう。彼も、エルヴィンが絶対怒る……と何度もつぶやいていたけれど、冗談ではなかったらしい。

「え、あれはその……、私が動けなくなっちゃったから」

「分かってる。だけど、それでも不満なんだ。シフィルに触れていいのは、俺だけでありたい」

「えっと……、その、それは……ええ、そうね」

あまりにストレートな言葉に、シフィルは動揺しつつもうなずく。シフィルだって、エルヴィン以外に触れられたいとは思わないのだから。

シフィルを抱き上げたままエルヴィンは階段を上がり、寝室へと向かった。まさかこのままベッドに連れていかれるのだろうかと一瞬どきりとしたものの、労《いた》わるようにそっとソファへと降ろされる。

「汚れた服だと嫌だろう。着替えるといい」

地面にずっとしゃがみ込んでいたし、首元は血で赤黒く汚れてしまっている。シフィルは小さくため息をついた。

「ごめんなさい。せっかく買ってもらったのに汚してしまったわ。この服、お気に入りだったのに」

血の染みを撫でて洗濯で落ちるだろうかと考えながらつぶやくと、その手をエルヴィンが握りしめた。

「服なんて、いくらでも新しく買うから。シフィルが無事でいれば、それでいい」

「だけど、せっかくもらったバレッタも、落として壊してしまったし」

修理に出せるかしらと眉尻を下げると、エルヴィンがシフィルの腰を抱き寄せた。

「そんなこと、気にしなくていい。ヘンドリックも言っていたけど、シフィルを守ったのならそれだけで贈った甲斐《かい》があったよ。一歩間違えればシフィルを失ったかもしれないと思うと、今でもまだ怖くてたまらないんだ。本当なら、このままもうどこにも行かないよう、部屋に閉じ込めてしまいたいくらいに」

昏《くら》い表情で、エルヴィンはシフィルの手首にそっと指を滑らせる。まるで手錠をかけるように握りしめて、引き寄せた手首に唇をつけた。

「こうして手錠をかけて、ベッドにでも繋いだら、シフィルはずっとここにいてくれるかな」

「そんなことしなくても、私はどこへも行かないわ」

「だけど、心配なんだ。今日のことでより不安になった。きみは銀の痣《あざ》を持っている。いつ、どこでその秘密がばれるかも分からないし、女神はいつだってきみを……」

「女神？」

突然飛躍した話題に首をかしげたシフィルを見て、エルヴィンは黙って首を振った。その表情は、いつもよりも更に険しい。

「シフィルは、銀の星の女神にとても愛されているから。時々不安になるんだ。女神がいつかきみを連れ去ってしまうんじゃないかって」

震えるため息と共に彼がこぼしたのは、女神の加護を得た時のこと。シフィルには全く自覚はなかったけれど、あの時に銀の星の女神がシフィルの身体に一瞬降臨したのだという。

「あれ以来、シフィルの瞳が時々銀色に見えて……。だから今も、きみと目を合わせるのが怖いんだ」

ちらりと視線をこちらに向けたエルヴィンは、目が合う直前でやはり顔をうつむけてしまう。シフィルは、そんなエルヴィンにそっと手を伸ばした。

「私には分からないけど、きっと大丈夫よ。銀の星の女神は、愛を司《つかさど》る月の女神の眷属《けんぞく》だもの。

私たちを引き裂くなんてことはしないわ」

そう言いながら、まるで幼い子供にするように頭を撫でていると、エルヴィンが躊躇《ためら》いがちに顔を上げた。それでも頑《かたく》なに目を合わせまいと視線を逸らすのを見て、シフィルは小さく笑った。

「少しずつでいいから、私を見て。前に約束したでしょう。いつか式を挙げようって」

「そう、だな」

うなずくエルヴィンの顔は、まだこわばっている。それは緊張からなのか、それともシフィルの瞳の奥に女神の影を見たくないからなのか。

「やっぱり、純白のドレスには憧れがあるの。だから、楽しみにしてるのよ。今度、ユスティナ様と一緒にドレスを選ぶ約束もしたんだから」

笑って言うと、エルヴィンの表情が少し緩んだ。

「シフィルのドレス姿は、きっと女神より美しいだろうな」

「……えぇと、さすがにそれはちょっと、買いかぶりすぎじゃないかしら」

「そんなことない。シフィルは、とっても可愛くて綺麗だ」

大真面目な顔でそう言い切られて、シフィルは赤くなった頬を押さえた。

「式は挙げたいけど、騎士団のやつらにシフィルのドレス姿を見せるのは癪《しゃく》だな。またシフィルを狙うやつが増えてしまう」

ため息混じりにそうつぶやいたエルヴィンが、再びシフィルの手首をそっと掴んだ。

「シフィルを俺だけのものにしたい……なんて、欲深いことを考えてしまうんだ。誰にも見られないように、誰にも傷つけられることのないように、大切に閉じ込めておきたくなる。やっぱり、この部屋から出られないようにしようかな」

そんな不穏なことを言いながらも、掴む手は優しい。

シフィルは小さく笑うと身を乗り出して、エルヴィンの頬に唇を寄せた。

「……っ、シフィル」

驚いたように身を引こうとするエルヴィンの頬を押さえて、シフィルはもう一度頬にそっと口づけた。

「私はどこにも行かないし、エルヴィンのものよ。だから、閉じ込められるよりも、抱きしめてたくさん笑いかけてもらう方が嬉しいわ」

顔をのぞき込んで笑ってみせると、視線を逸らしたエルヴィンの眉間にはやっぱり深く皺が刻まれている。

「笑うのは……、その、結構難しくて」

「うん」

「それに、目を合わせるのもまだ、少し怖くて」

どこか不安げなエルヴィンの声を聞いて、シフィルは安心させるために彼の手を握った。

「うん。じゃあ、まずはその眉間の皺を少しずつ薄くして欲しいわね」

昼間にも同じようなやりとりをしたなと思いながら、シフィルはくすくすと笑ってエルヴィンの眉間に指を押し当てた。

エルヴィンは少し不満そうなため息をついたあと、眉間に触れるシフィルの手を取るとそのままソファの背に身体を押しつけた。

押し倒すまではいかないもののエルヴィンにのしかかられるような体勢になって、シフィルは戸惑って瞬《まばた》きを繰り返す。

「それなら閉じ込めるのはやめておくけど、その代わりにシフィルが俺のものだという確信が欲しい」

「確信？」

繰り返すと、エルヴィンは眉を顰《ひそ》めてうなずいた。

「そう。――だから」

不機嫌そうなエルヴィンの顔が近づいたと思ったら、唇に一瞬柔らかなものが触れ、離れていく。それが彼の唇であることを理解したシフィルは、目を見開いた。

さっきよりも険しい表情になったエルヴィンがきまり悪そうに視線を逸らすのを見て、シフィルは小さく唇を尖らせると、エルヴィンを見上げた。

「あんな一瞬じゃあ、分からないわ。もっと、ちゃんとして」

「……シフィル」

驚いたように目を見開いたエルヴィンに、だめ？　と首をかしげてみせると、眉間の皺が更に深くなった。

「誘ってるのか、それは」

「そう、かも」

照れ隠しに笑みを浮かべたところ、ため息のような唸《うな》り声と共に怒っているようなエルヴィンの顔が近づいてくる。

目を閉じたシフィルの唇に、また柔らかいものが押しつけられた。表情とは裏腹に優しく啄《ついば》むように触れられて、身体が震える。苦しいほどに胸が締めつけられるのは、きっと嬉しいからだ。

「……は、ぁ」

唇がゆっくりと離れていく。思わず漏れた声と少し荒くなった呼吸に、エルヴィンが小さく笑う。

「息は止めなくていい」

そっと髪を撫でたエルヴィンは、穏やかな声で囁《ささや》いた。その優しい表情に、再び胸が苦しくなる。指摘したらまた眉間に皺を寄せてしまいそうなので、その代わりにシフィルはエルヴィンの手を握り返した。

「もっと、して？」

見上げて囁《ささや》くと、エルヴィンはぐうっと一瞬低く唸《うな》った。あっという間に顔が怖くなってしまい、言葉の選択を間違えたかとシフィルは内心で後悔する。だけど、改めて押しつけられた唇のぬくもりに、そんな気持ちもあっという間に消えてしまった。

「ん、あ……」

一瞬唇が離れた時、自分でも驚くほどに甘い声が漏れて、シフィルは頬が熱くなるのを感じた。

「……シフィル」

囁《ささや》いたエルヴィンが、また優しく口づける。息継ぎのために微かに開いた唇の間から濡れたものが入り込んできて、それがエルヴィンの舌であることに気づいた瞬間、更に身体が熱くなった。

「……ぁ、んんっ」

思わず漏れた声に、エルヴィンが微かに笑った気がした。ゆっくりと、まるでシフィルの口の中を探るように動く舌にそっと自分の舌を触れさせてみると、エルヴィンの身体も一瞬ぴくりと震える。

驚かせたお返しとばかりに今度は熱い舌が絡みついてきて、シフィルの身体から力が抜けていく。

初めてのキスは小説で読むよりも、友人たちの話を聞くよりもずっと素敵で、うっとりするほど甘く気持ちが良い。

いつまででもこうしていたいと思えるほどだけど、ただ座って唇を合わせているだけなのにとてつもなく体力を使うような気もする。

長い口づけが終わる頃、シフィルはぐったりとソファに身体を預けていた。

「シフィル」

少し掠《かす》れた声でエルヴィンが名前を呼ぶ。まだ微かに眉間に皺は残っているけれど、その表情は甘く優しくて、泣き出したくなるほどに嬉しくなる。

「エルヴィン、好きよ。大好き」

高まった気持ちのままそう告げると、エルヴィンは口元を押さえて横を向いてしまった。

「シフィル、嬉しいけど……、不意打ちは困る」

心底困ったような口調と赤くなった耳が可愛く思えて、シフィルは声を上げて笑った。

「だって本当のことなんだもの。……エルヴィンは？」

笑いながら首をかしげてみせると、彼は怒ったような表情でシフィルを抱き寄せた。

「どんなに伝えても足りないほどに、愛してる。ずっと好きだったし、こうしてシフィルを抱きしめることを何度夢見たことか。シフィルがここにいることが、まだ信じられないくらいだ」

顔を見なければ途端に饒舌《じょうぜつ》になるエルヴィンに、シフィルはくすくすと笑う。

「私は、ここにいるわ。ずっと、エルヴィンのそばにいる」

背中に手を回して囁《ささや》くと、抱きしめる腕が更に強くなった。

シフィルは、すぐそばにあるエルヴィンの耳元にそっと唇を寄せた。悪戯《いたずら》のように軽く唇を押しつけたあと、ゆっくりと口を開く。

「ねぇ、私も確信が欲しいの。エルヴィンが私のものだと、愛されていると、感じさせて」

「シフィル……、それは」

ぴくりと震えた身体を逃さないように、抱きしめる腕に力を込めてシフィルはもう一度エルヴィンの耳に口づけた。

「今日ね、とても怖かったの。エルヴィン以外の人に触れられると思ったら涙が出るほど嫌だったし、私たちがあまり夫婦らしいことをしてなかったことを後悔したの」

「夫婦、らしいこと」

つぶやいたエルヴィンの言葉にうなずいて、シフィルは小さく息を吸うと囁《ささや》いた。

「やっぱり夫婦だもの。お互い、身も心も……ひとつになるべきだと、思うの」

「えっと……、シフィルそれは……、そういう意味で、いいのだろうか」

少しうわずったエルヴィンの声に、シフィルは緊張で震える吐息をこぼしながらうなずく。

「エルヴィンも知ってると思うけど、銀の星の女神の加護は、初めてを捧げた相手にうつすことができるの。私がこの加護をうつしたい相手は、あなた以外にいないわ」

震える声で、それでもきっぱりと告げると、エルヴィンがまるで心を落ち着かせるように、熱いため息をついた。

「それじゃあ……、初めての夜のやり直しを、しよう」

囁《ささや》かれて、シフィルはもう一度うなずくとエルヴィンの背に回した手に力を込めた。

◇◆◇

明かりを落とした部屋の中、ベッドの端に腰かけたシフィルはうつむいたままひたすらに足元を見つめていた。

心臓の鼓動はこれ以上ないくらい速く打っているし、緊張で身体は熱いのに、手足は冷え切っている。

最初の夜のやり直しをしようと言ったエルヴィンの言葉通り、シフィルは入浴を済ませて寝室で彼を待っている。そろそろエルヴィンも入浴を済ませてこちらにやってくるはずだ。

アレッタから贈られた、あの下着をまた身につけるべきかと一度は悩んで手に取ってはみたものの、さすがに素面《しらふ》では無理だった。一瞬今からでも酒を飲もうかと考えて、シフィルは黙って首を振る。酔うだけの時間はないし、初めての夜をやっぱり酔って過ごしたくないと思ったのだ。全てをきちんと覚えておきたいから。

結局、シフィルは普段通りのシンプルな夜着に身を包んでいる。せめて、下着だけはお気に入りのものにしたけれど。


きぃ、と微かに扉が軋《きし》む音がして、エルヴィンがやってきた。思わずびくりと身体を震わせて、シフィルはまたうつむいてつま先を見つめる。

「シフィル」

優しげな声がそばで響き、ふわりと頭を撫でられた。

おずおずと顔を上げると、エルヴィンがすぐそばに立っていた。

相変わらず眉間に深い皺を刻んだ不機嫌そうな表情だけど、唇は微かに弧を描いているので、きっと本当に不機嫌なのではないはずだ。少しずつエルヴィンの表情を見分けられるようになった気がして、シフィルは嬉しくなる。

シフィルの隣に腰を下ろしたエルヴィンは、そっと確かめるように頬に触れた。少し硬い指先がゆっくりと頬をなぞる感触は、心地良いのに恥ずかしくて逃げ出したくなる。シフィルは逃げる代わりにぎゅうっと強く手を握りしめて目を閉じた。

「緊張してる？」

不安そうに囁《ささや》かれて、シフィルは目を開けると笑みを浮かべた。

「緊張はしてるけど、大丈夫。でも私、初めてだから……、どうすればいいかは、分からないの」

以前アレッタに教えられたことを思い出しながら優しくして欲しいと小さな声で訴えると、エルヴィンは顔を覆《おお》ってため息をついた。

「……予想はしていたが、破壊力が凄《すさ》まじいな」

「破壊、力」

意味が分からず首をかしげると、エルヴィンはもう一度大きなため息をついてシフィルを見た。にらみつけるようなその表情が示すのは、恐らく照れと動揺。

「シフィルが可愛すぎて、たまらない」

「……っ」

表情は硬いけれど、その声は甘く優しく響いてシフィルの頬がより熱を持つ。好きな人に面と向かって可愛いと言われるのが、こんなにも嬉しくて幸せなことだとは思わなかった。身悶《みもだ》えするほど恥ずかしくもあるけれど。

エルヴィンの顔が見られず、うろうろと視線をさまよわせたシフィルは、代わりに彼の髪を見つめた。

いつも緩く結ばれて片方に流している夜色《よるいろ》の髪は、今は下ろされて肩を覆《おお》っている。髪を下ろす、ただそれだけなのに凄《すさ》まじい色気を感じて、シフィルは思わずこくりと息をのんだ。

「触っても、いい？」

小さな声でたずねて、シフィルはエルヴィンの髪に手を伸ばした。ずっと触れてみたかったその髪は、入浴後だからか微かにしっとりとしていて、指先に柔らかく絡む。

「ふふ、気持ち良い」

笑って見上げると、エルヴィンは険しい表情のままシフィルの髪に触れた。さらりと掬《すく》い上げた髪に口づけられて、思わず顔が熱くなる。彼の唇が髪に触れる感覚すら感じ取ってしまうような気がした。

顰《ひそ》められた眉の下、赤紫の美しい瞳がシフィルを見つめていて、それだけで胸が苦しくなる。どんな表情をすればいいのか分からなくて、きっと泣き出しそうな顔になっているだろうと思いつつ見つめ返すと、エルヴィンの瞳の奥が一瞬柔らかくなった。すぐにその視線は逸らされてしまったけれど。

「シフィル……」

掠《かす》れた声で名前を呼ばれ、ゆっくりと抱き寄せられる。優しく髪を撫でる手にうっとりとしながら身体を預けると、ふわりと抱き上げられた。

驚きに一瞬声を上げてしまったけれど、すぐにベッドの中央に優しく降ろされた。仰向けになった身体の上に、エルヴィンが覆《おお》いかぶさってくる。体重はかけられていないものの、これ以上ないほどに近づいた距離に、シフィルは真っ赤になった顔を隠そうと両手で顔を覆《おお》った。

「シフィル、顔を見せて」

耳元で願うように囁《ささや》かれて、シフィルは躊躇《ためら》いつつ手を動かした。視線は合わなくても、すぐそばにある赤紫の瞳の美しさに見惚《みと》れてしまう。

ゆっくりと近づいてきた顔に目を閉じると、優しく唇が重なった。何度も何度も、確かめるように触れる唇を、シフィルはうっとりとしながら受け入れる。

やがて、薄く開いた唇の間からエルヴィンの舌が滑り込んできた。驚きに一瞬身体をこわばらせてしまったけれど、シフィルは勇気を出して自分の舌をそっと差し出し絡めてみた。

エルヴィンの身体も驚いたように一瞬震えたあと、あっという間に口づけがどんどん深くなる。

気がついた時には、シフィルは必死にエルヴィンの胸元に縋《すが》りついていた。

ようやくお互いの唇が離れた時、シフィルは荒くなった呼吸を整えようと胸を押さえた。息を乱しているのは何故か自分だけで、不思議な気分になる。

そんなシフィルを、エルヴィンは目を細めて見つめている。その優しい表情に、またシフィルの胸が苦しくなった。まだ少しだけ眉間に皺を残した、それでも甘い表情は、きっとシフィルだけのもの。

もう一度優しくキスを落としたあと、エルヴィンはやや躊躇《ためら》うようにシフィルの頬に触れた。

「シフィル、この先に、進んでも？」

意志を確認してくれる優しさを嬉しく思いながら、シフィルはうなずいた。

「エルヴィンになら、何をされても平気だわ。だから、エルヴィンの好きなようにして」

わざわざ確認してくれなくても大丈夫だという意味を込めてそう言ったのだが、エルヴィンは口元を押さえて低く唸《うな》った。

「……エルヴィン？」

首をかしげて問うと、エルヴィンは首を振ってシフィルの額にまた口づけを落とした。

「シフィル、きみはどこまで俺を煽《あお》れば気が済むんだろうな」

「煽《あお》った……かしら」

きょとんと目を瞬《しばたた》くと、エルヴィンは眉間に皺を寄せつつ苦笑を浮かべた。そして、優しく頭を撫でてくれる。

「なるべく優しくするつもりだけど、怖かったり、痛かったりしたら、すぐに教えて」

「分かったわ。でも、エルヴィンは優しいからきっと大丈夫よ。何をされても怖くないわ」

笑ってうなずいてみせると、彼はまた口元を押さえて唸《うな》ってしまった。


エルヴィンの指が、ゆっくりとシフィルの夜着のボタンを外していく。肌が少しずつ外気に晒《さら》されているのに、どんどん身体が熱くなっていく。

昨晩、例の薄い下着を身につけていた時に、きっとこの身体のほとんどを見られているとはいえ、記憶のないあの夜と今とでは全然違う。細くてすらりとしていると言えば聞こえがいいけれど、胸のボリュームに少し自信がないのが正直なところ。妹のローシェのような女性らしい身体つきに、何度憧れたことだろう。

肌を晒《さら》すことが恥ずかしくて、エルヴィンを止めたくなるのをシフィルは唇を噛んで必死に堪《こら》えていた。薄暗く明かりを落とした部屋の中なのに、目が慣れたせいで何もかもがはっきりと見えてしまう。

「……綺麗だ」

下着姿となったシフィルを見て、エルヴィンが囁《ささや》く。身体を隠したい気持ちを抑えて、シフィルは左胸の痣《あざ》に触れる。いつもは服で隠れている、シフィルの秘密。彼にこれを見られるのは、加護をもらった幼いあの日以来だ。

「銀の星の女神の加護をあなたにあげるわ、エルヴィン。他の誰かに奪われることがなくて、本当に良かったと思っているの」

銀の痣《あざ》を撫でながら見上げると、エルヴィンは切なそうな表情を浮かべた。

「ありがとう、シフィル。でも、俺が本当に欲しいのは、女神の加護ではない。シフィルがそう言ってくれることは嬉しいけど、女神の加護がなくても、俺はシフィルが欲しいと思っているから」

真摯《しんし》な表情で告げられて、シフィルは笑ってうなずく。

「そう言ってくれるエルヴィンだから、私はこの加護をうつしたいと思うのよ」

ねだるようにエルヴィンの頬に触れて引き寄せると、優しい口づけが降ってきた。その心地良さに目を細めながら、シフィルは少しだけ困ったような笑みを浮かべる。

「でも……あの、がっかりしないでね。細いばかりで、あまりそそる身体ではないと思うの」

その言葉に、エルヴィンは眉を顰《ひそ》めてシフィルの肩を掴んだ。いつもより更に深く刻まれた眉間の皺は、彼の機嫌が悪くなったことを示している。

「昨夜、俺がどんな気持ちで、眠るきみを見ていたと思う？」

「え……」

怒ったような口調と表情に、シフィルは戸惑って瞬《まばた》きを繰り返す。エルヴィンはため息をひとつ落とすと、シーツの上に広がったシフィルの髪を掬《すく》い上げて唇に当てた。

「触れたいけど触れられないという葛藤《かっとう》で死にそうだったけど、一晩中ずっと見ていられるほど綺麗だし、文字通り食べてしまいたいとすら思ったよ。そそらないはずがない」

「食べ……」

その言葉の意味に思わず赤面したシフィルを見て、エルヴィンはくすりと笑った。

「今も、そう思ってる。だから今日こそは、シフィルを食べてもいい？」

まだ少しだけ不機嫌そうな表情を浮かべながら、エルヴィンが答えを待っている。シフィルは真っ赤になった頰を押さえつつ、こくりとうなずいた。


何も身に纏《まと》っていない肌の上を、エルヴィンの指先がゆっくりと確かめるように滑っていく。触れられた場所からそわそわする熱が広がっていって、その熱にのみ込まれたらどうなるのか分からなくて怖い。

「……っ」

どんどん荒くなる呼吸も唇から飛び出しそうな悲鳴も、全部シフィルは知らない。

「シフィル、大丈夫だから。力を抜いて」

必死に唇を噛みしめていたのが、エルヴィンの指先がそっと触れたことで緩む。落ち着かせるように何度も唇を撫でられて、シフィルは一度目を閉じて大きく息を吐いた。

「緊張、してるの」

「知ってる。だけど、唇を噛んだらだめだ。ほら、赤くなってる」

噛みしめすぎた唇をエルヴィンの指先がなぞったあと、ぺろりと舐められて、シフィルは思わず小さく叫んだ。唇から飛び出した声は自分でも分かるほどに甘い響きで、その恥ずかしさにまた慌てて口をつぐんでしまう。

「声を、我慢しなくていいから」

「だって」

「シフィルの声は、すごく可愛いから。もっと聞きたい」

甘い声で優しくそんなことを言われたら、抗議の言葉すら失ってしまう。シフィルは身体の力を抜いて、心を落ち着かせるために息を吐いた。

その瞬間を見計らったようにエルヴィンの手が胸に触れて、シフィルの口からは高い声が飛び出した。

「や、エルヴィン待っ……、あぁっ」

肌に触れるエルヴィンの手が熱くて、少し硬い指先の刺激がとても鋭敏に感じられて、頭の中が沸騰したのではと錯覚してしまう。

コンプレックスのひとつであるささやかな胸をエルヴィンが見つめ、触っていると思うと今すぐにでも逃げ出したくなる。

だけどまるで宝物を扱うような手つきで触れられて、エルヴィンのシフィルを大切にするという気持ちが伝わってくるから、シフィルは羞恥《しゅうち》を堪《こら》えて逃げる代わりにシーツを握りしめた。

「シフィルは、どこを触っても柔らかいな」

「そんなの……、ん、分かんない……っ」

機嫌の良さそうな声で言いながらエルヴィンがシフィルの身体に触れ、いたるところに口づけを落としていく。手が触れる場所と唇がなぞる場所の、どちらに意識を持っていけばいいのか分からなくて、シフィルはどんどん熱を持っていく身体から逃げ出そうとするように何度も首を振った。

くしゃくしゃになってシーツに広がる銀の髪を見て、エルヴィンが満足そうな笑みを浮かべる。いつの間にか眉間の皺が随分と薄くなっていることに気づいて、シフィルも嬉しくなった。

少しだけ顰《ひそ》められた眉の下、優しい色をした赤紫の瞳にまるで魅入《みい》られたようになりながら、シフィルは身体の中の熱を逃そうと何度も大きな呼吸を繰り返した。

それからどれほどの時間が経っただろう。

エルヴィンの指が、唇が、シフィルの身体をどんどん暴いていく。

誰にも見せたことのない場所さえ彼の前に曝《さら》け出すことに羞恥心《しゅうちしん》はあるけれど、優しく触れる手が嬉しくて、彼の与えてくれる感覚が心地良くて、シフィルはエルヴィンの腕の中でひたすらに甘い快楽に溺れた。

エルヴィンの手によって、絶頂することを何度か覚えさせられたシフィルは、力の入らなくなった手足を投げ出してぐったりと倒れ込む。

熱い身体と激しい鼓動、そして整わない呼吸に、シフィルは翻弄《ほんろう》されっぱなしだ。

「シフィル、疲れた？　少し休もうか」

ご機嫌な様子で、エルヴィンが顔をのぞき込む。受け身で快楽を与えられるばかりだったシフィルはこんなにも消耗しているのに、エルヴィンは平然としているのが不思議だ。

快楽を受け止めることが、こんなにも体力を使うものだとは知らなかったと考えながら、シフィルはエルヴィンを見上げた。

「少し……疲れたけど、大丈夫よ。だってまだ、終わってないわ」

その言葉に、エルヴィンが驚いたように目を丸くした。

経験はないけれど、友達の体験談を聞くこともあったし、官能的な描写のある小説を読むことだってあった。今までの行為は、エルヴィンを受け入れるための準備であることくらいシフィルも分かっている。

シフィルは、なるべく視線を向けないようにしていた、エルヴィンの下半身にちらりと目をやった。ずっと熱く昂《たかぶ》っているそれは、さっきまでシフィルに触れていた彼の指とは比べ物にならないほどに大きい。本当にあの大きさが入るのだろうかと思ってしまう。

一瞬不安になったのを見透かしたのか、エルヴィンが優しくシフィルの頭を撫でた。

「……怖い？」

囁《ささや》くように問われて、シフィルは首を横に振る。

「怖くないわ。ただ少し、不安なだけ。ほら、初めては痛いって聞くから」

「痛みは……、どうしたって完全になくすことはできないだろうから。少しでも痛みがなくなるよう、努力はしたつもりだけど」

その言葉に、先程までシフィルの中にエルヴィンの指が沈められていたことを思い出して真っ赤になる。最初は指一本でも苦しかったのに、快楽に夢中になっているうちに、複数の指を受け入れていたはずだ。

「じゃ、じゃあもう、大丈夫なんじゃないかしら」

少し前の自分の乱れようを思い出すとエルヴィンの顔を見ることができなくて、シフィルは視線を逸らしつつ早口でつぶやく。

くすりと笑ったエルヴィンは、シフィルの頬に触れると深く口づけた。滑り込んでくる舌に応えることを覚えたシフィルは、自らの舌を懸命に差し出す。お互いの舌を絡め合うだけでどうしてこんなにも気持ちが良いのだろうと思いながら、シフィルは甘く深い口づけに溺れた。

やがて離れていった唇に少しだけ名残惜《なごりお》しい気持ちになったシフィルは、呼吸を整えつつエルヴィンを見上げた。

「シフィル、……いい？」

掠《かす》れた声で、願うようにエルヴィンが囁《ささや》く。さらりと流れた夜色《よるいろ》の髪がまるでシフィルを囲うように落ちてきて、その感触にエルヴィンを独占していることを自覚して嬉しくなる。下ろした彼の髪にこうして触れられるのは、きっとシフィルだけだから。

柔らかく頬を滑る髪にうっとりとしながらシフィルはうなずいて、エルヴィンの首に腕を回した。

蜜口に、エルヴィンが自身のものをゆっくりと押し当てる。先程まで受け入れていた指とは明らかに質量の違うものが、シフィルの身体を割り開くようにして入ってくるのが分かった。

「……く、っ」

引き裂かれそうな痛みに、身体に力が入る。思わず漏れた苦しげな声に、エルヴィンが眉根を寄せた。

「シフィル」

「平気だから。やめないで」

痛みを逃すために浅く呼吸する合間に囁《ささや》くと、エルヴィンの手が労《いた》わるように頭を撫でてくれる。その手のぬくもりが心地良くて、シフィルは目を細めた。

身体が壊れてしまうのではと感じるほどの痛みが永遠に続くとも思われたけれど、エルヴィンがふと安堵したようなため息をついたので、シフィルは半ば閉じかけていた目を開けて顔を上げた。

「……えっと、全部、入った？」

問いかけると、エルヴィンは苦しそうな表情で微かな笑みを浮かべてうなずいた。よく見ると、額にうっすらと汗までかいている。

そんな彼の姿に、シフィルは自分の痛みばかり気にしていたけれど、エルヴィンだって苦しかったのだということに気づく。

「ご、ごめんなさい、エルヴィン大丈夫？　辛い？　痛いの？」

「いやこれは……」

困ったような表情でエルヴィンが顔を背けるので、シフィルは目を瞬《しばた》いた。そして、あることに思い至る。好んで読んでいた小説でもよく出てきたシーンだ。確か、結ばれてそれで終了ではないはずだ。

「そう、よね。エルヴィンは動かないといけないのよね？　大丈夫、これ以上痛むことはないと思うから、動いてくれて構わないわ」

どんとこいという気持ちで見上げると、エルヴィンは低く唸《うな》り、手で顔を覆《おお》ってしまう。

「あぁ、……うん」

「あれ、違った？　私が動くのだったかしら。ん、でもどうやって？」

小説のシーンを思い返してみるものの、詳しい動きなんて分からなくて、シフィルは首をかしげた。

「シフィル、頼むから、これ以上煽《あお》らないで」

「えぇ？」

口元を押さえたエルヴィンが懇願《こんがん》するように言うから、シフィルは目を瞬《しばた》くしかない。

しばらく何かを堪《こら》える様子で視線を逸らしていたエルヴィンは、大きなため息をつくとシフィルを見下ろして、困ったような笑みを浮かべた。

「シフィルは、そのままで。だけど、少しでも辛かったらすぐに教えて」

「う、うん……？」

よく分からないままにうなずくと、エルヴィンが頭を撫でたあとゆっくりと腰を前後に動かし始めた。引き攣《ひつ》れるような痛みを少し感じるものの、それほど苦痛はない。

それよりも、眉を顰《ひそ》めて目を伏せるエルヴィンの表情があまりに艶めいていて、この貴重な表情を目に焼きつけておこうとシフィルは一心に彼の顔を見つめていた。

「そんなに見られると……」

視線に気づいたのか、エルヴィンは困惑の表情で顔を背ける。

「だってエルヴィンのこんな顔、きっと私しか見られないもの」

だめ？　と首をかしげてみせると、エルヴィンの眉間には更に深い皺が刻まれてしまった。だけど、何とも言えない口元の表情を見る限り、きっとこれは不機嫌ではなく、困り顔。

「だめではない、けど、照れるものだな」

そう言ってエルヴィンは笑い、シフィルに唇を重ねた。あっという間に深まる口づけへ必死に応えていると、エルヴィンの腰の動きが少しずつ速まった。同時に身体の奥でぼんやりとした快感が生まれる。

「あ、……んん、エルヴィン……っ」

キスの合間に甘い声を漏らしながら、シフィルはエルヴィンの背に手を回した。

低く唸《うな》ったエルヴィンがいっそう強く腰を打ちつけるのを感じて、シフィルは抱きしめた腕に力を込めた。

荒くなった呼吸を整えながら、シフィルは重怠《おもだる》い身体を持て余すように目を閉じた。まだ中にエルヴィンのものが入っているような気がするし、速くなったままの鼓動は一向に落ち着く気配を見せない。

熱くなった身体にひんやりとしたシーツの感触が心地良くて、頬ずりするようにシーツに顔を埋めていると、背後からエルヴィンの腕が抱きついてきた。

「シフィル、身体は辛くないか」

心配そうに耳元で囁《ささや》かれて、シフィルは笑ってうなずいた。

「大丈夫。だけど、こんなに消耗するものだとは思わなかったわ。エルヴィンについていけるように、私も、もう少し体力をつけるべきね。頑張らなくちゃ」

普段からあまり運動をしないシフィルと、騎士として日々鍛錬に励んでいるエルヴィン。彼がそれほど疲れて見えないのは、やはり体力の違いだろう。

そんなことを考えていると、うしろからシフィルを抱きしめた腕が震えた。エルヴィンが身体を震わせて笑っていることに気づいて、シフィルは首をかしげた。

「そんなに笑うこと、言ったかしら」

「いや、シフィルが可愛すぎて。確かに、体力は必要かもしれないな。なるべく抱き潰すようなことはしたくないし」

まだくすくすと笑いながら、エルヴィンがシフィルの髪を撫でる。癖のないまっすぐな髪はまるで気の強さをあらわすかのようで好きではなかったのに、エルヴィンが愛おしそうに撫でて指を絡めてくれるから、それだけで少し好きになれそうな気がする。

振り返って見上げると一瞬視線が合ったので、シフィルは目を閉じた。すると優しく唇が重なって、幸せな気持ちになる。身体中にあたたかいものが満たされていくような感覚に、シフィルは小さく身悶《みもだ》えして笑った。

その時、シフィルの左胸の痣《あざ》がふわりと熱を持った気がした。不思議に思って確認すると、銀の痣《あざ》が微かに光を放っている。見慣れた若葉に似た形をした痣《あざ》がいっそう輝いたと思った瞬間、その光はフッと消えた。

「何……？」

改めて痣《あざ》を撫でて確認すると、胸の痣《あざ》の形が少し変わっていた。ふたつの葉を持つ若葉のような形だったのが、一枚の葉のような形になっている。痣《あざ》の形が変わるなんて聞いたことはないけれど、思い当たることはひとつしかない。

シフィルはエルヴィンの方へと向き直ると、彼の肌の上に視線を走らせた。シフィルの痣《あざ》があるのと同じ左胸に、それまでなかった銀色の痣《あざ》が浮き上がっている。シフィルのものよりも薄くて目を凝《こ》らさないと確認できないけれど、確かに銀の痣《あざ》だ。

「これで……加護がうつったのかしら」

そっと痣《あざ》に触れて、シフィルはエルヴィンを見上げる。彼の胸にある痣《あざ》は、シフィルのものからうつったことを示すように、対《つい》になる形をしている。二人で痣《あざ》を分け合ったようで少しくすぐったい気持ちになり、シフィルは笑みを浮かべた。

「ありがとう、シフィル。女神の加護が目的ではなかったけど、こうしてシフィルと痣《あざ》を分け合うというのはいいな」

エルヴィンも、満足そうな表情で痣《あざ》を撫でる。女神の加護がうつったということは、シフィルがエルヴィンを、そしてエルヴィンがシフィルを愛しているという証で、たまらなく嬉しい。

嬉しさのあまり思わず祈るようにエルヴィンの痣《あざ》に口づけると、優しく頭を撫でられた。そのまま胸に頬をくっつけると、ぬくもりの向こうに力強い鼓動を感じる。

「ずっと、こうしていたいわ」

幸せな気持ちのままつぶやくと、エルヴィンがくすりと笑った。

「それは困るな」

さほど困っていない口調でそう言われて、シフィルは小さく首をかしげてエルヴィンを見上げた。目が合うと微かに眉を顰《ひそ》めて視線を逸らされるけれど、その手は慈《いつく》しむように髪を撫でてくれる。

「もう一度、シフィルを抱きたくなってしまうだろう」

「……構わないけど」

素直な気持ちを口にしたつもりが、エルヴィンは言葉に詰まって口を覆《おお》ってしまった。彼がくれる唇も、ぬくもりも快楽も、シフィルにとってはいくらでも欲しくなるものだ。

「そう簡単に、煽《あお》るようなことを言ったらだめだ、シフィル。今日はもう、身体を休めよう。無理はさせたくないんだ」

「無理はしてないわ。エルヴィンが欲しいと思うことは、いけないことかしら」

「だから……」

顔を覆《おお》って大きなため息をついたエルヴィンは、眉間にまた深い皺を刻んでしまう。だけど口元は微かに緩んでいるので、本当に怒っているわけではない様子だ。

シフィルは、指先でエルヴィンの唇をそっとつついた。驚いたようにこちらを見る彼に、にっこりと微笑みかける。

「眉間の皺はなかなか消えないけど、口元で分かるようになってきたわ。本当は、怒ってないでしょう？」

首をかしげて問いかけると眉間の皺が更に深くなり、視界を奪うようにぎゅうっと抱き寄せられてしまった。

あたたかな肌の奥に感じる心臓の鼓動はさっきよりも速くなっていて、シフィルはくすくすと笑う。

「私はエルヴィンがもっと欲しいと思うけれど、エルヴィンは違うの？」

鼓動を確かめるように胸に手を置いて、対《つい》になった銀の痣《あざ》を撫でながらつぶやくと、エルヴィンのため息が降ってきた。

「シフィルには勝てないな。無理をさせてはいけないと、必死に我慢をしているのが馬鹿らしくなる」

「だって、我慢なんて必要ないもの」

顔を上げて口づけをねだるために頬に触れると、微かに苦笑を浮かべたエルヴィンが、優しく唇を合わせてくれた。

「先に謝っておく。きっと明日の朝は、起きられないと思う」

その言葉に、シフィルは首をかしげた。

「……確かに、もう遅いし、寝不足は良くないわね。エルヴィンは最近あまり眠れていないでしょう。やっぱり早く眠るべきかしら」

「寝不足の原因は、解消したから問題ない」

だから今更やめると言うのはなしだと言って、エルヴィンがシフィルをゆっくりと組み敷く。

上から見下ろされて、彼の髪に囲われるようなこの体勢がとても好きだと思いながら、シフィルはエルヴィンの首に腕を回した。


翌朝、エルヴィンの予言通り起きられなかったシフィルは、午前中のほとんどをベッドの上で過ごすことになった。身体の怠《だる》さと寝不足でぼんやりとするシフィルとは対照的に、すっきりと爽《さわ》やかな表情を浮かべたエルヴィンは、今まで見たことないほどの上機嫌さで、ゆっくり身体を休めるように言い置いて仕事に行ってしまった。

エルヴィンだってほとんど寝ていないはずなのに、最近寝不足が続いていたはずなのにと思いつつ、シフィルはひたすらにうつらうつらと細切れな睡眠を取りながら過ごした。

昼過ぎになって、ようやくベッドから出ることのできたシフィルは、遅めの昼食の席で昨日のことを思い出す。

見知らぬ女性に笑顔を向けるエルヴィンに嫉妬《しっと》したことも、裏通りで襲われたことも、遠い昔のことのようだ。

まさか、一晩でこんなにもエルヴィンとの距離が近づくことになるとは。

エルヴィンがシフィルにくれた優しい表情や声、そして甘い口づけと、うっとりするほどの快楽。溺れるほどにたくさんもらったはずなのに、もう物足りなくなっている。自分がこんなにも欲深いとは思わなかったと、シフィルは苦笑して小さくため息をついた。


二人の距離が縮まり、一緒に眠るようになって、シフィルは己の体力のなさを痛感した。

恐らくエルヴィンは手加減してくれているのだろうけど、それでもシフィルはついていくのがやっとだ。毎晩のように、息も絶え絶えな状態でシーツに沈むことになる。

だけど、エルヴィンのぬくもりに包まれて眠る夜はたまらなく幸せだ。

まだ目を合わせるのは難しいようで、やっぱり視線を逸らされてしまうことは多いけれど、触れる手はいつだって優しい。

きっとこんな穏やかな日々が、ずっと続いていくのだと思っていた。

■　不機嫌顔、再び

その報せを持ってきたのは、エルヴィンだった。

いつもより遅い帰宅のエルヴィンを出迎えたシフィルは、彼の表情が普段より更に険しいことに気がついた。

「エルヴィン、何かあったの?」

問いかけると、エルヴィンはハッとしたように顔を上げた。

「いや——、あとで話す」

歯切れの悪い口調でそう言って、エルヴィンは着替えのために部屋へ行ってしまった。

何とも言えない不安感を覚えつつ、シフィルは熱いお茶を淹《い》れようとキッチンへと向かう。

お茶を淹《い》れてソファへと向かうと、エルヴィンは額を押さえて何かを考え込んでいる様子だった。

「どうしたの、何があったの?」

カップをテーブルに置きつつたずねると、エルヴィンは深いため息をついて顔を上げ、シフィルを見た。優しい色を浮かべることが増えた赤紫の瞳が、どこか暗く翳《かげ》って見える。大分薄くなってきたはずの眉間の皺も、今日は深く刻まれている。

噛みしめた唇は何事か堪《こら》えているようで、シフィルはエルヴィンの隣に座ると眉間にそっと手を伸ばした。

「……また、皺寄せてる」

皺を伸ばすように指先を押し当てると、エルヴィンの表情が苦しげなものになった。そのまま強く抱き寄せられて、シフィルは戸惑いつつも身を任せる。

「明日、正式に話がくると思うけれど」

抱きしめたまま、エルヴィンが耳元でつぶやく。その声も苦しそうで、あまり良くない話なのだろうとシフィルは覚悟しつつうなずいた。

「果ての森の結界に、綻《ほころ》びが出たそうだ。今はユスティナ様が抑えてくださってるが、恐らくそう長くは保たない、と」

硬い声が告げた内容に、シフィルは息をのんだ。

この国の北側には、深い森がある。果ての森と呼ばれるそこには恐ろしい魔獣が多数棲息《せいそく》していて、一歩でも足を踏み入れたなら生きて帰ることはできないと言われている。国内の他の地域にも魔獣は棲息《せいそく》していて、その討伐は騎士の仕事のひとつだけど、果ての森の向こうにいる魔獣はそれとは比べ物にならないほどに強く凶悪だという。

そんな恐ろしい魔獣から国を、そして人々を守るために、森との境界には結界が張られている。

結界は月の女神の加護を受けた聖女ユスティナの力によって維持されているが、結界を張るのには魔除けの石が使われている。綻《ほころ》びが出たということは、新たな魔除けの石が必要になるということだろう。

恐らくは、国に登録されている銀の痣《あざ》を持つ者が招集され、魔除けの石の作成を命じられることになる。国の緊急事態には、普段は厳重に管理されている記録簿の閲覧《えつらん》制限が解除されるはずだから。

シフィルは、エルヴィンの顔を見上げてうなずいた。

「分かったわ。私にできることなら、何でもする」

「そんな……、簡単に言わないでくれ。俺はシフィルを危険に晒《さら》したくないのに」

今にも泣き出しそうなその表情に、シフィルは笑ってエルヴィンの顔をのぞき込む。

「別に、命を失くすわけではないでしょう。それに、ユスティナ様が聖女となった時に私も銀の痣《あざ》をもらったから、ある程度予想はしていたのよ」

そう言って、シフィルは自らの左胸に触れた。銀の痣《あざ》は服で隠れやすい体幹部に出現することがほとんどで、心臓に近い場所にあるほど強い力を持つと言われている。他の人と比べたことはないけれど、左胸に痣《あざ》のあるシフィルは、きっと強力な魔除けの石を作ることができる。

ユスティナと同時に加護を得た時、いつの日かこの血を役立てる時が来るのだろうと幼心に思った。その時が、来ただけだ。

「でも、ついに女神がシフィルを奪いにきたような気がして怖いんだ」

震える声が不安げに告げた言葉に、シフィルは笑って首を振った。

「大丈夫よ。女神が、愛し合う二人を引き裂くわけないわ」

「愛し合う、二人」

「私とエルヴィンのこと。違う？」

首をかしげてみせると、抱きしめるエルヴィンの腕の力が更に強くなった。

「違わない」

「でしょう？　だから心配しないで。もしも女神に呼ばれたとしても、私はエルヴィンのそばにいたいんですって、ちゃんと言うわ」

「だけど……」

まだ何か言いたそうなエルヴィンの唇に指を置いて、シフィルは笑みを浮かべた。

「私は、大丈夫。女神にいただいたこの力が役に立つのなら、喜んで魔除けの石を差し出すわ。それに、エルヴィンが私を守ってくれるもの。一緒に、果ての森まで来てくれるんでしょう？」

シフィルの言葉に、エルヴィンは驚いたように目を見開いた。

「何故、それを」

「女神の加護をうつすことのできる理由を、ずっと考えていたの。あらゆる魔獣から身を守ることのできる力が一番発揮されるのは、こういう時だと思ったから」

エルヴィンは、ため息をつくとシフィルを改めてきつく抱きしめた。

「シフィルは、必ず俺が守ると誓う。もう二度と、シフィルに怖い思いはさせたくないんだ」

「うん。エルヴィンと一緒なら、何も怖くないわ」

心からそう言って、シフィルは笑った。そして、まだ辛そうな表情を浮かべるエルヴィンを見上げてその頬に触れる。ゆっくりと目を閉じれば、それはキスの合図。

そっと始まった口づけは、どんどん深いものに変わる。

まるで触れることで不安を解消するかのように、エルヴィンはシフィルを強く抱き寄せた。

いつもより荒々しく、激しく抱かれ、シフィルは必死でそれに応えた。

触れる手は優しいのに、常よりも表情は硬くて、顔すら見てくれない。

時折、低く唸《うな》るようにエルヴィンが女神に毒づくのを聞きながら、シフィルは何度も大丈夫だと囁《ささや》き続けた。

身体はこれ以上ないほど近くにあるのに、心は遠くなったように感じて、シフィルは快楽にのみ込まれそうになりつつも強くエルヴィンの身体を抱きしめた。

◇◆◇

翌日、シフィルはエルヴィンと共に城へと向かった。予想通り、朝早くに城からの使いが来たのだ。ユスティナの手伝いのために図書館に行った日とは違い、城内の空気もぴんと張りつめている。国王の待つ謁見《えっけん》の間へと案内されて、シフィルは緊張しつつゆっくりと中へと進む。エルヴィンがそばにいてくれるから、それだけで少し心強い。彼の表情が硬いのは、緊張のせいではないだろうけれど。

久しぶりに顔を見た国王は、酷くやつれているようだった。もしも結界が破れて危険な魔獣が侵入してきたら、多くの国民が命を失うことになる。しかも、その結界を今必死に守っているのは愛娘である王女ユスティナ。いくら国の政《まつりごと》には私情を挟まないといっても、難しいだろう。

やはり結界の綻《ほころ》びを直すためには、果ての森の境界に行って新たな魔除けの石を設置する必要があるらしい。

現在国に登録されている銀の痣《あざ》を持つ者の数は、十にも満たない。先日出会ったアリスや、アリスと共に捕らえられていた人々が数人、シフィルよりもずっと高齢の人とまだ幼い子供が数人ずつ。

アリスのような幼い子供や高齢者を、果ての森の境界へ行かせることは難しい。シフィルのような若い者も数人いたものの、魔除けの石目当てに囚われていたせいで血をすでに大量に失っていて療養中のため、無理をすれば命に関わる。

結局のところ、今すぐに動くことができるのはシフィルしかいなかった。

「突然のことで、すまないとは思う。だが、全てはこの国を守るため。果ての森の境界へ行き、新たな魔除けの石の設置をしてきてもらいたい」

「仰《おお》せのままに」

国王の言葉に、シフィルは頭を深く下げた。

王の前を辞したあと、シフィルはエルヴィンと共にユスティナのいる月の塔へと向かった。

城の最奥、厳重な警備の向こうにユスティナはいた。普段より護衛の数も多く、物々しい雰囲気は、国の現状をあらわしているようだ。

「シフィル、エルヴィン。ごめんなさいね、急な話で」

綻《ほころ》びかけた結界の維持のため、祈りの間と呼ばれるこの場所から動くことができないのだというユスティナは、随分とやつれて見える。顔色が悪く、折れそうに細い身体は今にも倒れそうだ。

「ユスティナ様……」

駆け寄って手を取ると、握り返す力すら弱々しくて、シフィルはそれほどに厳しい状況なのかと内心で息をのむ。

「女神の加護を得た日のことを思い出すわね。あの日、一緒にいなければ、あなたたちにこんなことをお願いせずに済んだのかもしれないのに、と考えてしまうわ」

儚《はかな》い表情を浮かべたユスティナに、シフィルは首を横に振る。

「きっと月の女神は、ユスティナ様の手助けをするために、こうして私に銀の星の女神の加護を与えてくださったのよ。大丈夫、すぐに行って、魔除けの石を設置してくるわ」

強く手を握りしめてそう言うと、ユスティナは、ありがとうと言って微笑んだ。


結界に必要な魔除けの石は、普段シフィルが作るものとは少し違う。ユスティナが祈りを込めた月の涙と呼ばれる石に、銀の痣《あざ》を持つシフィルの血を垂らす必要があるのだと、説明を受けた。

それならばシフィルがここで魔除けの石を作成し、別の者が果ての森の境界へ設置しに行けばいいのではとエルヴィンが訴えたものの、ユスティナは眉尻を下げて答えた。

「以前からある古い魔除けの石にも、シフィルの血を垂らさなければならないの。そうしないと、新しい魔除けの石と反発するかもしれないから」

申し訳なさそうに告げられ、さすがにそれ以上言葉を重ねることは諦めたらしく、エルヴィンは悔しそうに唇を噛んだ。

ユスティナから魔除けの石の材料となる月の涙をもらい、シフィルとエルヴィンは早速、果ての森へと出発することになった。魔獣の警戒のため、すでにヘンドリックら騎士たちが、森との境界へ向かっているという。

シフィルの護衛はエルヴィンの役目だが、その他にも数人の近衛騎士が同行してくれることになった。道中、強力でないとはいえ、魔獣の棲息《せいそく》エリアを抜けることもあるし、銀の痣《あざ》持ちであるシフィルを今失えば、国の存続に関わる。

エルヴィンの所属する第二騎士団は街の警備が主な任務のため顔を合わせることも多いけれど、王族の警護専任の第一騎士団の面々とはほとんど面識がない。王を警護するような人たちに囲まれて、シフィルは緊張しつつ頭を下げた。

◇◆◇

移動の馬車の中で、シフィルは隣に座るエルヴィンの表情をそっとうかがった。一時期は本当に穏やかな表情を見せることの多かった彼は、この旅が始まって以来、不機嫌そうに眉間に皺を寄せていることが多い。

「ねぇ、そんなに眉を顰《ひそ》めてばかりいたら、痕が残ってしまうわよ」

シフィルの声に、エルヴィンは更に皺を深く刻んでしまう。国のためとはいえ、シフィルがこうして危険な旅路につくことを、本心では納得していないという表情だ。

「……仕方ないだろう。もともと、こういう顔だ」

不機嫌そうな口調でそっけなく言われて、シフィルはため息をつく。本当ならここで眉間の皺をシフィルが伸ばしてやれば、この不機嫌な表情も多少は緩むと思うのだけど、さすがに人前でそれはできない。護衛の騎士も同乗しているのだ。

どうやら不満な気持ちを必死で抑え込んでいるらしく、もう出発して二日目だというのに、エルヴィンはこちらに顔も向けてくれない。

まるで以前の二人に戻ってしまったようで、彼の気持ちは分かっていてもシフィルの心はささくれ立つ一方だ。

向かいの席に座った護衛の騎士も、夫婦であるはずの二人の険悪な空気に、時折戸惑いの視線を投げかけてくる。

さすがにこの空気の悪さは申し訳ないと思って、関係を改善すべく時折エルヴィンに声をかけるのだけど、彼は不機嫌そうな表情を崩さない。それどころか不満そうな目でにらまれてしまう。それは、彼自身が何もできないという不甲斐《ふがい》なさから来ていることは分かっているのに、シフィルはつい漏れるため息を堪《こら》えることができずにいた。

道中、宿に泊まって二人きりになってもエルヴィンの表情は変わらず、不機嫌なままだ。シフィルに早く休むよう告げ、それ以外はろくに会話もしてくれない。もちろん、眠る時も背中を向けられてしまう。

「ねぇ、ずっとそんな顔してないで、こっちを見て」

あれこれ話しかけても無視されることに耐えかねて、シフィルはエルヴィンの頬に手を伸ばすと、強引に顔を自分の方に向けた。

明日には、果ての森の境界へ到着する予定だ。こんなぎくしゃくした状態で、大事な日を迎えたくない。

「離してくれ」

シフィルの方を向きかけたエルヴィンだったが、吐き捨てるような言葉と共に手を振り払われる。それほど強い力ではなかったけれど、予期せぬ動きにシフィルは一瞬よろめいた。

「……ぁ、すまない」

さすがに申し訳なさそうな表情を浮かべたものの、エルヴィンはやはり視線を逸らしてしまう。

シフィルは大きなため息をつくと、エルヴィンに背を向けて寝支度を始めた。

「いつまでそんな顔をしているつもりなの。私が、やっぱり行くのをやめると言えば満足？」

がしがしと乱暴に髪を梳《と》かしながら、苛立ちを抑えきれずにシフィルは刺々《とげとげ》しい口調でつぶやく。

「心配してくれる気持ちは分かるわ。だけど、誰かが行かなければならないことでしょう。別に聖人ぶる気はないけど、私のこの血が役に立つのなら、それで結界が守られるなら、行くしかないじゃない。ユスティナ様があれほど辛そうにしていたのを、あなただって見たでしょう」

櫛《くし》を持つ手を止め、シフィルはうつむいて唇を噛んだ。

頭では彼の本心ではないと理解していても、不機嫌そうな顔をされ、にらみつけられ、無視され続けたシフィルの心は、今にも折れてしまいそうなほどに弱っている。

「……怖いけど、不安だけど、私はエルヴィンが一緒だから、大丈夫だって思うのに」

涙と一緒にこぼれ落ちた声は、震えていた。

泣いてしまったことを隠すように、シフィルは乱暴に涙を拭《ぬぐ》うと櫛《くし》を片付けて、ベッドへと向かうために立ち上がった。

その瞬間、うしろから強く抱きしめられて、シフィルは逃げ出すように身体をよじった。

「離して」

「ごめん、シフィル。……ごめん」

抱きしめる腕は揺るがず、耳元でエルヴィンが苦しげに囁《ささや》くので、シフィルは細く吐息を漏らして身体の力を抜き、抵抗をやめた。

「本当に……ごめん」

何度も謝りながら、エルヴィンは腕に力を込める。

「止めるつもりはないし、シフィルの決意は尊いものだと思ってる。だけど、どうしてシフィルが、と思ってしまう気持ちもあるんだ。俺には何もできないのに、シフィル一人にこの国の行く末がかかっているようで、辛くて。代われるものなら代わりたいくらいなのに……」

微かに震えたその言葉を聞いて、シフィルは一度目を閉じると、エルヴィンの腕にゆっくりと自分の手を添えた。

「私一人じゃ、怖くて無理だったかもしれないわ。重圧に押し潰されそうなのも、本当。だけど、エルヴィンが一緒にいてくれるから。エルヴィンが守ってくれると信じられるから、大丈夫だと思うのよ」

「うん。シフィルの顔を見たら、思わず止めてしまいそうな自分が怖くて、顔を見られなかった。……俺の勝手な我儘《わがまま》で、シフィルを傷つけた。本当に、すまない」

その声が泣き出しそうに聞こえて、シフィルは苦笑してエルヴィンの手を取ると、そっと口づけた。

「果ての森へ近づくのは、正直怖いわ。だからエルヴィン、一緒に来てね。そばにいてね」

「もちろんだ」

即答したエルヴィンにくすりと笑って、シフィルは顔を合わせるために振り返る。さっきまで逃すまいとでもいうようにきつく抱きしめていた腕も、少し緩んだ。

「お願い、笑って。怖い顔しないで。にらまれると、嫌われているような気がして悲しくなるの。本心が違うと分かっていても、ね」

顔を見上げ、頬を撫でながらシフィルは囁《ささや》く。エルヴィンは皺の寄った眉間を押さえて、小さく唸《うな》った。下がり気味の口元は、彼の困惑をあらわしている。

「なるべく……、努力する」

真面目な口調でうなずくエルヴィンの胸元に、シフィルは笑って頬を擦り寄せた。

「エルヴィンとこうしていると、すごく安心するの」

その言葉に、抱きしめる腕が強くなるから、シフィルは微笑んだ。

「ねぇ」

囁《ささや》いて、シフィルはエルヴィンを見上げた。そしてゆっくりと目を閉じると、エルヴィンの唇がそっと降りてくる。久しぶりに感じるそのぬくもりに嬉しくなって、シフィルはもっとと誘うように、背伸びをして唇を押しつけた。

躊躇《ためら》いがちに滑り込んできた熱い舌が嬉しくて、つい積極的に応えてしまう。どんどん深くなる甘い口づけに、今にも折れそうになっていたシフィルの心が、修復されていく気がした。

「シフィル、これ以上は……」

息継ぎの瞬間、抑えきれずに甘い声を漏らしたシフィルを見て、エルヴィンが困った様子で顔を背ける。荒くなった呼吸を整えつつ、シフィルは首をかしげた。

「だめなの？　私、エルヴィンとキスするのが、すごく好きなのに。ずっとこうしていたいくらいよ」

「……っ、その、キスだけで済まなくなる、から」

照れたように口元に手をやって視線を逸らそうとするエルヴィンの頬に触れ、シフィルは笑った。

「キスだけで済ませるつもりなんて、ないから大丈夫」

「シフィル……」

驚きに目を見開くエルヴィンを見て、シフィルは微笑む。密着しているから、彼のものが熱を持ち始めていることは分かっている。彼が自分を求めているという事実に、それだけで泣き出したいほどに満たされた。同時に、シフィルの身体もエルヴィンが欲しいと疼《うず》き始める。

もっと強く、もっと深くエルヴィンを感じていないと、余計なことを考えてしまう。

「こう見えて、結構不安なの。本当に私の血で結界の綻《ほころ》びを直せるのかなって考え出したら止まらなくなるし、もしもうまくいかなかったらって思うと、怖くてたまらない」

弱音を吐きつつ笑ってみせると、エルヴィンの抱きしめる腕の力が強くなった。微かに震える指先にも気づいたらしく、あたたかな手が安心させるように握りしめてくれる。

ずっとこうして欲しかったのだと、シフィルはぬくもりに縋《すが》るようにエルヴィンに身体を寄せた。労《いた》わるように頭を撫でられて、少しずつ震えがおさまっていく。

「大丈夫だ、必ずうまくいく」

「うん、ありがとう。エルヴィンにそう言ってもらえると、それだけで心強いわ。だから、お願いがあるの」

「お願い？」

戸惑いに瞳を揺らすエルヴィンを見上げて、シフィルは必死に震える口角を上げた。

「何もかも分からなくなるくらい、して。他のことを考えられなくなるくらい。今はエルヴィンのことだけ考えさせて」

一瞬、驚いたように見開かれたエルヴィンの赤紫の目が、深い色に変わった気がした。

「分かった」

強く抱き寄せられたと思った瞬間、噛みつくようなキスが降ってきて、シフィルは必死でそれに応える。

本当に食べられてしまうのではと思うほどに深い口づけに溺れそうになりながら、シフィルはエルヴィンの背に強く腕を回した。

何度もむさぼるように舌を絡め、唇を合わせ、気づいた時にはシフィルの身体はベッドの上にあった。息継ぎすらまともにさせてもらえないほどの深い口づけのせいで、頭がぼうっとしている。

いつの間にか服も脱がされていて、一糸纏《まと》わぬ姿を晒《さら》していることに気づいたシフィルは身体をよじった。

「シフィル、だめだ。全部見せて」

隠そうとした腕は、エルヴィンの手に阻止される。

「でも」

「俺を見て、シフィル」

甘い声に誘われて、シフィルはエルヴィンを見上げた。まだ少し眉間に皺を寄せて見下ろす赤紫の目が、愛おしそうに細められて、喜びに胸が苦しくなる。

「俺のことだけ、考えてて」

頭を撫でながらエルヴィンが囁《ささや》く。その優しい表情に、シフィルの鼓動は面白いほどに速くなっていく。きっともう、顔は真っ赤だ。

くすりと笑ったエルヴィンが、シフィルの肌に口づけを落とす。時々確かめるように痕を残されて、その甘い痛みにシフィルは、何度も熱い吐息を漏らした。

「エルヴィン、こっちに来て」

シフィルの言葉に、胸に口づけをしていたエルヴィンが顔を上げる。ゆっくりと近づいてきたエルヴィンの頭を引き寄せて、甘いキスを交わしながらシフィルは夜色《よるいろ》の髪に手を伸ばす。

いつも愛し合う時には下ろされていることの多い髪だけど、今日はまだ束ねられたままだ。シフィルの瞳と同じ色をした青緑の紐を解《ほど》くと、落ちてきた艶《つや》やかな髪がシフィルの頬をくすぐった。

「シフィルは、俺の髪が好きだな」

夜色《よるいろ》の髪に指を絡め、その感触を楽しむように頬擦りするシフィルを見て、エルヴィンが嬉しそうに笑う。

「髪を下ろしたエルヴィンは、私だけのものって気がするの。この髪にこうして触れられるのも、私だけ……でしょう？」

「もちろんだ。シフィル以外の誰にも、触らせない」

その答えに満足して、シフィルはまた確かめるようにエルヴィンの髪に指を絡めた。

「シフィルは覚えてないかもしれないけど」

髪を撫でられて気持ち良さそうに目を細めながら、エルヴィンがつぶやく。何の話だろうと首をかしげたシフィルに、彼は小さく笑った。

「子供の頃、シフィルが好きだった絵本があっただろう。お姫様と騎士の物語」

「懐かしい。そう、大好きだったわ」

エルヴィンが覚えていてくれたことに嬉しくなりつつ、シフィルはうなずく。お気に入りだったあの絵本は、大人になった今もシフィルの部屋の本棚にひっそりと並んでいる。

「あの本に出てきた騎士の髪は、長かったのを覚えてる？」

こんな風に、と言ってエルヴィンが自分の髪に触れる。確かに絵本の中の騎士は、今のエルヴィンと同じように長い髪をしていた。

「あぁ、そうね。戦う時に髪が揺れるのが、すごく素敵だなと思っていたわ」

「うん。子供の頃にシフィルがそう言ったから、俺はこうして髪を伸ばすことを決めたんだ」

「え……そうなの？」

驚いてシフィルは目を瞬《しばた》く。彼の長い髪が、動きに合わせてふわりと揺れるのを見るのがとても好きだったけれど、それがまさかあの絵本の騎士からきていたなんて。

「シフィルの憧れの騎士に近づけるなら、何でもしようと思ってたからな」

まずは見た目からと悪戯《いたずら》っぽく笑って、エルヴィンはシフィルの頬に触れた。

「だから、この髪をシフィルが好きだと言ってくれて嬉しい」

「エルヴィンの髪にそんな理由があったなんて……」

胸がいっぱいになって、シフィルは口元を押さえる。エルヴィンが昔のことを覚えていてくれたのも嬉しいし、その頃から彼がシフィルを見ていてくれたのだと分かって、心の底から喜びがあふれてくる。

「どうしよう、すごく幸せだわ。エルヴィンの長い髪は昔からずっと素敵だなと思っていたけど、もっともっと好きになってしまうわ」

頬をくすぐる夜色《よるいろ》の髪を一房取ると、シフィルは想いを込めてそっと口づけた。

「俺も、シフィルの髪が好きだ」

シーツの上に広がる銀の髪を掬《すく》い上げて、エルヴィンもそっと唇に当てた。

「まっすぐすぎて、扱いにくいのよ。もっとふわふわとした、柔らかい髪に憧れるわ」

手入れはしているから艶《つや》やかではあるけれど、針を思わせるほどに強くまっすぐな髪は、シフィルのコンプレックスのひとつ。

唇を尖らせると、エルヴィンが笑ってそこに口づけを落とした。

「綺麗な髪だよ。シフィルのまっすぐな人柄をあらわしているようで、とても素敵だと思う。俺は好きだよ」

「……っありがとう」

真摯《しんし》な口調で褒められて、シフィルの頬がまた熱を増す。エルヴィンはいつだってシフィルの全てを受け入れて愛してくれるから、少しずつ自分に自信を持てるようになれたと思う。

「こうしてシフィルの髪に触れることができるのも、いつもきちんとしているシフィルの髪を乱すことができるのも、俺だけだろう」

そう囁《ささや》いてエルヴィンがまた胸への口づけを再開するので、シフィルは快楽に声を上げて首を振った。シーツの上にくしゃくしゃと広がる銀の髪を見て、エルヴィンは満足そうに笑う。

「誰にも触らせたり、こんな姿を見せたりしないでくれ」

「そんなこと……っ、んん、エルヴィン以外、には、……ぁんっ、しない……ってば」

快楽に翻弄《ほんろう》されて甘い声を上げげつつ必死に答えると、エルヴィンの赤紫の目が嬉しそうに細められた。

「うん。俺だけだ」

くすりと笑ったエルヴィンは、まるで印を刻むかのように、またシフィルの肌に赤い痕を残した。

薄暗い部屋の中に、声を押し殺したシフィルの吐息が響く。窓の外から白い月の光が射し込んでいて、シフィルは一瞬そちらに気を取られた。

月を見ると、どうしても思い出してしまうのは明日のこと。女神の加護を受けたシフィルの血で、本当に結界を修復できるのだろうか。

不安になって左胸の痣《あざ》に触れると、エルヴィンがそっと顔をのぞき込んだ。

「シフィル、俺のことだけ考えていて」

「あ……あぁっ」

まるで不安を散らすように、エルヴィンの指先がシフィルの敏感な花芽をくすぐる。頭の中に火花が散るほどの鋭い快楽に、シフィルは身体をよじった。

「女神のことなんて、今は考えないで」

「あ、やっ……あぁ、んっ」

逃げようとしても、エルヴィンの指はどこまでも追いかけてシフィルに快楽を与える。一瞬浮かんだ不安な気持ちを振り払うように、シフィルはその快楽に身を任せた。

「や、あぁ……っエルヴィン、もう……っ」

追い詰められて必死に訴えても、エルヴィンの指は止まらない。赤紫の瞳がじっと観察するように、乱れるシフィルの様子を見つめている。

「むり、もうだめ……、エルヴィン……っ」

叫び出しそうになった唇をエルヴィンが塞ぎ、くぐもった声が微かに響く。強く絡められた舌にも新たな快楽を得ながら、シフィルは全身を大きく震わせた。

絶頂の余韻《よいん》にまだ身体を震わせるシフィルの腰に触れ、エルヴィンは蜜口に自身のものを押しつけた。

いつもは呼吸が整うまで待ってくれるのに、今日はそれすら許さないとばかりに一気に貫かれて、その甘く重たい衝撃にシフィルは強く背中を反らした。

「待っ、だめ、今……っ」

あまりの快楽に、呼吸すらおぼつかない。直前に一度達した身体はまだそこから降りてこられず、更なる高みに押し上げられるような感覚に、シフィルは必死にエルヴィンの腕を掴んだ。

「シフィル、俺のことだけ感じてて」

口づけを落として囁《ささや》いたエルヴィンが、その優しい口調とは裏腹に、何度もシフィルの身体を強く突き上げる。

濃く色を増したような美しい赤紫の瞳に見つめられながら、シフィルは頭が白くなり、何も考えられなくなるほどの快楽に溺れた。

事後の心地良い疲労感とエルヴィンのぬくもりに包まれて、シフィルは夢も見ないほどの深い眠りに落ちた。

エルヴィンの低い声が何度も甘く名前を呼び、優しく頭を撫でる手に嬉しくなって微笑んだことだけ、覚えていた。

◇◆◇

翌朝目覚めたシフィルは、身体を起こそうとして、うしろからエルヴィンに抱きしめられていることに気づく。

しっかりと回された腕は離さないと言われているようで、どこかくすぐったく嬉しい気持ちになった。

「おはよう、シフィル」

声の調子から、どうやらすでに起きていたらしいエルヴィンが耳元で優しく囁《ささや》くから、シフィルは込み上げる幸福感のままに、くすくすと身体を震わせて笑った。

身支度を整えて、シフィルは髪を結ぶために鏡の前に立つ。考えないようにしていても、今日これからのことを思うと指が震え、緊張で身体はどんどん冷えていく。

「エルヴィン、お願いがあるんだけど」

青ざめた自分の顔を見つめつつ鏡越しに声をかけると、エルヴィンはすぐにそばまでやってきた。

「どうした、シフィル」

優しいその声に微笑んで、シフィルはエルヴィンの髪に触れた。

「お守りがわりに、エルヴィンのその髪紐を貸して欲しいなって思って」

彼の髪を束ねる紐は、銀色か青緑かのどちらかをしていることがほとんどだ。それはどちらもシフィルの色。シフィルも少しでもエルヴィンを近くに感じたくて、彼の色である夜空のような紺色や赤紫のリボンを愛用しているから、きっと彼も同じ意味でシフィルの色を身につけている。恥ずかしくて直接たずねたことはないけれど。

「いいよ」

エルヴィンは、結んでいた紐を解《ほど》くとシフィルに手渡してくれた。さらりと肩を流れた夜色《よるいろ》の髪に一瞬見惚《みと》れながら、シフィルは受け取った紐で髪を結んだ。

「俺も、お願いしてもいいかな」

シフィルの髪を愛おしそうに撫でて、エルヴィンが顔をのぞき込む。首をかしげたシフィルに少し照れくさそうな表情を浮かべ、エルヴィンは自らの髪に手を触れた。

「シフィルに、結んでもらいたい」

「もちろんよ」

エルヴィンの髪に触れることが大好きなシフィルは、大きくうなずいてそっと夜色《よるいろ》の髪に手を伸ばした。

しっとりと柔らかな髪は触り心地が良くて、いつまででも触れていたい。

シフィルはうっとりとしながらそっとエルヴィンの髪をまとめると、手渡された銀色の紐で結んだ。

「どう、かしら」

彼自身がいつも束ねているようにしたつもりだけど、とシフィルは首をかしげてエルヴィンを見る。

確認するように髪に触れたエルヴィンは、満足した様子でうなずいた。

「ありがとう、シフィル」

柔らかな微笑みを向けられて、シフィルは嬉しくて緩む口元を隠すように手で覆《おお》った。

「あのね、できたら……でいいんだけど、これからは私がエルヴィンの髪を、結べたら嬉しいな、って」

恐る恐る口にした言葉を聞き、エルヴィンは笑って抱き寄せてくれた。

「それは素晴らしい提案だな。ぜひシフィルにお願いしたい」

「じゃあ、約束ね」

笑って、二人は指先を絡めた。

■　果ての森

果ての森が近づくにつれて、あたりは寒気がするほどの重たい空気に変わる。ギリギリまで馬車で移動したもののついに馬が怯えて動かなくなり、これ以上は進めないという判断になった。

先に向かっていた騎士たちが警戒のために周囲にいるので、シフィルは顔を誰かに見られないよう、念のためフードのついた黒いローブを羽織《はお》って外に出た。この先は、歩いて結界を目指すことになる。

ここはまだ果ての森ではないと分かっているのに、足が震える。視線の先には闇をたたえた暗い森。今いるこの森だって薄暗いけれど、その更に奥から感じる重く冷えた空気は本能的な恐怖を呼び起こして、シフィルの足をすくませる。

「シフィル」

囁《ささや》いてエルヴィンが手を握ってくれた。そのぬくもりに、ようやくこわばっていた身体の力が抜けた気がする。

「大丈夫、頑張るわ」

呼吸を整えて、シフィルはエルヴィンを見上げた。安心させるように笑ったつもりだけど、きっと頬は引《ひ》き攣《つ》っている。エルヴィンは、黙って強く手を握ってくれた。

エルヴィンに付き添われて、シフィルはゆっくりと森の奥へと向かう。一歩進むごとに濃くなる冷たく重たい気配に、また足がすくみそうになるのを必死に堪《こら》えて、機械的に足を動かす。

少し離れて付き添ってくれている近衛騎士たちも、酷く顔色が悪い。果ての森から流れてくる気配は、鍛え上げられた彼らにも耐えがたいもののようだ。

「エルヴィンは、怖くないの？」

動悸の激しい胸を押さえながら見上げると、エルヴィンは黙ってうなずいて左胸に手を当てた。

「きっと、シフィルにもらった痣《あざ》のおかげだと思う。以前に任務でこの近辺に来た時とは比べ物にならないくらい、落ち着いてるよ」

そう言って、エルヴィンはシフィルの手を強く握りしめた。

「だから、シフィルは何も心配しなくていい。何があっても、俺がシフィルを守るから」


やがて前方に小さな祠《ほこら》が見えてきて、シフィルは足を止めた。重く澱《よど》んだ空気の中、その祠《ほこら》だけがほんのりと明るく見える。ただ、その向こうに広がるのは真っ暗な果ての森。目的地があの祠《ほこら》だと分かっていても、一歩を踏み出すのにも歯を食いしばるほどの勇気がいる。

シフィルはゆっくりと、うしろに控える近衛騎士らを振り返った。果ての森から流れてくる濃い闇の気配に、彼らも随分と辛そうな表情をしている。

「ここから先は、二人で行きます。月が沈む明け方までには戻るつもりですが、もしも戻らなかった時は……、退避を」

そう言って、シフィルは小さな魔除けの石を差し出した。道中、あれこれとシフィルをサポートしてくれた彼らへ、せめてもの感謝の気持ちを込めて少しずつ作ったものだ。爪の先ほどの大きさしかないけれど、それでも魔獣を退《しりぞ》ける効果はあるはず。

「ありがとうございます。どうぞお気をつけて。お戻りを、待っております」

騎士たちに見送られて、シフィルは震える足を祠《ほこら》に向けて踏み出した。

祠《ほこら》に近づくごとに濃くなる気配は、身を切るほどに冷たい。かちかちと歯を震わせるシフィルの手を握るエルヴィンのぬくもりだけが、ただひとつ縋《すが》れるものだった。

ユスティナの祈りによって支えられている結界は白い光を放っているけれど、ところどころその輝きが薄い場所がある。恐らくそれが、結界の綻《ほころ》びなのだろう。

「――っ!?」

一際《ひときわ》強く、まるで刺されたかのような冷たい気配を感じ、シフィルはびくりとして足を止めた。結界の綻《ほころ》びの向こうから、黒い手のようなものがこちらに伸びてくるのが見える。

「……や、あ……」

ゆっくりと、侵食するように結界の奥から伸ばされたその手は、人間のものと形はよく似ている。だけどその大きさも、指の数も鋭い爪も、どろりとした闇を思わせるその色も、何もかもが人間とは違う。

シフィルの知る魔獣よりも見た目も気配も更におぞましくて、恐怖で全身が冷たくなる。足がすくんで動けなくなるシフィルの肩を、エルヴィンが安心させるように軽く叩いた。

「大丈夫だから。シフィルは、そこから動かないで」

「……っエルヴィン」

振り返って微かに笑顔を見せたエルヴィンは、腰の剣を抜くと迷いない足取りで結界の方へと駆け出す。大きく振りかぶって今にもこちらに入ってきそうに伸ばされた黒い手に斬りかかると、耳をつん裂く悲鳴と共に、巨大な手は斬り落とされた。地面に落ちたその手はそれでもエルヴィンを探すように動くけれど、何度か斬り刻むことでようやく動きを止めた。

結界の向こう側からは凄《すさ》まじい怨嗟《えんさ》の声が響くものの、手を斬り落とされたせいか再びこちらへ入ろうとすることは諦めたようだ。黒く重たい気配が遠ざかっていく。

息を詰めてエルヴィンを見守っていたシフィルは、ようやく身体の力を抜いた。それでも激しい鼓動は全然落ち着かなくて、今すぐにでも結界に背を向けて逃げ出したくなる。

早くそばに戻ってきて欲しいとエルヴィンの方に手を伸ばそうとした時、背後に再び冷たい気配を感じた。同時に、こちらを向いたエルヴィンの目が大きく見開かれる。

「シフィル、逃げろ……っ!!」

エルヴィンの叫び声が耳に届くと同時に、シフィルの身体のまわりが黒く冷たいものに覆《おお》われた。先程エルヴィンが倒したものとよく似た大きな手が、シフィルを掴んでいる。逃げようと必死に身体をよじるものの、ほとんど動くことができない。それどころか黒い指が触れたところからどんどん体温が奪われていくような気がして、呼吸すらうまくできなくなる。

ずるずると地面に歪《いびつ》な線を描きながら、シフィルは結界の綻《ほころ》びの方へと引きずられていく。連れていかれまいと懸命に踏ん張るものの、身体に力が入らない。

このまま結界を越えてしまえば、生きて戻ってくることはできないだろう。

こんなところで死ぬわけにはいかないのに。結界を修復しなければエルヴィンはもちろん、ローシェやユスティナといったシフィルの大切な人たちまで死んでしまう。

「離し……て……っ」

手足をばたつかせて大きな声を上げたつもりだったけれど、掠《かす》れたような声しか出ないし、微かに指先を動かすことしかできない。

「シフィル!!」

悲痛なエルヴィンの声が遠くで聞こえる。だけど視界が暗くぼやけて、彼がどこにいるのかも分からない。

「逃げ、て」

せめてエルヴィンだけは助かって欲しい。そう思って吐息と共に漏らした言葉は、届いただろうか。

苦しさに目を閉じようとした次の瞬間、すぐ近くで名前を呼ばれた気がした。その声を探して顔を上げたシフィルのすぐそばに、険しい顔をして頭上に剣を構えたエルヴィンの姿があった。風に彼の長い髪がふわりと揺れていて、こんな時なのにとても優雅に見えた。

「エルヴィン……っ」

ほとんど音にならなかったけれど、その声に気づいたのかエルヴィンがちらりとシフィルの方を見た。視線が絡まったその一瞬だけ、大丈夫だと言うように彼の表情が柔らかくなる。

勢い良く振り下ろされた剣は、シフィルを捕えていた手を一撃で斬り落とした。

まるで雷鳴のような低く濁った悲鳴と同時に、シフィルの身体の締めつけが少し緩む。そのまま崩れ落ちそうになったシフィルの身体を、エルヴィンがしっかりと抱き止めてくれた。

地面に膝をついたシフィルは、咳込みながら荒い呼吸を繰り返す。思った以上に強く締めつけられていたようで、なかなか肺に空気が入っていかない。それに身体にはまだ黒い魔獣の残滓《ざんし》が影のように纏《まと》わりついていて、シフィルを結界の向こう側へと誘い引っ張っている。

「シフィルに触れるな」

低く唸《うな》るように言って、エルヴィンが黒い影を引き剥がそうとする。それでも影はうごめいてシフィルの手足に絡みつく。まるで獲物を逃すのが惜しいとでもいうように。

氷水に浸《つ》かったかのような冷たさと、肌に貼りつく粘《ねば》ついた感覚に、堪《こら》えようとしても悲鳴が漏れる。

「シフィルに触れていいのは、……俺だけだ」

吐き捨てて、エルヴィンがうごめく影に勢い良く剣を突き立てた。まるで叩き潰すかのようなその強さに黒い影は動かなくなり、やがて塵《ちり》となって消えていった。

まだ油断なく周囲に視線を向けつつ、エルヴィンはシフィルをそっと抱き寄せた。

「無事で、良かった」

耳元で囁《ささや》いた声も、抱きしめる腕も微かに震えている。シフィルの身体も同じくらい震えているけれど、彼の体温を感じたら生きていることを実感する。

「エルヴィンの、おかげよ」

「だけど、危険な目に遭わせてしまった」

「でも、助けてくれたでしょう。エルヴィンが、守ってくれたのよ」

ありがとうと囁《ささや》いてエルヴィンの背に手を回すと、抱きしめる腕の力が更に強くなった。このぬくもりがそばにあれば、恐怖だってきっと乗り越えられる。

シフィルは森の境界にある結界を見つめた。綻《ほころ》んだ部分から、いつまた新たな魔獣が侵入してくるかも分からない。一刻も早く結界を修復しなければならない。

身体はまだ震えているし、気を抜けばその場でへたり込んでしまいそうになる。奥歯を強く噛みしめてそれを堪《こら》え、シフィルはエルヴィンを見上げた。

「早く、結界の修復をしなくちゃ」

掠《かす》れぎみなその声に、エルヴィンはうなずいてシフィルの手を握ってくれた。


恐怖でこわばる身体を叱咤《しった》しながら、シフィルはやっとの思いで祠《ほこら》へとたどり着いた。直前にあの魔獣に襲われたことでかなり消耗したし、油断すると捕らえられた時の恐怖を思い出して叫び出したくなる。

目にしたのは手だけとはいえ、おぞましい魔獣に襲われた時の凍えるような感覚は、まだ身体に染みついている。一歩進むたびに足はがくがくと震えたし、鼓動が激しくて心臓が口から飛び出してきそうだ。それでもここまで来ることができたのは、隣で手を握ってくれるエルヴィンがいたからだ。

祠《ほこら》の中はかろうじて二人が並んで立てるほどで、そう広くない。奥に微かに光を放つ祭壇らしきものがあって、結界のための魔除けの石はそこに設置されているのだろうことが分かる。

天井は開いていて、そこから月の光が射し込んでいる。鏡を使って、うまく光を祭壇の上に集めているようだ。その白い光を見ると、恐怖心が僅かに緩んだ気がする。

きっと月の女神も、銀の星の女神も、二人を見守っていてくれるはずだ。

シフィルは持ってきた荷物の中から、ユスティナに託された魔除けの石の材料である月の涙と銀色のナイフを取り出すと、祭壇に向かった。

祭壇には、複雑な紋様が彫り込まれており、その上には魔除けの石が埋め込まれている。ほのかに赤い光を放つその石のいくつかはまるで力を失ったかのように弱々しい点滅を繰り返していて、それが恐らく結界の綻《ほころ》びの原因なのだろう。

シフィルは震えるため息を落とすと、右手に持った銀のナイフを握りしめた。

「大丈夫か、シフィル」

うしろで見守っていたエルヴィンが、気遣わしげな声を上げる。ナイフを持つ手は面白いほどに震えているけれど、シフィルは振り返ってうなずいた。

「大丈夫。頑張るから、そこで見ていてね」

笑ってみせたかったが、それはできなかった。気を抜くと泣き出してしまいそうだ。果ての森に対する本能的な恐怖感と、これからすることに対する重圧。今にも光を失いそうなこの魔除けの石を直せなければ、きっと結界は破れてしまう。ここにたどり着くまでにかかった日数を考えると、ユスティナの限界も、恐らく近い。

呼吸すらうまくできなくなって引《ひ》き攣《つ》ったような声を上げたシフィルを、エルヴィンがうしろからそっと抱きしめた。優しく回された腕と肩を撫でる手に、少しだけ身体の震えがおさまる。

余計なことを考えるとまた動けなくなりそうなので、シフィルは一度深く息を吸うと、左腕にそっとナイフを滑らせた。ひやりとした刃の感覚に少し遅れて、ふわっと傷口が熱くなり、真っ赤な血が流れ出す。傷をつけたことによる痛みはほとんどないけれど、左胸の銀の痣《あざ》が生きているかのようにどくりと脈打って熱を持ち、そこから何かが血と一緒に流れ出ていく気がした。きっとそれは、シフィルに与えられた銀の星の女神の力。

握りしめた月の涙に自らの血が流れていくように、シフィルは左手を下げる。息を詰めて見守る中、ゆっくりともどかしいほどの速さで流れた血が手のひらの中の石に触れると、真っ白だった石は鮮やかな赤に染まった。

ほのかに光を放つ赤い魔除けの石を確認すると、シフィルは祭壇の上の光を失いそうな石と交換するために手を伸ばした。

「シフィル、先に止血を」

それほど深く傷つけたわけではないけれど、傷口からは血が絶えず流れ出ている。心配そうに囁《ささや》いたエルヴィンに少しだけ振り返って笑いかけ、シフィルは首を横に振った。

「まだ、もうちょっと血が必要だから。大丈夫よ」

心配そうにうしろから抱きしめる腕には僅かに力がこもったけれど、黙って見守ってくれるエルヴィンのぬくもりを感じて、シフィルは魔除けの石を握りしめた。

祭壇の上にある力を失いかけた魔除けの石を新しいものに交換すると、彫られた紋様がまるで息を吹き返すように淡く輝いた。それに伴って、それまで感じていた果ての森からの重い気配も少し薄まった気がする。そのことに勇気をもらって、シフィルは血を流す左腕を祭壇の上にかざした。

以前からあった、まだ光を失っていない魔除けの石の上に血を垂らすと、吸い込まれるように血は石に溶けていく。赤い石の輝きが増して、そのまぶしさにシフィルは目を細めた。

それほど血を失ったつもりはないけれど、貧血か、それとも極度の緊張感のせいか、頭がぼんやりとしてくる。軽い目眩《めまい》を感じて祭壇に手をつくと、流れた血が紋様に吸い込まれていった。同時に血が触れた部分が強く輝いて、更に果ての森からの気配が薄まる。

きっと、この紋様自体にも血を捧げる必要があるのだろう。シフィルは確かめるように左胸の痣《あざ》に触れ、手にしたナイフで左腕に新たな傷を作った。

傷口からあふれた血は、腕をつたって紋様へと流れ落ちる。血が触れるたびに明るく輝く紋様と、薄まっていく冷たい気配。そのことに励まされて、シフィルはひたすらに紋様の上に血を垂らした。

「シフィル、もう……」

黙って見守っていたエルヴィンが、耐えかねたように囁《ささや》く。その声は微かに震えていて、大量に血を失ったシフィルのことを心配している様子だ。

「大丈夫、あと少しだから」

紋様はすでに大部分が輝いているけれど、端の方はまだ輝きが薄い。全てにその輝きが行き渡るようにと、シフィルは血を絞り出すために左腕に力を込めた。

やがて、まばゆいほどに輝きを取り戻した紋様を見て、シフィルは安堵のため息をついた。止血をしていない傷口から、血がぽたりぽたりと垂れては落ち、そのたびに紋様は淡い光を放つ。

「もう、いいだろう。これ以上は……」

必死な様子で声をかけるエルヴィンにうなずこうとした時、シフィルの身体から力が抜けた。

「シフィル⁉」

エルヴィンが抱き止めてくれたので倒れることはまぬがれたものの、頭がぼうっと白くなり、視界がどんどん暗くなっていく。

最後に見えたのは、まだ血を流す左腕。必死な様子でシフィルの名前を呼ぶエルヴィンの声に返事をしたいのに、身体が動かない。

そのまま、シフィルの意識は闇にのまれた。

◇◆◇

夢を見ていた。

幼い頃の夢だ。

リボンやレースなどの可愛いものが好きで、街で見かけた可愛らしいドレスに一目惚れをして、両親にねだって買ってもらった時のこと。

それは淡いピンク色のドレスで、フリルが幾重にも重なった華やかなものだった。胸元にあしらわれた花の刺繍も、輝くビジューも、腰のところで結ぶ大きなリボンも可愛くて、まるで大好きな絵本に出てくるお姫様のようだとわくわくしながら袖を通したことを覚えている。

だけど、ドレスは自分には全く似合っていなかった。これを着れば、絵本の中のお姫様になれると思っていたシフィルは、鏡を見て密かに打ちのめされた。

両親は可愛いと褒めてくれたけれど、似合っていないことは誰よりも自分が分かっている。

つり目がちで、絵本の中のお姫様みたいなふわふわとした髪を持たないシフィルに、似合うわけがなかったのだ。

結局、我儘《わがまま》を言って買ってもらったドレスなのに、シフィルは二度とそれを着ることはなかった。

数年後、妹のローシェがクロゼットの中から、そのドレスを発見した。どうせサイズもシフィルには合わなくなっていたし、着てみればと声をかけたところ、ローシェは頬を薔薇色《ばらいろ》に染めて喜んだ。

ふわふわのフリルが重なった可愛らしいドレスを着たローシェは、シフィルが想像していた絵本の中のお姫様にそっくりで、その時シフィルはこういった可愛いものはローシェのような子のためにあるのだと理解した。

以来、シフィルはお姫様になれないことをはっきりと自覚したし、可愛らしいものは見て楽しむものだと決めた。妹のローシェはそんな可愛らしいものの全てを集めて創られたような存在で、彼女を愛《め》でるだけで充分楽しかった。

シフィルの大好きな絵本は、竜《ドラゴン》に攫《さら》われたお姫様を凛々《りり》しい騎士が助け出す、というものだった。絵本の中のお姫様はとても可愛らしくて、騎士は強くかっこよかった。

お姫様と騎士が結ばれるラストシーンを読むたびに胸をときめかせ、いつの日か自分にもこの騎士のように膝をついて愛を誓い、守ってくれる存在があらわれるだろうかと想像した。

幼いシフィルにとって、身近な異性は父親の他には幼馴染《おさななじみ》のエルヴィンしかいなかった。優秀な騎士を父に持つエルヴィンは、自分も大きくなったら騎士になるのだと目を輝かせて語り、そんな彼に淡い想いを抱いた。

いつの日か、騎士になったエルヴィンがシフィルに愛を誓い、シフィルを守ると言ってくれたらどんな気持ちになるだろうか。だけどその気持ちが恋であると自覚するのとほぼ同時に、シフィルはローシェとエルヴィンこそが絵本の中のお姫様と騎士にぴったりであることにも気がついた。そして、エルヴィンがローシェに向ける愛おしそうな視線の意味にも。

お姫様になれない自分がエルヴィンと結ばれる未来はないことを悟り、シフィルは彼を想うのをやめることにした。

芽生えかけた恋を心の奥底に隠してエルヴィンと接するうちに、シフィルは彼と過ごすことがだんだん辛くなってきた。お似合いな二人の間に割って入る自分が嫌だったし、彼がローシェに向ける優しげな微笑みに嫉妬《しっと》して、自らの醜い感情を嫌悪したことも一度や二度ではない。

以前のように自然に振る舞うことが難しくなり、エルヴィンとの会話は徐々に減っていった。そして年を重ねるごとに二人の距離は少しずつ離れていった。たまに顔を合わせても彼は目を合わせてくれなくなり、何か気に障ることをしただろうかと考えるものの、それを聞くことすらできなかった。

そのうち顔を見るだけで嫌そうに眉を顰《ひそ》められ、視線すら合わせたくないと顔を背けられるようになって、シフィルは自分がエルヴィンに嫌われていることを自覚した。

特に喧嘩をしたわけでもなく、徐々に離れていった関係だったはずなのに、どうしてそこまで嫌われるのか理由は分からない。だけど、それを問いただす勇気もなかった。

結局、シフィルはエルヴィンの前に極力姿をあらわさないように、逃げ続けることしかできなかった。

何度もこの想いを諦めようと思った。報われない想いをいつまでも抱いていたって、意味がないから。

だけど幼いあの日、女神の加護を受けた時に銀の痣《あざ》を隠すためにエルヴィンが上着を貸してくれたあの瞬間だけは、彼はシフィルを守る騎士のようだった。結局シフィルは、その時から一歩も動けずにいた。


そんなエルヴィンと、まさか結婚することになろうとは。

様々な誤解が積み上がった結果、酷く遠回りをしたけれど、シフィルを受け入れてくれるエルヴィンに愛されるたび、きっと誰も自分を愛してくれないと密かに泣いた日々が洗い流されていくような気がする。

少しだけ眉を顰《ひそ》めて、だけど瞳は優しい、口元に微かな笑みを浮かべたエルヴィンのその表情は、シフィルだけに向けられるもの。

目を合わせることはまだ苦手で、すぐに視線を逸らしてしまうけれど、顔を見なければ饒舌《じょうぜつ》に愛を囁《ささや》いてくれる人。

コンプレックスのまっすぐな髪も、ささやかな胸も、気が強そうに見られるこの顔も。エルヴィンは全て肯定して愛してくれる。

シフィルが少しずつ自分に自信を持てるようにしてくれた、何よりも大切な人。

ふとシフィルは、そんなエルヴィンがそばにいないことに気づいた。

真っ暗な闇の中、シフィルは一人きりだ。

——エルヴィン、どこ？

声を出したつもりが、言葉は吐息となって消えていく。

急に心細くなって、シフィルはあたりを見回した。

自分の身体の輪郭すら分からないほど漆黒《しっこく》の闇の中、見えるものは何もない。

恐怖と不安にのみ込まれそうになったその時、耳に届いたのは微かに名前を呼ぶ声。

——エルヴィン？

何度もシフィルの名前を呼ぶその声は、間違いなく彼のものだ。

心細そうな、まるで泣いているようなその声に、シフィルは必死で声の出どころを探す。

「——ル、シフィル……」

目を開けるとすぐそばにエルヴィンの顔があって、シフィルはほっと安堵のため息をついた。どれほど意識を失っていたのかは分からないけれど、天井から射し込む白い光を見ると、月はまだ沈んでいないらしい。

同時に彼の瞳から涙がこぼれ落ちていることに気づいて、シフィルは驚きに瞬《まばた》きを繰り返した。彼の泣き顔を見るなんて、幼い頃に転んで膝を擦りむいて大泣きした時以来ではないだろうか。

「シフィル……、良かった」

強く抱き寄せられて、シフィルは戸惑いつつもエルヴィンの背に手を回す。

「真っ青な顔で倒れて、何度呼びかけても目覚めないから、どうすればいいか分からなくて……っ」

声も抱きしめる腕も震えていて、耳元を掠《かす》める吐息すら苦しげだ。

シフィルは、そっとあやすようにエルヴィンの背を撫でた。

「泣いてる、の？　エルヴィン」

囁《ささや》くように問うと、泣き顔を見せまいとばかりに強く抱きしめられた。

「シフィルが、このまま目覚めなかったらどうしようかと思うと、怖くて。今度こそ女神が、シフィルを連れていってしまうのかと思った」

「大丈夫よ、私はここにいるわ」

「だけど、真っ青な顔をして、呼吸すら止まりそうで。もしもシフィルを失うかと思ったら……っ、すまない、涙が止まりそうにない。少し……このまま泣いてもいいいか」

しゃくり上げながら震える声でそう言われて、シフィルはうなずいて抱きしめる腕に力を込めた。

しばらくして、鼻をすすったあとエルヴィンがようやく抱きしめる腕を緩めた。見上げたエルヴィンの目はまだ赤く、睫毛《まつげ》も濡れている。

気まずそうに顔を背けながら、エルヴィンは頬に残る涙の跡を袖口で乱暴に拭《ぬぐ》った。

「……すまない、取り乱した」

少し鼻声でそう言われて、シフィルは小さく笑うとエルヴィンをもう一度抱きしめた。

「ごめんなさい、心配させちゃったわ。だけど、私はどこにも行かない。ずっとエルヴィンのそばにいる。それに、エルヴィンがこうして一緒にいてくれたから、私は逃げずにここまで頑張れたのよ」

シフィルはそう言って、祭壇を振り返った。祠《ほこら》の中は来た時よりも明るく、あたたかな気配に満ちている。果ての森から感じる恐ろしい気配も随分と薄まっていて、結界の修復がうまくいったことをシフィルは確信した。

「ありがとう、エルヴィン。そばにいてくれて」

笑って見上げると、エルヴィンは切なそうな表情を浮かべてうなずいた。

「だけどもう、シフィルがこんなことをせずに済むことを祈るよ」

「きっと大丈夫よ。来た時とは、空気が全然違うもの」

「それでも、こんな場所にシフィルを二度と近づけたくない。安全な場所で、幸せに笑っていて欲しいのに」

「エルヴィンのそばが、私にとって一番安全で、幸せになれる場所よ」

胸元にぴたりと頬をくっつけて、シフィルはつぶやく。このあたたかな腕に包まれて、彼の鼓動を感じているだけで、どこにいてもシフィルは安心できるのだから。

「そう言ってくれるのは嬉しいけど、やっぱりシフィルにはこんな森の中は似合わない。だから早く、俺たちの家に帰ろう」

「うん。国王陛下にも、ユスティナ様にも早く報告をしなきゃね」

笑顔でうなずくと、労《いた》わるように頭を撫でたエルヴィンが小さくため息をついた。

「この国を守ったのはシフィルなのに、それを公《おおやけ》にできないのは少し悔しいな。命を削るほどの大業を成したのに」

「目立つのは好きじゃないから、必要ないわ。エルヴィンが知っていてくれれば、それで充分よ」

「確かに、これ以上シフィルが狙われやすくなるリスクは避けるべきだな」

また閉じ込めてしまいたくなる、と笑ってエルヴィンはシフィルの左腕に口づけた。

意識を失っている間に処置してくれたのか、血も綺麗に拭き取られて包帯が巻かれている。もう痛みはないけれど、まるで治療するかのようにエルヴィンが唇を押し当てるから、シフィルは思わず身体を震わせた。

「本当なら、今すぐにでもシフィルを抱きたい。もう二度とこんな思いをすることのないように、ここで女神にシフィルは俺のものだと見せつけてやりたいくらいだ」

「それは……」

戸惑いの笑みを浮かべたシフィルに分かっているとばかりにうなずいて、エルヴィンはため息をつく。

「さすがに実行には移さない。だけど、あとで覚悟していて。きっと、抱き潰す自信がある」

そんなことを自信満々で言われてもと思うけれど、エルヴィンの赤紫の瞳にじっと見つめられたら、シフィルだって彼が欲しくなる。

だから、シフィルは笑ってエルヴィンに抱きついた。


祠《ほこら》の外に出ると、来る時は押し潰されそうなほどに重く冷たい空気だったのが、随分と緩んでいる。果ての森の方に視線をやればぞくりとしたものが背中を走るものの、動くことすら困難なほどの気配は消えている。

白く光る結界も来た時よりも明るく輝いていて、光の薄かったところも見当たらなくなっている。

ほっとした様子の近衛騎士らに出迎えられ、シフィルは馬車へと戻った。


座席についてローブを脱ぐとようやく全てが終わった気がして、身体の力が抜ける。

ぐったりと背もたれに身体を預けたシフィルを見て、エルヴィンが労《いた》わるように抱き寄せた。そのままエルヴィンの膝の上に頭を乗せるように促される。

「きっとたくさん血を失ったから、疲れているはずだ。無理をせず休んだ方がいい」

「で、でも」

いくら疲れているとはいえ、護衛のための騎士も同乗している状況でこんなにも密着することに、シフィルは戸惑って抵抗しようとする。

「えぇと、自分のことはお気になさらず。置物か何かだと思っていただければ」

空気を読んだ近衛騎士が、シフィルの視界に入らないよう位置をずらして座り直す。

「ほら、シフィル」

くすりと笑ったエルヴィンが再度促すので、シフィルは羞恥《しゅうち》に小さく唸《うな》り身体を倒した。横になれば確かに身体は楽で、馬車の揺れすら心地良い眠りを誘う。

優しく髪を撫でるエルヴィンの指先のぬくもりを感じながら、シフィルは目を閉じた。


「シフィル」

優しい声と共に頭を撫でられて、嬉しくなって微笑みつつ目を開けると、そこは見慣れない部屋だった。どうやら馬車の中ですっかり眠ってしまった間に、今日の宿に着いたので、部屋まで運んでくれたらしい。出発したのが明け方だったのに、今はもう日が暮れ始めている。ほとんど半日眠っていたことを考えると、やっぱり色々と消耗していたのだろう。

「ごめんなさい、すっかり眠っちゃった」

慌てて身体を起こそうとすると、エルヴィンが支えるために手を伸ばす。

「体調は？　顔色は良くなったな」

確かめるようにシフィルの頬に触れながら、エルヴィンが顔をのぞき込む。あまりに心配そうにするので、シフィルは元気であることをアピールして笑った。

「平気だってば。よく寝たから、むしろすっきりした気分よ。それに、お腹が空《す》いちゃった」

ベッドから降りようとすると、また倒れるのではないかと心配しているのか、エルヴィンが支えつつソファへと誘導してくれる。

「下の食堂で、何か食べるものを買ってくる」

無理はしないようにと厳重に言い置いて、エルヴィンは部屋を出ていった。

エルヴィンを見送って、シフィルはきょろきょろと部屋の中を見回す。行きに泊まった宿もそれなりにいい部屋だったけれど、この部屋は更に豪華だ。結界を修復したシフィルへの慰労《いろう》を兼ねているのだろうか。

ずっと眠っていたので喉の渇きを感じて、シフィルはお茶を淹《い》れつつエルヴィンを待つことにする。

しばらくして戻ってきたエルヴィンは、両手にたくさんの食べ物を抱えていた。どれもシフィルが好きなものばかりで、きっと好物を選んでくれたのであろう彼の気持ちが嬉しい。

「シフィル、おいで」

テーブルの上に食事を並べたエルヴィンが、どこか嬉しそうな表情でシフィルを呼ぶ。同じソファに座っているものの、もう少し近づきたいということだろうかと腰を浮かせると、腕を引かれてあっという間にエルヴィンの膝の上に座らされた。

「ちょ……っと、待って、近いわ」

急に近づいた距離に慌てて離れようとしても、腰に回された腕がそれを許してはくれない。

「シフィル、ここにいて。離れないで」

囁《ささや》いたエルヴィンが、シフィルの首筋に顔を埋める。熱い吐息は少し震えていて、抱きしめる腕もまるで縋《すが》りつくように感じられるから、シフィルはその腕をそっと撫でた。

果ての森でエルヴィンのぬくもりがシフィルの恐怖を和《やわ》らげてくれたように、今度はシフィルが彼の不安を溶かしてあげたい。

「うん。ずっとそばにいるわ」

笑ってうなずくと、エルヴィンは安心したのかシフィルの首筋に顔を埋めたまままため息を漏らした。

■ 見つめる瞳と騎士の誓い

エルヴィンの膝の上で食事を終えたシフィルは、現在押し問答の最中だ。

「……だから、一人で平気だってば！」

「また倒れたらどうするんだ。それに、包帯が濡れたら困るだろう」

「もうすっかり元気だし、そもそも、こんなにも包帯をぐるぐる巻くほどの傷じゃないもの。魔除けの石を作る時の傷は、すぐに塞がるのよ。身体を洗うくらい一人でできるわ」

「でも、もし傷口が開いたらどうする。それにシフィルは言ってくれただろう、ずっとそばにいる、と。違うのか？」

「……っ、それは、そうだけど……」

悲しそうに眉尻を下げたその表情に、シフィルは言葉に詰まる。うっかり、ちょっと可愛いかもしれないなんて思ってしまったことは、絶対秘密だ。

とにかく食事のあとからずっと、一人で入浴したいシフィルとそれを阻止したいエルヴィンとで、話はずっと平行線をたどっている。

生真面目な表情でシフィルが心配なのだと語るエルヴィンには下心などなさそうな気もするけれど、だからといって明るい浴室で身体を見られることを受け入れるのには羞恥心《しゅうちしん》が邪魔をする。いつもエルヴィンと身体を重ねるのは、明かりを落としたベッドの上だけだから。

「さぁ、早くしないと遅くなる。明日も朝早く出発だからな」

「え、待っ……」

結局、業《ごう》を煮やしたエルヴィンがシフィルを抱き上げた。じたばたと暴れてみても効果はなく、あっという間に浴室へと連れていかれる。

「ちょ、エルヴィン、待って、や、あの……！」

抵抗むなしく服を脱がされたシフィルは、せめてものあがきでタオルを必死に身体に当てた。エルヴィンが器用な人であることは知っているけれど、それにしても服を脱がせる手際が良すぎはしないだろうか。

「シフィル、腕が濡れないように上げていて」

「えっ……」

「片手では洗えないだろうから」

すでに両手にふわふわの泡を抱えて、エルヴィンは準備万端とばかりに笑みを浮かべている。普段よりも口角の上がり具合が大きいのは、気のせいではないと思う。

そしてちゃっかりエルヴィンも服を脱いでいるから、シフィルは目のやり場に困って視線を彷徨《さまよ》わせる。腰にはタオルが巻かれているものの、ベッドの上以外で彼の肌をこんなにも目にすることはなくて、顔が熱くなった。

「ほら、シフィル。ここに座って」

「う、うん」

促されて椅子に座ったシフィルの背中を、うしろに立ったエルヴィンが、ふわふわの泡で洗ってくれる。手のひらで撫でられるようなその感覚は心地良いけれど、時折エルヴィンの指先が触れるから、そのたびに身体を震わせてしまう。

きっと彼は、片腕を使えないシフィルのことを心配して手助けしてくれているだけ。それなのに、余計なことを考えてしまう自分が恥ずかしくて、シフィルは目を閉じて早く終わらないかと、そればかりを祈っていた。

「シフィル、一度流すから、腕を上げてくれるか」

声をかけられて、シフィルは目を開けると慌てて左腕を持ち上げる。ざぱりとお湯が背中の泡を洗い流していき、白い泡が足元をくすぐって消えていった。

「右腕をこっちに」

エルヴィンが言って、右腕を軽く引く。包帯を巻いた左手では洗えないので、シフィルは黙って腕を差し出した。それまで右手でタオルを押さえて胸元を隠していたので、左手を下ろそうとすると、エルヴィンが耳元に唇を寄せた。

「シフィル、腕は上げておいて。包帯が濡れてしまう」

「でも……っ」

「ほら、泡を流すから」

シフィルの右腕を握ったまま、エルヴィンは囁《ささや》く。笑みを含んだその口調に、やはりただ身体を洗うだけが目的ではないことを理解して、シフィルは一気に真っ赤になった。

くすりと笑ったエルヴィンがシフィルの身体にお湯を流す。泡と一緒に胸元のタオルまで流れ落ちてしまって、シフィルは小さな悲鳴を上げた。

タオルを取るために上げていた左腕を下ろそうとしたのを、うしろからエルヴィンが掴んで止める。

「や、離して」

「包帯が濡れると大変だ」

「だって……」

「大丈夫、俺はうしろにいるから、見えない」

そう言いながら包帯を巻いた左腕に口づけられて、シフィルは諦めて身体の力を抜いた。うしろからは見えないなんて、真っ赤な嘘であることは分かっているけれど、抵抗するだけこの恥ずかしい時間が延びるのだから。

シフィルが抵抗を諦めたことに気づいたエルヴィンが、小さく笑って耳に口づけた。

「じゃあ、洗っていくから」

ふわふわの泡を両手に掬《すく》い上げて、エルヴィンがうしろから抱きしめるように、今度はシフィルの身体の前面を洗い始める。

脇腹をくすぐる指先に思わず笑ってしまい、油断した瞬間、エルヴィンの指先が胸の頂《いただき》を掠《かす》めた。

「……んっ」

身体を震わせたシフィルを見て、エルヴィンは満足そうな吐息を漏らした。

「ね、エルヴィンだめ、待って」

「洗ってるだけだよ、シフィル」

楽しそうに笑いながら、彼はそんなことを言う。指先は悪戯《いたずら》するかのように、胸の先にくるくると泡を塗り込めているのに。

泡のせいか触れる指先の感覚がいつもと違っていて、シフィルは快楽を逃そうと首を振った。

「すごくいい眺めだな」

うしろからのぞき込んだエルヴィンが、真っ赤になったシフィルの頬に口づけつつ笑う。真っ白な泡に覆《おお》われて、ところどころ肌が透けて見える様子は自分で見ても恥ずかしくて、シフィルは唇を尖らせる。

「み、見えないって言ったのにっ」

「あぁ、そうだった」

失念していた、と笑いながらエルヴィンの手が脚の間に伸びてくるから、今度こそシフィルは悲鳴を上げて逃げるように立ち上がり、両手で不埒《ふらち》な手を止めた。

「シフィル、左腕は上げておいてと言ったはずだ」

優しいのに有無を言わさない様子で左腕を取られ、壁に押しつけられる。

「や、エルヴィンっ」

「包帯が濡れると困るだろう」

あくまでシフィルの傷を心配するという体《てい》で、エルヴィンはシフィルの腕を左手で押さえつけたまま、右手で泡を肌に滑らせていく。まるで拘束《こうそく》されているかのような体勢に、シフィルは何だか変な気分になってくる。

「あ、やあっ……んん」

ゆっくりと下から撫で上げるように両脚に泡を纏《まと》わせていくのに、肝心な場所には全く触れないエルヴィンに、シフィルは焦《じ》れて首を振った。

触れて欲しいけれど、それを素直に口にするのは恥ずかしい。

エルヴィンの手は時折不埒《ふらち》な動きをしながらも、丁寧にシフィルの身体を洗っていくから、余計にそんなことを口にはできない。

「シフィル、どこか洗い足りないところはあるかな」

「べ、別にないわ」

笑みを含んだ口調で囁《ささや》かれて、シフィルは必死に口をつぐんでぷいと顔を背けた。

「そう？　じゃあ、泡を流してしまおうか」

意地を張るシフィルの心の内なんてきっとお見通しだろうけど、エルヴィンは笑ってあたたかなお湯でシフィルの身体の泡を流していく。

肌を流れるお湯の感覚に意識をやっていると、エルヴィンの右手がするりと脚の間に滑り込んできた。

「あぁ、んっ、やめ……っ」

抵抗しようとしても、片腕はエルヴィンに押さえられ、うしろから抱きしめられている体勢ではろくな抵抗などできない。

「シフィル、すごく濡れているようだけど」

「し、知らない……っ」

「身体を洗うだけのつもりだったけど、こんな状態のシフィルを放ってはおけないな」

白々《しらじら》しい口調でそう言って、エルヴィンはシフィルの中に指を沈めていく。抵抗なくその指をのみ込んでいく感覚に、どれほどはしたなく濡らしていたのかを思い知らされて、シフィルは真っ赤になってぎゅうっと目を閉じた。

「……っ、や、あぁっ、だめ」

エルヴィンの指は的確にシフィルの快楽を引き出していき、白く大きな波にのみ込まれて溺れてしまいそうな感覚になる。

「シフィル、可愛い」

楽しそうに囁《ささや》いたエルヴィンが、かぷりと耳を食《は》むから、シフィルはその刺激にも更に追い詰められてしまう。

「——っ！」

がくりと大きく震えたシフィルの身体は、力を失ってぐったりと崩れ落ちそうになる。エルヴィンの腕が支えてくれたものの、いつの間にか左腕の包帯はぐっしょりと濡れて肌に貼りついていた。

「あぁ、濡れてしまったな。困った」

全く困ってない口調でそう言って、エルヴィンが包帯を外していく。その下に隠されていた傷は、すでに血も止まって薄《うっす》らと赤い線が残っているだけ。

「傷が開いていなくて、良かった」

そう言ってエルヴィンが、そっと傷跡に舌を這わす。その感覚にも新たな快楽を得てしまうことが何だか悔しくて、シフィルは唇を噛んでエルヴィンをにらむように見上げた。

足が震えて崩れ落ちそうなシフィルを、エルヴィンはうしろから支えるように抱きしめる。腰のあたりに感じる熱く硬いものは、彼がシフィルを求めている証。

だけどこんな明るい場所や、そもそもベッド以外の場所で愛し合ったことなどなくて、シフィルは戸惑ってエルヴィンを見上げた。

「ここで、するの？」

「シフィルは、どうしたい？」

くすりと笑ったエルヴィンが、そう問いながらシフィルの耳に舌を差し入れる。ぴちゃりと濡れた音にも、柔らかな舌の感触にも、敏感になった身体は快感を拾ってしまう。

「や……っ、そんな、分かんな……っ」

「本当に、シフィルは可愛いな」

何度も耳に口づけながら、機嫌の良さそうな声でエルヴィンが囁《ささや》く。

「だからもう、我慢できない」

息を吹き込みつつ耳元で囁《ささや》いたあと、エルヴィンはシフィルの腕を取ると壁に手をつくように促した。一人ではまっすぐに立っていられないシフィルは、身体を支えるために壁に両手で縋《すが》りついた。まるでエルヴィンの方に腰を突き出すような体勢になっていることに、シフィルは気づかない。

「――シフィル」

愛おしそうに名前を呼ばれ、振り向こうとした時、ゆっくりとエルヴィンのものが入ってきた。

「あ……、んんっ」

押し広げられる感覚に、シフィルは壁に縋《すが》りつく腕に力を込める。みっちりと、全てをエルヴィンで満たされたような気持ちになって、充足感に思わず満足げな吐息が漏れた。

「シフィル、気持ち良い？」

うしろから覆《おお》いかぶさりながら、エルヴィンが囁《ささや》く。形を覚えさせるような緩く穏やかな抽送《ちゅうそう》に、シフィルは縋《すが》るものを探して爪で壁を引っ掻いた。

「あ、ぁ……っ、も、立ってられな……」

「頑張ってしっかり支えていて」

意地悪な口調でそう言ったエルヴィンがシフィルの両手首をまとめて掴み、壁に押しつける。それがまるで拘束《こうそく》されているかのように思えて、シフィルの身体が震える。普段ならあり得ないこの体勢に、お腹の奥底が熱く疼《うず》いた。

「や……、違う、こんな……っ」

「こういう風にされるのも、シフィルは好きみたいだな」

すごく締まる、と耳元でエルヴィンが笑う。その吐息にも刺激されて、シフィルの背が大きくしなった。

「違、あぁっ……んっ」

「いつもと違うから、興奮してる？」

エルヴィンの指摘通り、普段とは色々と違う状況にシフィルは戸惑いつつも確かに興奮している。だけどそれを素直に認めるのは恥ずかしくてたまらない。

涙目で首を振るシフィルの頬に口づけて、エルヴィンは蕩《とろ》けそうなほどの笑みを浮かべる。そして今にも崩れ落ちそうなシフィルを抱き寄せると、改めてうしろから拘束《こうそく》するように両腕を掴んだ。その手は優しいけれど、体重を壁に預けられなくなったシフィルは自らを貫くエルヴィンのものをより深く感じ取ってしまう。

「も、だめ……エルヴィン、むり……っ」

堪《こら》えきれなくなって、涙をこぼしながらシフィルは逃げるように身体をくねらせた。

だけど、エルヴィンの腕は揺るがず、更に深く突き上げられて、シフィルは呼吸すらうまくできなくなる。

「シフィル、可愛い」

上機嫌なエルヴィンは、そう言ってシフィルの首裏に吸いついた。普段は下ろしている髪に隠れているその場所は、今は入浴のために髪をまとめているので露出している。いつもはあまり触れられることのない場所への刺激に、シフィルの身体は更に高められて、戻ってこられない。

「エルヴィン、もう……っ、あぁっ」

きつく抱きしめられながら、シフィルは高い声を上げて真っ白に染まる世界へと堕《お》ちていった。

◇◆◇

シフィルは唇を尖らせて、ぷくぷくと湯船に沈む。うしろから抱きしめたエルヴィンが、沈んでいこうとするシフィルの身体をくすくすと笑って引き寄せた。

「シフィル、そんなに怒らないでくれ」

「だって、エルヴィン意地悪なんだもの」

明るい浴室で、しかもまるで拘束《こうそく》するような体勢で、散々に声を上げさせられたシフィルは恥ずかしくてエルヴィンの顔を見られない。

それに、いつもと違う状況に酷く興奮してしまったのをしっかり見透かされていることも、恥ずかしくてたまらない。

あのあとエルヴィンは、ぐったりとするシフィルにお詫びの言葉を囁《ささや》きつつ、丁寧に髪まで洗ってくれた。それはとても気持ちが良かったけれど、やっぱり顔を見ると先程の自分の乱れようを思い出してしまう。

小さく唸《うな》りながら、シフィルはまたお湯の中に顔を沈めていく。今浸《つ》かっているお湯は白く濁っているので身体が見えないことは良かったけれど、今度は湯船から上がるタイミングが分からない。

そして何より腰のあたりに感じる熱いものは、エルヴィンがシフィルを求めている証拠。

さっきしたのに、もう？　と思いつつ、シフィルは落ち着かない気持ちで揺れる白い水面を見つめることしかできなかった。

「そろそろ上がろうか」

「えっ……」

きっともう一度ここで愛し合うのだと密かに覚悟を決めていたシフィルは、予想外のことに思わずエルヴィンの方を振り返ってしまう。その表情を見て、エルヴィンはくすりと笑って顔をのぞき込んだ。

「また、ここでしたかった？」

「……っ、そんなことっ」

慌てて首を横に振ると、エルヴィンは声を上げて笑った。

「これ以上長湯をすると、シフィルがのぼせてしまいそうだから。続きは、ベッドで」

最後の言葉は耳元で囁《ささや》かれて、シフィルの身体が一気に熱くなる。

「ほら、顔が赤くなっている」

笑いながら、エルヴィンがシフィルをお湯から引き上げる。羞恥《しゅうち》に声を上げる間もなく、ふわふわのタオルで包まれ、シフィルはお湯の代わりに今度はタオルに顔を埋めた。


明かりを落とした部屋の中、広いベッドの上にシフィルは降ろされた。包《くる》まっていたタオルもあっという間に剥《は》ぎ取られ、両手をシーツに縫い止められた状態でエルヴィンに見下ろされている。

「シフィル、続きをしても？」

唇が触れ合うほどの距離で、エルヴィンが囁《ささや》く。色気を増した赤紫の瞳はいつもより濃く見えて、息をのむほど美しい。

その瞳に魅入《みい》られたようになり黙ってうなずくと、慈《いつく》しむように頭を撫でられるのと同時に唇が重なった。

唇から頬へ、そして耳から首筋へと、エルヴィンが口づけを落としながら移動していく。鎖骨のあたりを一度強く吸われて、シフィルは小さく声を上げた。

「……うん？　シフィル、これは」

「え？」

戸惑った様子で顔を上げたエルヴィンが、シフィルの左胸に触れる。何事かと首をかしげてそちらに視線をやったシフィルは、目を見開いた。

いつもそこにあった銀の痣《あざ》が、驚くほど薄くなっている。目を凝《こ》らせばかろうじて確認できるが、痣《あざ》を分け合ったエルヴィンのものよりも薄い。

一瞬考え込んだシフィルは、思い出したように笑ってエルヴィンを見上げた。

「きっと、結界の修復が終わったからよ。あの時、血と一緒に何かが流れ出していくのを感じたもの。役目を終えたから、こうして痣《あざ》も薄くなったんだわ」

シフィルの説明にエルヴィンは納得したようにうなずくと、薄くなった痣《あざ》に唇でそっと触れた。

「それならきっとシフィルは、もう命を削るようなまねをせずに済むし、銀の痣《あざ》持ちとして狙われることもなくなるな」

心から安心したようにつぶやくから、シフィルは笑ってエルヴィンの頭を抱き寄せた。

「でも、そうしたら私はもう、魔除けの石を作ることができなくなったのかしら」

試してみたくなって身体を起こそうとしたら、エルヴィンが肩を掴んでベッドに押しつけた。

「それは、またあとでもいいだろう。今は、こっちに集中して」

「だって気になるし、ちょっと指先を切って試してみるだけ……っ」

「だめ」

「……ぁ、んんっ」

文句を言おうとした唇は、エルヴィンに塞がれてしまう。どんどん深まる口づけに、シフィルは応えようと必死に舌を差し出した。

　はらりと落ちてきたエルヴィンの髪がシフィルの頬に触れて、そのしっとりとした感触に思わず笑みがこぼれる。手を伸ばして、ゆっくりと梳《す》くように指先を絡めると、エルヴィンも気持ち良さそうに目を細めた。

「ねぇ、今度は私もエルヴィンの髪を洗いたいわ」

　指先に髪を巻きつけながら、つぶやく。シフィルは髪も身体も洗ってもらったのに、彼はあっという間に自分で全て洗ってしまったのだ。身体を洗うのはちょっと難しそうだけど、髪を洗うというのはなかなか魅力的に思える。

　シフィルの言葉に、エルヴィンは揶揄《からか》うような表情を浮かべた。

「それは、また一緒に入浴してくれる、ということでいいんだな」

「え、あ……」

　そういえばそうだった、と思って口元を押さえるけれど、エルヴィンが嬉しそうな顔をしているから、シフィルは頬を赤らめてうなずいた。

「たまに、なら……いいわ」

「期待してる」

　鼻先が触れ合うほどの距離で、エルヴィンが柔らかく笑う。その美しい赤紫の瞳の中に映るのは自分だけで、更に夜色《よるいろ》の髪に囲われているから、シフィルは彼に閉じ込められたような気持ちになる。

　エルヴィンがこんなに近くで触れるのも、この髪に触れていいのも、シフィルだけ。この愛しい人を誰にも渡さないと首裏に腕を回して引き寄せると、エルヴィンの唇が弧を描き、優しい口づけが降ってきた。

「ねぇ、エルヴィン」

キスの合間に、吐息を漏らしつつシフィルはエルヴィンを見上げる。

「うん？」

お互いの吐息がかかるほど近くで、微かに首をかしげたエルヴィンが次の言葉を待っている。

その優しい表情を嬉しく思いながら、シフィルはエルヴィンの頬に触れるとじっと見つめて微笑んだ。

「きっともう、目を合わせても平気よ」

薄くなった痣《あざ》に触れてみせつつそう言うと、エルヴィンが小さく息をのんだ。

「私を見て。大丈夫だから」

「シフィル……」

「銀の星の女神の加護を持つ者としての役目は終えたもの。私の瞳が銀に染まることは、もうないわ」

視線を逸らすことなくそう言うと、彼は不安そうに瞳を揺らしながらも、ゆっくりとシフィルを見た。

こくり、と唾をのみ込む音がして、エルヴィンの緊張を教えてくれるけれど、シフィルは黙って笑みを浮かべて赤紫の瞳を見つめ返した。

どれほど見つめ合っていただろうか。

ふ、と息を吐いたエルヴィンが表情を緩めた。

「大丈夫だったでしょう？」

首をかしげてみせると、エルヴィンは黙ってうなずいた。心から安堵したようなその表情を見て、シフィルは指先でそっと彼の頬を撫でた。

「不安になるなら、目を逸らすんじゃなくて、その分たくさん目を合わせて確認して。私はいつだってそばにいるから」

「そう、だな。最初からそうしていれば良かった」

小さくうなずいたエルヴィンは、そう言いながらも苦笑を浮かべる。

「……とはいえ、シフィルの顔を見ると緊張してしまうから、やっぱり目は合わせられなかったかもしれないけど」

「でも、今はもう緊張しないでしょう？」

「それはそうだけど、やっぱり少し……照れる」

一瞬はにかむように口元を押さえたエルヴィンだったけれど、視線を逸らすことなく、笑ってシフィルを見下ろした。眉間に皺を寄せていない純粋な笑顔を向けられて、シフィルの胸は苦しいほどにぎゅうっと締めつけられる。

「ずっと、そうやって笑って欲しかったの。眉間に皺を寄せた表情も、嫌いじゃないけれど」

眉間に触れて笑ってみせると、エルヴィンの眉尻が一瞬下がる。だけど、すぐに甘い微笑みが浮かんだ。

「目を合わせられなかった分、きっと今までシフィルの色々な表情を見過ごしていたのだと思うと、過去の自分を殴りたいくらいだな」

わざとらしく大きなため息をついてみせるエルヴィンに、シフィルはくすくすと笑った。

「大げさね」

「本気だよ。だけどこれからは、シフィルのどんな表情も見逃さない」

「うん、ずっと見ていてね」

くすりと笑ったシフィルの唇を啄《ついば》むように、エルヴィンが口づける。その幸せな感触に、目を合わせるたびに笑い合いながら、二人は何度も唇を重ねた。

◇◆◇

翌朝、シフィルはエルヴィンの腕の中で目覚めた。しっかりと抱き寄せられていて身動きはできないけれど、直接触れ合うぬくもりが嬉しくてシフィルはエルヴィンの胸元へ頬を擦り寄せた。

「おはよう、シフィル。体調はどうかな」

「ものすごく怠《だる》いわ。だけど、幸せだから平気」

「そんなこと言われたら、朝からまた抱きたくなってしまうな」

「さすがに遠慮しておくわ」

くすくすと笑い合って口づけを交わしながら、シフィルはエルヴィンを見上げる。優しく見つめる瞳に、思わずため息が漏れるほどの幸せを感じた。

祠《ほこら》の中でエルヴィンが予告した通り、シフィルは夜通しエルヴィンに抱かれた。だけど、抱き潰すような激しさはなく、ひたすらに優しく蕩《とろ》かされて、これ以上ないほどに何度も愛の言葉を囁《ささや》かれて、シフィルだけを見つめる赤紫の瞳に溺れそうになるほどの甘い夜だった。

重怠《おもだる》い身体もエルヴィンに愛された結果だと思えば、何だか照れくさくて嬉しい。

それでもベッドから立ち上がった瞬間、膝からくずおれたけれど。

そんなシフィルをエルヴィンは楽しげに支えてくれ、時折揶揄《からか》うように不埒《ふらち》な手つきをしつつも、あっという間に身支度を整えてくれた。

エルヴィンの髪だけはシフィルが自分で結ぶのだと譲らず、ソファに座って髪を梳《す》く。しばらくその髪の感触を楽しんだあと、銀色の紐で結ぶとシフィルは満足げにため息をついた。自分の髪の色とお揃いの紐で結ばれた髪は、エルヴィンがシフィルのものだという証のようで、くすぐったい。

「大好きよ、エルヴィン。ずっとずっと一緒にいてね」

髪を撫でて囁《ささや》くと、エルヴィンが嬉しそうに笑った。

「それは、誘いの言葉と受け取ればいいのか」

「もう、違うわ」

冗談めかした彼の言葉に、シフィルも笑って拗《す》ねてみせる。他愛ないやりとりが楽しくて幸せで、シフィルは身体を震わせて笑い、エルヴィンに抱きついた。

「俺も、シフィルが大好きだよ。こうして目を合わせられるようにもなったわけだし、戻ったら式を挙げよう。シフィルのドレス姿を見たいし、シフィルは俺のものだと皆に知らしめなければ」

以前交わした約束を語られて、シフィルは笑ってうなずく。あの頃は目を合わせて笑い合うことなんてできなかったけれど、今ならきっと間違いなく幸せな二人に見えるだろう。

「ずっと、お姫様に憧れていたの。私には似合わないって分かってるけど、結婚式の日くらいはお姫様みたいになれるかしら」

言葉にしてみて初めて、シフィルは幼い頃の自分が今もなお、心の奥底で寂しそうに膝を抱えていることに気づく。自分はお姫様にはなれないのだと、憧れる気持ちに蓋をしたつもりだったけれど、ふわふわのドレスを着て、あの絵本の中の騎士のような存在がいつの日か自分だけに愛を誓ってくれる日を、ずっと夢見ていた。

「もちろん。似合わないなんて、そんなはずはない。俺にとってシフィルは、誰よりも綺麗で可愛いお姫様だよ」

優しく囁《ささや》いて、エルヴィンはシフィルの手の甲に口づける。その仕草にシフィルは胸がいっぱいになって、込み上げる涙を堪《こら》えるために口元を押さえた。

「皆の前で誓う前に、先にシフィルだけに誓っておこうか」

笑って立ち上がったエルヴィンが、シフィルの前に膝をつく。そして、もう一度祈るように手に唇を押し当てた。

「永遠に、シフィルだけを愛すると誓うよ。他の誰にも、女神にだってシフィルは渡さない。必ず幸せにすると約束するから、ずっとそばにいて」

真摯《しんし》な口調で言われ、まっすぐに見つめられて、シフィルの瞳からは涙がこぼれ落ちる。

「私も、エルヴィンだけよ。ずっと好きだったの。この想いが叶うなんて思ってもいなかったから、私、今すごく幸せよ。これからもずっと、エルヴィンと一緒に年を重ねていきたいし、誰にもエルヴィンは渡さないわ。心から、あなたを愛してる」

全て言い終わらないうちに、エルヴィンがシフィルを強く抱きしめた。こぼれ落ちた涙を吸い取るように目元に口づけたあと、深く唇が重なる。

息もできないほどの濃厚なキスに、シフィルはエルヴィンに求められる幸せを感じながら、抱きしめる腕に力を込めた。

◇◆◇

旅を終えて城に戻ったシフィルたちを、一番に出迎えてくれたのはユスティナだった。

「シフィル……！」

涙声で名前を呼ばれたと思ったら、勢い良く抱きつかれてシフィルは思わず目を瞬《しばたた》く。

「大変な役目を、シフィル一人に任せてごめんなさい。そしてありがとう。シフィルのおかげで、結界は守られたわ。無事だとは信じていたけれど、顔を見るまでは安心できなくて」

美しい薔薇色《ばらいろ》の瞳から、ぽろぽろと涙をこぼしながらユスティナはしゃくり上げる。いつも穏やかな笑みを絶やさず、怒ったり泣いたりすることのない彼女が、こんなにも感情をあらわにした姿など見たことがなくて驚いてしまう。きっと、それだけ心配していてくれたのだろう。

「エルヴィンが、一緒にいてくれたから。それに、ユスティナ様が結界をずっと守っていてくれたから、私は綻《ほころ》びを直すことができたのよ」

うしろにいるエルヴィンを振り返りながら、そう言って笑うと、ユスティナもうなずいた。

「そうね。エルヴィンも、ありがとう。本当なら、あなたたちの功績を大々的に皆に知らせて讃《たた》えたいのだけど、そうできなくて申し訳ないわ」

このことを公表すれば、シフィルが銀の痣《あざ》持ちであることが皆に知られることになるし、その結果、シフィルを狙う者があらわれないとも限らない。銀の痣《あざ》は、もう見えないほどに薄くなっているけれど、魔除けの石を作る力は残っていたから（豪快に指先を切って魔除けの石を作成できるか試してみて、エルヴィンには酷く叱られた）。

「身近な人が知っていてくれれば、それで充分よ」

笑って首を振るシフィルに、うしろでエルヴィンも大きくうなずく。

「公表なんてしたら、きっとシフィルを女神の化身だと崇《あが》めるやつらが出てきてしまう。これ以上、シフィルを狙うやつを増やすわけにはいかないからな」

大真面目な口調でそんなことを言うエルヴィンに、シフィルはぽかんと口を開け、ユスティナは呆れたようなため息をついたあと、肩を震わせて笑い出した。

◇◆◇

果ての森の結界が綻《ほころ》びかけたことも、それが人知れず修復されたことも、大多数の国民は知らない。

それはシフィルの希望でもあったし、エルヴィンの望みでもあった。

だから、国王からは密かに褒美が与えられた。

その内容は――


国一番の大きな聖堂の鐘が、高らかに鳴り響く。王族や、国の有力者が挙式に使うその真っ白な聖堂に、今日はごく少人数の参列者しかいない。

彼らの視線の先には、幸せそうにお互いを見つめるシフィルとエルヴィンの姿。

表向きは、エルヴィンの父親が騎士団長であることからこの聖堂で挙式をするということになっているけれど、裏で王族――主に聖女ユスティナ――が暗躍したことは、参列者の多くが知らない。

わずかひと月にも満たない短期間でこの挙式の準備ができたのは、ひとえにユスティナの尽力あってこそ。

白くふわりと広がるドレスはたくさんのレースでできた花がちりばめられていて、清楚《せいそ》かつ華やかなデザイン。動くたびに、縫いつけられた細かなビジューがちらちらと輝いて、美しい。

銀の痣《あざ》を隠すために、これまでは胸元の開いた服を着ることのなかったシフィルだけど、痣《あざ》が見えないほどに薄くなったので、今日はデコルテの広く開いたデザインを身に纏《まと》っている。

まっすぐな銀の髪は潔《いさぎよ》く下ろして、ドレスに合わせた真っ白なヘッドドレスで華やかさを添えている。パールやビジューをふんだんにあしらったそれは、ドレスと同じレースを使った花が中心となったデザインで、ところどころに赤紫の石が入っているのがアクセントになって目を惹く。その色はエルヴィンの瞳の色とよく似ていて、見る人が見れば彼の執着を感じるものとなっていた。

可愛らしいものが好きなのに、自分には似合わないからと身につけるのを躊躇《ちゅうちょ》しがちなシフィルのために、ユスティナとエルヴィンが選んだドレスは誰もが目を奪われるほどによく似合っていた。

「シフィル、綺麗だわ……」

ローシェが、感激した様子でつぶやく。その目はすでに真っ赤で、握りしめたハンカチもぐっしょりと濡れている。それでも彼女の妖精のような可憐さは、全く失われていない。

「本当だねぇ」

涙を拭《ぬぐ》うローシェをそっと抱き寄せながら、婚約者のマリウスが笑う。第三王子である彼も、将来の義姉夫婦を祝うために公務の合間を縫ってユスティナと共に参列していた。

「ドレスもよく似合っていて素敵だね。ユスティナ姉様が、色々と裏で動いていたのは見ていたけど。それにしても義姉上、何だかどんどん綺麗になっていない？」

マリウスの言葉に、ユスティナが大きくうなずく。

「シフィルは、ずっと綺麗で可愛いわ。ただ、自分に自信を持てなかっただけなのよ。きっと、エルヴィンが愛してくれたおかげで自信を持てたのね。わたくしがどんなに言っても全然変わらなかったから、ちょっと悔しいけど」

「愛の力ですねぇ。本当、銀の星の女神の化身かと思うほどに美し、……」

途中で言葉を切ってシフィルから視線を逸らしたマリウスは、肩を震わせて笑い始める。

「なぁに？」

きょとんとした様子で首をかしげるローシェとユスティナに、笑いすぎて滲《にじ》んだ涙を拭《ぬぐ》いながら、マリウスは声をひそめる。

「義兄上《エルヴィン》の視線の怖さといったら、たまらないね。僕にまでこんな視線を向けてくるなんて」

「ええ？」

ローシェとユスティナは怪訝《けげん》な様子でエルヴィンの方を見る。次の瞬間、二人も肩を震わせて笑い始めた。

「やだもう、エルヴィンってば。そんなにシフィルを見られたくないなら、挙式なんてしなければいいのに」

「あのドレスを選んだのはエルヴィンのくせに、見るなって顔してるわよ」

「それはそうなんだけどさ、誰にも見せたくない半面、この美しい人は自分のものなのだと大勢に見せつけたいという、複雑な男心だよね」

「本当に、めんどくさい人だわ」

先程とは別の意味で滲《にじ》んだ涙を拭《ぬぐ》って、ローシェは堪《こら》えきれずにまたふき出す。

幸せそうな笑みを浮かべるシフィルの隣でエルヴィンは、参列しているヘンドリックら騎士仲間の男たちにひたすら鋭い視線を投げかけていた。まるで見るなと言わんばかりの視線に、彼らは皆くすくすと笑っている。ここにいるのは気心の知れた者ばかりなので、エルヴィンがどれほどシフィルのことを好きなのかをよく知っているから。

射殺さんばかりの視線も、シフィルに向ける時だけは甘く優しく緩む。その表情を受けてシフィルが幸せそうに笑うから、参列者たちは皆、見たことがないほどに表情を緩ませるエルヴィンを揶揄《からか》うのはまた今度にしようと心の中で誓うのだった。


「シフィル、改めてご結婚おめでとう」

カリンとアレッタが駆け寄ってきたので、シフィルは笑顔で振り返った。

「ありがとう、カリン、アレッタ」

「アレッタ嬢、その節は素晴らしい贈り物をありがとう」

「ちょ……っと、エルヴィン！」

まさかこんなところであの下着に言及されると思わなかったシフィルは一瞬で真っ赤になるけれど、そんなシフィルを見て二人の友人はくすくすと笑う。

「お役に立てたようで、何よりですわ」

ご要望があればまた別の商品も、と言い出すので、シフィルは慌ててアレッタの口を塞いだ。そのうしろで、エルヴィンがぜひにとうなずいていたけれど。

「シフィル、すごく表情が柔らかくなったわね。やっぱり、幸せだと雰囲気まで変わるものなのね」

カリンが、感慨深い表情でうなずく。

「そんなに……変わった？」

あまり自覚のないシフィルは、頬に手をやって首をかしげる。

「ええ。以前はね、どこか警戒心の強い小動物みたいなところがあったけど、今は安心しきった表情をしているもの。愛の力って偉大だわ」

「警戒心……。そんな顔、してたかしら……」

妙に照れくさくて、シフィルは熱を持った頬を押さえてうつむいた。

そこへ、ローシェが近づいてきた。甘い蜂蜜色のドレスを身に纏《まと》う彼女は、やはり妖精のように可憐だ。

エルヴィンの前までやってきたローシェは、にっこりと笑うと愛らしく首をかしげた。

「お義兄様、どうかシフィルをよろしくね。これ以上ないほどに、幸せにしてね」

凛《りん》と響いたその鈴を転がすような声に、まわりのざわめきがあっという間に静まり返る。

にこにこと可憐な微笑みの裏に厳しい視線を隠して、ローシェはエルヴィンを見つめる。

「もちろんだ」

エルヴィンは大きくうなずくと、シフィルの方を向いて膝をついた。そして左手を取り、そっと手の甲に口づける。

「何度でも誓うよ。シフィルは俺の唯一で、俺の最愛の人だ。絶対に、幸せにする。――きみの笑顔を守るためなら、ドラゴンだって倒せるんだ」

真摯《しんし》な口調で誓われた言葉に、シフィルは口を押さえる。誓いの言葉の最後のフレーズは、シフィルが好きだった絵本の中で騎士がお姫様に誓っていた言葉。

まるで本当のお姫様になったような気がして、シフィルの瞳からは涙がこぼれ落ちる。幼い頃にずっと憧れていた、絵本の中のお姫様みたいになりたかったという夢を、こんなタイミングで叶えてくれるなんて。

優しく見つめるエルヴィンの視線が嬉しくて、シフィルは泣きながら笑顔をこぼした。

「ほら、誓いのキスは？」

うしろから、アレッタの声がする。それを合図に、まわりからも口々にはやし立てる声が響いた。

立ち上がったエルヴィンは、少し照れくさそうな顔をしつつもゆっくりとシフィルを抱き寄せ、頬に触れた。

一瞬絡まる視線にお互い小さく微笑んで、二人はそっと唇を重ねた。

■　エピローグ

薄暗い部屋の中、ベッドの上にはエルヴィンと二人きり。真っ白なレースのカーテンに囲われたその空間は、きっとむせ返るほどの甘い空気が流れている。

もう何度もエルヴィンと共に夜を過ごしたけれど、ようやく挙式をした今夜はやっぱりいつもとは違う。二人にとって特別な、初めての夜。

「シフィル、俺を見て」

願うような声に顔を上げると、赤紫の目が柔らかく細められてシフィルを見つめていた。優しいその瞳の奥には先程身体を重ねた名残《なごり》だろうか、燃えるような情欲の色がまだちらついていて、シフィルは思わずこくりと息をのんだ。

「もう一度、いい？」

吐息のかかりそうなほど近くで、エルヴィンが囁《ささや》く。ちゃんとこちらの意思を確認してくれることを嬉しく思いながら、シフィルはうなずいた。

「もちろんよ。今夜は、朝まで寝かせてくれないんでしょう？」

ついさっきエルヴィンがそう言ったことを揶揄《からか》うような口調で繰り返すと、彼は驚いたのか言葉に詰まった。

「……っシフィルは、そうやって無邪気に俺を煽《あお》るから恐ろしい。本当に朝まで寝かせてやれなくなりそうだ」

「そのつもりだから、大丈夫。だって今夜は、初夜だもの」

「そう、だな。今夜は本当の意味での初夜だ」

シフィルの言葉に、エルヴィンは嬉しそうな表情を浮かべた。

夫婦となって二人で過ごした初めての夜のことを思い出して、シフィルは小さく笑う。

「あの夜は、初夜どころか一緒に寝たかどうかすら怪しいものね」

「頼む、もう蒸し返さないでくれ……。本当に申し訳ないと思ってるんだ」

苦い顔をしてみせたエルヴィンは、シフィルの表情を見て眉尻を下げて笑う。

「だって、ずっと好きだったシフィルとの初めての夜だぞ。気を抜いたら襲いかかってしまいそうな自分が怖くて、冷静さを保とうと必死だったんだ」

「ふふ、今の私ならそのまま襲ってくれても構わないのにって言えるけど、あの頃はそんなの無理だったものね」

「今もそんな軽率に、襲っても構わないとか言わないでくれ……」

困っているらしき表情を浮かべたエルヴィンは、たしなめるようにシフィルの頭を撫でる。

「うっかり寝ぼけてシフィルに抱きつきでもして、泣かれたらと思うと一緒に寝ることすらできなかったんだよ」

「驚きはしたでしょうけど、泣きはしなかったと思うわよ。だって、大好きな人に抱きしめられて嫌なはずがないでしょう」

「もしそうしていたら、あの晩が初夜になったかな」

記憶をたどるような目をしながらエルヴィンが笑うから、シフィルも一緒に微笑んだ。

「どうかしら。私たちのことだから、きっとお互い照れてしまって最初は何もできなかった気がするわ」

「それは確かに」

小さく身体を震わせて、エルヴィンが笑う。

お互いの不器用さも、照れ屋なところも、よく分かっている。多少順番が変わったとしても、きっと同様に時間をかけて関係を進めることになっただろう。

「だから今夜が初夜で間違いないのよ」

シフィルはきっぱりと宣言する。気持ちを確認して、ぬくもりを分け合いながら眠る日々をいくつも重ねてきたけれど、式を挙げて皆の前で愛を誓い合った今日こそが二人にとっての初夜だ。

「ね、エルヴィン。だから、朝まで愛してね」

笑い混じりに、だけど半ば本気でそう言うと、エルヴィンも笑ってうなずいた。そしてシフィルの身体を引き寄せ、腕の中に囲う。

シーツの上に流れて広がる銀の髪を掬《すく》い上げると、エルヴィンは愛おしそうな表情で口づけた。

「シフィルの望みなら、何だって叶えてあげる。子供の頃からずっと、そしてこれから先もシフィルは俺だけのお姫様だから」

「ふふ、じゃあエルヴィンは私だけの騎士様ね」

昼間、結婚式で誓われた言葉を思い出して、シフィルは幸せな気持ちで笑った。


何度も唇を重ねながら、シフィルの身体はシーツに沈む。のしかかるエルヴィンの髪がまだ縛ったままであることに気づいて、そっと手を伸ばした。

彼の髪を結ぶのも解《ほど》くのも、全てシフィルの役目。それを分かっているから、エルヴィンはいつも身体を重ねる時に下ろしている髪を、自分で解こうとはしなかったのだろう。

そんな彼の気遣いを嬉しく思いつつ銀色の紐をくいっと引っ張ると、一瞬遅れてはらりと落ちてくる夜色《よるいろ》の髪が、まるでカーテンのようにシフィルを囲った。

シーツの上でシフィルの銀の髪とエルヴィンの髪が混じり合って広がるのが、先程までの二人の行為をあらわしているかのようで少しだけ照れくさい。

照れ隠しに小さく笑い声を漏らしたシフィルを見下ろして、エルヴィンの赤紫の目が軽く細められた。

「さて、俺のお姫様は、次はどういう風に愛されるのがお望みかな。優しくして欲しい？　それとも激しく？」

「……それを言わせるのは、意地悪だわ」

「だって、シフィルの望み通りにしたいから。何でもしてあげるから教えて、シフィル」

「知ってるくせに……っ」

ぷいと顔を背けてシフィルは赤くなった頬を腕で隠した。

いつだってエルヴィンに甘く優しく愛されるのが大好きなことを、彼は知っているはずだ。そして、途中からまるで追い詰めるように意地悪に激しく攻められるのを密かに喜んでいることも。

「シフィルのことなら何でも知ってるけど、それでもシフィルの口から直接聞きたいんだ。どうして欲しい？　どこに触れて欲しい？」

かぷりと耳を食《は》みながら、エルヴィンが吐息混じりに囁《ささや》く。その刺激に身体を震わせ、シフィルはきゅっとシーツを握りしめた。

「優しく、して。いっぱい甘やかして」

「うん、分かった。それから、シフィルのして欲しいことは?」

「えっと……、じゃあ、たくさんキスして」

「もちろん、いくらでも」

そう言って小さく笑ったエルヴィンが、そっとシフィルの唇に触れる。優しく押しつけられる唇は、頬や瞼の上を啄《ついば》むようにしつつ首筋を通って下の方へと移動していく。

身に纏《まと》った夜着と胸元の肌の境目をなぞるように、エルヴィンの唇は数えきれないほどのキスを落としていく。

「昼間のドレス姿も綺麗だったけど、今のこの姿も本当に綺麗だ。俺だけが見ることのできる、特別な姿だというのもあるけど」

うっとりとため息混じりに賞賛されて、シフィルは照れくささに身を縮めた。エルヴィンはいつだって、まっすぐにシフィルを褒めてくれる。その言葉にどれほど救われただろう。

なかなか自信を持てずにいたけれど、彼に愛されて少しずつシフィルは自分のことが好きになれた。

「大好きよ、エルヴィン。何よりも大切な、私の旦那様」

胸元に口づけていた彼の頬に触れて、美しい夜色《よるいろ》の髪に指を滑らせながら囁《ささや》くと、顔を上げたエルヴィンが一瞬息をのんだあと、幸せそうに表情を緩めた。

「本当にシフィルは、いつだってそうして不意に俺の心を撃ち抜いていくんだから」

そう囁《ささや》いて降ってきた優しい口づけは、あっという間に深いものへと変わっていく。何度も舌を絡め、呼吸すら奪われるほどのキスに溺れるのは、シフィルにとってこの上なく幸せな時間だ。

最後にちゅっと可愛らしい音を立てて離れていった唇をまだ名残惜《なごりお》しい気持ちで見上げつつ、シフィルはくたりと力の抜けた手足をシーツの上に投げ出して呼吸を整えた。

まだ足りない、もっともっとキスをしたいという気持ちと、それよりも更に深い触れ合いをしたいという気持ちが入り混じる。

だけど甘く激しい口づけの余韻《よいん》でシフィルの身体は熱く高まっているし、それはきっとエルヴィンも同じだろう。

「ねぇ、エルヴィン。もっと」

「まだキスし足りない？」

「ん……それはそうだけど、えぇと……」

シフィルの言いたいことは分かっているはずなのに、エルヴィンは楽しそうな表情でシフィルの言葉を待っている。欲望を素直に口にするのは少し照れるけれど、彼が望むなら言葉にして伝えたい。

ほんの一瞬だけ躊躇《ためら》ったあと、シフィルはそっと息を吸う。そしてエルヴィンの耳元に唇を近づけた。

「もう、エルヴィンが欲しくてたまらないの。だからお願い、早く……」

「……っ」

小さく息をのんだエルヴィンが、たまらずといった様子でシフィルを抱き寄せる。脚に硬く熱いものが当たるのを感じて、シフィルは思わず期待感に熱い吐息を漏らした。

「シフィルが欲しいのはこれ？」

蜜口に昂《たかぶ》りを押し当てた状態で、エルヴィンが囁《ささや》く。やはり今夜の彼は、シフィルにあれこれと欲望を言葉にさせたいらしい。

「んんっそう……っ、だから早くっ」

もっと奥まで貫いて欲しいのに、焦《じ》らすように浅いところでゆるゆると動かされて、シフィルは涙目で首を振る。エルヴィンの方に手を伸ばして首裏に腕を回して引き寄せると、耳元でエルヴィンが小さく笑った。

「シフィル、腰が動いてる。そんなに奥まで欲しい？」

まるで迎え入れるように腰を浮かせてしまったことを指摘されて、かあっと顔が熱くなる。だけど何か弁解しようと口を開きかけた瞬間にエルヴィンが勢い良く腰を押しつけるから、言葉は結局意味をなさない嬌声《きょうせい》となって消えていった。

「本当は、もっとシフィルを気持ち良くさせたかったんだけどな」

シフィルを揺さぶりながら、エルヴィンが少し不満げにつぶやく。

「あ……んっ、今も、気持ち、良いから……っ」

「ん、俺もすごく気持ち良いけど……、でも、もっともっとシフィルをたっぷりと蕩《とろ》かしたかった。とろとろになったシフィルはすごく可愛いから、いくらでも見ていたくなるんだ」

そう言いつつ、エルヴィンの指先がぴんと胸の先を弾く。その刺激に思わず背を反らして声を上げ、きゅうっとエルヴィンのものを締めつけてしまう。同時にエルヴィンが快楽に耐えるように微かに眉を顰《ひそ》めるのを見て、シフィルは嬉しくなって微笑んだ。

「でも、二人一緒に気持ち良くなれるのは、とても素敵だと思うの」

彼の指や唇にこれでもかと愛されるのはもちろん大好きだけど、こうして深く繋がることでしか得られない充足感がある。

「私ね、エルヴィンとこうするのが、好き。どんな時よりも、一番近くにエルヴィンを感じられるから、幸せなの」

身体の奥で脈打つ熱い昂《たかぶ》りを感じ取ると、それだけで思考が溶けていきそうになる。シフィルは何度も言葉に詰まりながらも、この感情を伝えようとたどたどしく言葉を紡《つむ》ぎ、エルヴィンを見つめた。

見下ろす赤紫の瞳は、蕩《とろ》けそうなほどに優しい。その美しい瞳の中に自分だけが映っているということに心からの喜びを感じながら、シフィルは更に深い繋がりを求めてエルヴィンの身体を引き寄せた。

密着が深まり、息苦しさを感じるほど最奥までエルヴィンのもので満たされる。求めていたものがぴったりとはまったかのような満足感に、シフィルは吐息混じりの声を漏らした。

「シフィル、そんな締めつけたら……っ」

余裕を失ったエルヴィンの声が、間近で聞こえる。彼がシフィルの身体で快楽を得ていることが、嬉しくてたまらない。

「だって、好きなの。離れたくないって思ったら、勝手にそうなっちゃう」

「また、すぐそうやって煽《あお》る」

困ったような声で唸《うな》ったエルヴィンが、一度腰を引いたあと、勢い良く奥まで突き上げた。その強烈な刺激に、シフィルは一瞬で高みへと引き上げられる。

「待っ……、だめ、そんな強くしたら、イっちゃ……！」

「何度でもイっていいよ、シフィル」

「あぁ、んっ、でも待って、止まっ……！」

「だめ、止まれない」

必死に首を振って快楽から逃げようとするのに、エルヴィンは意地悪に笑って腰の動きを速めていく。あっという間に絶頂を迎えて震える身体を抱きしめながら、エルヴィンは更にシフィルを追い詰めるように何度も強く腰を打ちつけた。


「……っ、ん」

「落ち着いた？」

押し寄せる絶頂の波を何とかやり過ごして浅い呼吸を繰り返していると、エルヴィンが楽しそうな表情でのぞき込んできた。余韻《よいん》で身体は震えているし、エルヴィンとはまだ繋がったままだ。ゆるゆると腰を動かされ、その刺激でまた身体の奥が貪欲に快楽を求めてうごめき始める。

「あぁ……んっ、また、欲しくなっちゃう。エルヴィンとこうしてると、すごく欲張りになってしまうの」

「いいよ、いくらでもあげる。シフィルが俺を求めてくれると、幸せなんだ」

優しく笑いながらエルヴィンがぐっと腰を押しつけるから、密着が深まってシフィルはあふれる幸福感をため息に乗せて吐き出した。

「んっ、私も、こうして身体の中でエルヴィンを感じられるのが、幸せ。こんなにも身体の奥深くまで触れていいのは、エルヴィンだけよ」

そう言って更に深く受け入れるように腰を浮かせると、エルヴィンが快楽を逃すように眉を顰《ひそ》めた。もう不機嫌顔を向けられることはなくなったけれど、こうして快楽に耐える時に、エルヴィンは眉間に深く皺を刻む。彼には秘密だけど、色気を纏《まと》った険しいその顔を見るのが、シフィルの密かな楽しみだ。

低く唸《うな》って首を振ったエルヴィンは、どうやら快楽の波を逃すことに成功したらしい。一度深く息を吐くと、そっとシフィルの頬に触れた。

「俺はいつまでも、シフィルには勝てそうにないな。きみの言葉や仕草ひとつひとつに、面白いほどに振り回されてしまう」

「そう？　私だって、エルヴィンに翻弄《ほんろう》されてばかりよ。ベッドの上では特に、勝てる気がしないわ」

「ほら、またそんなことを言う。今度こそ優しく甘やかすつもりだったのに、泣かせたくなってしまうだろう」

「ふふ、そんなエルヴィンのことが好きなのも、よく知ってるでしょう」

そう言ってシフィルは、エルヴィンに抱きついた。優しく受け止めてくれるぬくもりにこれ以上ないほどの幸せを感じながら、シフィルはゆっくりと目を閉じた。

二人の夜はまだ始まったばかり。

時折甘い声が微かに響く寝室の窓の外から、大きな丸い月とそのすぐそばにある銀の星が、まるで見守るように柔らかな光を投げかけていた。

真っ白なレースに囲まれたベッドのカーテンは結局、翌日の朝になっても開くことはなかった。

番外編

寂しさのお詫びに、甘い休日を

「今夜も遅くなると思う。だから先に眠ってて、シフィル」

申し訳なさそうなエルヴィンの言葉に、シフィルは笑みを浮かべてうなずいた。本当はものすごく不満だけど、それを顔に出さないよう気をつけながら。

「あまり無理はしないでね。エルヴィンまで倒れたら、大変だわ」

「次の週末こそは、休めるように調整するから」

「うん」

意識して口角を上げながら、シフィルは笑う。先週末もその前も、そう言ってエルヴィンは結局仕事に出かけてしまった。だから、あまり期待してはいけない。

「気をつけてね、行ってらっしゃい」

そう言って見上げると、エルヴィンがそっと抱き寄せて額に口づけてくれた。結婚した時からずっと変わらない、出がけの挨拶。だけどこんな触れ合いでは物足りない。本当はもっと強く抱きしめて欲しいし、額ではなくてちゃんとキスがしたい。

心の中でそんなことを思いながらも、シフィルは黙って微笑むとそっと一歩下がった。

「では、行ってくる」

片手を上げたエルヴィンが、最後にシフィルの髪をそっと撫でたあと背を向ける。振り返ることなく出ていった彼の背中を見えなくなるまで見送って、シフィルは大きなため息をついた。

「我儘《わがまま》なんて……言えないもの」

まだ微かに彼のぬくもりが残っているような気がして、それが消えてしまわないようにシフィルは自らの身体を抱きしめた。

◇◆◇

「えぇっ、もう一か月も一緒に過ごしてないの？」

妹のローシェの声に、シフィルは目を伏せてうなずいた。美しい薔薇《ばら》に囲まれた庭園でのお茶会なんて、いつもなら心躍るはずなのに今日は全然気分が上がらない。

ここは、王城の庭。ローシェが婚約者のマリウスとお茶会をするのに、ちょうど薔薇《ばら》が見頃だからとシフィルも誘ってくれたのだ。

華やかな香りのローズティーに、薔薇《ばら》の花を使った色鮮やかな菓子の数々。薔薇《ばら》づくしのお茶会に合わせて、シフィルの着ているドレスも袖口や裾に薔薇《ばら》の刺繍が施されているものだ。とても気に入っているけれど、本当は最初に袖を通すのはエルヴィンと出かける時にしたかったなと、小さなため息がこぼれ落ちそうになり、慌てて咳払いをして誤魔化す。

「仕方ないのよ、お仕事が忙しいんだから」

「それにしても、一か月も休みなしだなんて、普通じゃないわ。何があったの？」

「それが……」

眉を顰《ひそ》めたローシェの問いに、シフィルはカップをテーブルに置いた。

「少し前に、ヘンドリックさんが怪我をしたの」

心を落ち着かせるようにふうっと息を吐いて、シフィルは椅子の背もたれに身体を預ける。

先月エルヴィンは、同期の騎士であるヘンドリックと共に小隊を率《ひき》いて国境付近の魔獣の討伐任務についていた。その最中に、背後からの魔獣の攻撃に気づいていなかったヘンドリックを、エルヴィンが横から突き飛ばしたのだ。そのおかげで魔獣の攻撃は当たらなかったのだが、よろめいたヘンドリックが岩につまずいて転倒し、右腕と左脚の骨折という大怪我を負ってしまった。

ヘンドリックは、エルヴィンのおかげで命を落とさずにすんだと感謝していたが、エルヴィンは自分のせいで怪我をさせてしまったと酷く落ち込んだ。そのため、休職中のヘンドリックの業務の大半をエルヴィンが引き継いでいるのだ。

「あぁ、そういえば最近ヘンドリックの姿を見ないなと思ってたんだ。そんな事情があったなんて」

ローシェの隣で、マリウスも顎に手を当ててうなずく。第三王子である彼は、兄である王太子の手伝いとして騎士団に顔を出すことも多く、エルヴィンやヘンドリックとも親しい。

「利き腕を骨折してしまったから、剣どころかペンを持つこともできなくて。ヘンドリックさんも家でじっと療養しているのは性に合わないからって、一応出勤して口頭で部下の方々の指導にはあたってるそうなんですけど」

「まぁ、怪我をした騎士にできる仕事は少ないよねぇ。後遺症とかは大丈夫なのかな」

「お医者様によると経過は悪くないので、来月には少しずつ動けるようになるみたいです」

「来月……まだまだ先ね。それまでエルヴィンは休む気がないのかしら」

「そうだと思うわ。エルヴィンが過労で倒れないか、それも心配で」

ローシェのため息に、シフィルもため息を重ねたくなる。ヘンドリックが怪我をしたのは仕方のないことで、エルヴィンのせいではないのは誰もが分かっているけれど、彼自身がそれを許せないのだろう。ヘンドリックが復帰するまで、この状況は続くに違いない。

「責任を感じるエルヴィンの気持ちも分からなくはないけど、義姉上にこんな顔をさせるのは良くないなぁ」

「マリウス様、骨折を今すぐ治せるような薬とかご存知《ぞんじ》ない？　王族の方御用達《ごようたし》のお医者様に聞いたら、何か心当たりはないかしら」

「無茶言わないでよ、ローシェ。そんなものがあれば、僕だって伝手《つて》をたどって手に入れるさ」

「マリウス様もローシェも、心配かけてごめんなさい。でもお仕事のことに、私は口を出せないですから」

せっかくのお茶会なのに、二人の表情を曇《くも》らせてしまったことが申し訳なくなる。気持ちを切り替えて楽しもうと、シフィルは微笑みを浮かべてみせた。それを見てローシェとマリウスもうなずいて、話題を咲き誇る薔薇《ばら》に向けてくれた。

帰宅したシフィルは、大きな花束をテーブルの上に置いた。城の庭園で育てている薔薇《ばら》を、マリウスがお土産《みやげ》にと持たせてくれたのだ。全体的に白や淡いピンク色でまとめられた花束は、アクセントのようにいくつか濃い赤の薔薇《ばら》が使われている。まるでエルヴィンの瞳を思わせるようなその色の花弁に触れて、シフィルは堪《こら》えていたため息を吐き出した。

心配させたくなくて二人の前ではなるべく笑顔でいたけれど、やっぱり寂しいし辛い。一緒に住んでいるのにほとんど顔を見ることのない日々は、不満で仕方がない。

せめて顔だけでも見たいからと眠い目を擦《こす》って夜遅くまで起きていたら、シフィルにそんな無理をさせるくらいなら遅くに帰宅するのはやめるとエルヴィンは職場に泊まり込むようになってしまったので、最近は彼の帰宅を待たずに眠ることにしている。全く顔を見られないよりも、たとえ眠っていても少しでもエルヴィンの気配を感じられる方がましだから。

それでも一人で眠るのは寂しくてたまらないし、朝起きた時に彼のぬくもりが微かに残る誰もいないベッドを見つめることも辛い。

時々顔を合わせても、エルヴィンの疲れた表情を見れば休養を優先して欲しくなるし、構って欲しいなんて言えるわけもない。頑張って早起きをして彼を見送ることだけが、エルヴィンと触れ合える唯一の時間。それだって、夜明け前にシフィルを起こさないように出ていってしまうことも多々あって、見送りができるのは週に数回もないくらいだ。

今日も遅くなると言っていたし、一人寂しく眠ることになりそうだ。城に行ったついでに騎士団の訓練場の近くまでは行ってはみたものの、忙しくしているエルヴィンの邪魔になるかと思うと、顔を出すこともできなかった。

もう一度深いため息をついて、シフィルは花束を花瓶に活けるべく立ち上がる。濃い赤の薔薇《ばら》だけは寝室に飾ろうと思いつき、シフィルは少しだけ唇を歪《ゆが》めて笑った。エルヴィンの瞳によく似たこの色を飾って眠れば、寂しさも多少は緩和されるかもしれない。本物には遠く及ばないけれど。

赤い薔薇《ばら》をベッドサイドのテーブルの上に飾り、シフィルはもう一度撫でるように花弁に触れた。しっとりと柔らかな感触はエルヴィンの髪と似ている気がして、更に恋しい気持ちが募る。

一人寂しく食事をしたくなかったので、今夜は実家に顔を出してローシェや両親と食事をした。その場では楽しかったけれど、自宅に戻ればエルヴィンの不在を更に強く認識して辛くなる。このままもう眠って寂しさを紛《まぎ》らわせようと考えて、シフィルはため息をつきつつ着替えのためにクロゼットの方へと向かった。

その時、階段を上ってくる足音に気づいて、シフィルはハッとして振り返った。規則正しい響きで近づいてくる愛しい人の足音を、聞き間違えるはずがない。

小走りで駆け寄ったシフィルの目の前で、扉がゆっくりと開く。

「……エルヴィン」

「ただいま、シフィル」

「お仕事、は？」

「休暇を取れと言われた。ヘンドリックがまだ動けないのに、俺まで倒れたら仕事が回らなくなるからと。明日から五日間、家から一歩も出るなとの命令だ。国王陛下直々《じきじき》に命じられたら、さすがに何も言えなかった」

少し困ったように笑うエルヴィンの顔には、やはり疲労が色濃く滲《にじ》んでいる。ヘンドリックの分まで必死に働いていたであろうエルヴィンは、誰かが休めと言っても聞き入れようとしなかったはずだ。国王がわざわざエルヴィン一人のためにそんな命令を出すとは考えにくいので、きっとマリウスが裏で何か口添えしてくれたのだろう。

マリウスに気を遣わせてしまって申し訳ない気持ちはあるものの、これでエルヴィンにゆっくり休養を取ってもらえるという安心感と、一緒に過ごせるという喜びが心の中に広がっていく。

きっと嬉しさを隠せない表情になっていたはずだけど、エルヴィンがシフィルを抱き寄せたのでその顔は見られずに済んだ。背中に回った手のぬくもりに、身体が震えるほどの喜びを感じる。

「寂しい思いをさせてごめん、シフィル。だけど今夜からは一緒に過ごせる」

「うん」

すっぽりとエルヴィンの腕に包まれて、ずっとこうしたかったのだと胸が苦しいくらいに締めつけられる。うなずいた声は涙混じりで、抱きしめる腕の力が更に強くなった。込み上げた涙は、こぼれ落ちる前にエルヴィンの上着に吸い込まれて消えていった。

「……シフィルを抱きしめてるだけで、疲れが癒えるな」

はぁっと大きなため息をついてエルヴィンが耳元で笑う。吐息が耳を掠《かす》めて、それだけでシフィルはぴくりと肩を震わせてしまう。

「本当は、シフィルに触れたくてたまらなかった。だけどうっかりこうして抱きしめたら、歯止めが利かなくなる気がして怖くて。実は結構必死で耐えてたんだ」

「我慢なんてしなくて良かったのに。私だってずっとこうして欲しかったわ」

「我を忘れてシフィルに襲いかかったら、さすがにだめだろう」

「構わなかったのに」

全く触れてもらえない日々を過ごすくらいなら、むしろ襲いかかるほどに求めてもらえた方が嬉しかった。不満な気持ちで少し唇を尖らせると、エルヴィンが小さく笑った。

「俺が嫌なんだ。いつだってシフィルを大事にしたい」

そう言ってそっと頬に触れた手は、やっぱり優しい。

上を向くように促されて、シフィルは微笑みながら目を閉じた。頬に触れて目を閉じるのは、二人のキスの合図。期待通り柔らかく重なった唇のぬくもりも、随分と久しぶりだ。

一度では足りなくて、何度も何度も角度を変えながら重なる唇は、更に深さを増す。軽く開いた唇の間から滑り込んでくる熱い舌が嬉しくて、シフィルも懸命に舌を差し出してそれに応えた。身体から力が抜けて立っていられなくなるけれど、エルヴィンの腕がしっかりと支えていてくれるから、シフィルは安心して身を任せられる。

「……ぁ、ふ」

「シフィルのそんな声を聞くのも久しぶりだな。もっと聞かせて」

微かに唇を離した状態でエルヴィンが目を細めて笑うと、口づけを再開した。今度は最初から食べられてしまいそうなほどに深いキスで、息継ぎのたびにシフィルの唇からは鼻にかかった甘い声がこぼれ落ちていく。

「可愛い、シフィル。いくらでもこうしてキスしていたくなるな」

「ん、もっと……」

久しぶりのキスは思った以上に甘く心地良くて、シフィルの方こそ歯止めが利かなくなりそうだ。ついねだってしまうと、エルヴィンが嬉しそうに笑ってまた優しく唇を啄《ついば》んだ。

夢中になってお互いの唇をむさぼるようにしていると、息継ぎはしていても呼吸はどんどん荒くなる。肩で息をするシフィルを見て、エルヴィンが小さく笑いそっと抱き上げてくれた。力の抜けた身体のほとんどをエルヴィンに預けていたけれど、彼は重さなど感じていないかのような足取りでシフィルをベッドへと運ぶ。

シーツの上にそっと降ろされて、シフィルは自らを囲うように手をついて見下ろすエルヴィンを見つめた。大好きな赤紫色の瞳はいつもより色濃く見えて、彼がシフィルを欲しがっていることがよく分かる。そのことに心からの喜びを感じつつも、シフィルはそっとエルヴィンの頬に手を伸ばした。

「酷い隈《くま》だわ、エルヴィン。睡眠不足ね」

「これくらい、大したことない」

「だめよ。今夜はもう、眠って。ずっとまともに眠ってないことくらい、知ってるのよ」

目元に色濃く刻まれた隈《くま》を指先でなぞって、シフィルは首を振る。本当は欲望のままに愛し合いたいけれど、疲れているエルヴィンに無理はさせられない。

「だけど、シフィル」

「私もね、ずっと眠りが浅かったの。エルヴィンと一緒じゃないと熟睡できなくて。一人で眠るベッドは、すごく広く感じて寂しかったわ」

「それは……ごめん」

申し訳なさそうに謝罪の言葉を口にするエルヴィンの表情は、まるで怒っているかのように険しい。だけど微かに下がった眉尻を見れば、それが不機嫌顔でないことは分かる。だからシフィルは、笑みを浮かべてエルヴィンの眉間の皺を伸ばすように指先を押し当てた。

「ううん、お仕事なんだから仕方ないのは分かってたし、謝らないで。それに、謝るよりもたくさん甘やかしてもらった方が嬉しいことはエルヴィンだって知ってるでしょう。明日からは五日間も一緒に過ごせるなんて、すごく幸せなの。だからこそ、今夜はゆっくり身体を休めて欲しいと思うのよ」

指先で押し伸ばしてなお眉間に深い皺を刻んでいたエルヴィンは、やがて小さくため息をついた。

「分かった。今夜は休むことにするけど、明日からの休暇は思いっきりシフィルを甘やかすと約束する」

「ふふ、絶対よ？」

悪戯《いたずら》っぽく笑いながら小指を差し出すと、エルヴィンも笑って小指を絡めてくれた。

着替えてベッドに戻ると、先に寝支度を整えていたエルヴィンが嬉しそうに迎えてくれた。同じベッドで横になってしっかりと抱きしめられると、それだけで身も心も満たされる。

「……やっぱり眠らないと、だめか？」

まだ諦めきれないといった表情でエルヴィンが顔をのぞき込んできたから、シフィルは思わず小さく笑った。背中に回された手にゆっくりと下から撫で上げられて、官能を呼び起こすようなその動きに背筋がぞくりとする。

だけどそれに流されてはならないと、シフィルは唇を引き結んで首を横に振った。

「今夜はだめ。ゆっくり身体を休めてからじゃないと、しないわ」

「じゃあ、せめてシフィルに触れていたい」

「そのまま流されて、私がうなずくのを待ってるでしょう」

頬を膨らませて見上げると、どうやら図星だったらしくエルヴィンはたじろいだように手を止めた。分かりやすい彼の行動に笑ってしまいそうになるのを堪《こら》えながら、シフィルはエルヴィンの頬に触れて眉を顰《ひそ》めてみせた。

「私、ちょっと拗《す》ねてるのよ。お仕事だから仕方ないとはいえ、ずっと放っておかれてすごく寂しかったんだから」

「シフィル……」

「仕事と私とどっちが大事？　なんて言うつもりはないけど、不満だったのは事実なの。一緒に過ごすどころか、顔も見られなかったんだもの」

唇を尖らせつつ、シフィルはエルヴィンの髪へと手を伸ばした。髪を束ねた銀色の紐を解《ほど》くと、長い髪がするりとシフィルの手に絡む。

「エルヴィンの髪を結ぶのも解《ほど》くのも私の役目なのに、させてもらえなかったこと。すごくすごく不満だったわ」

「ご、ごめん、シフィル」

おろおろとした表情になったエルヴィンを見て、シフィルは怒った顔を維持できずにふき出してしまう。

「それに、どんなに遅くたって帰ってくるのを起きて待っていたかったし、朝だって毎日見送りをしたかったわ」

「シフィルに付き合わせたら悪いと思ってたから……ごめん」

「その気持ちは嬉しいけど、顔を見られない方が辛いわ。それに、あなたの髪を整える役目は、たとえエルヴィンにだって譲りたくないの」

長い髪をゆっくりと指で梳《す》きながら囁《ささや》くと、眉尻を下げたエルヴィンが黙ってうなずいた。その神妙な表情を見つめつつ、シフィルは彼の髪にそっと口づけた。

「だから、明日はエルヴィンの髪を結ばせてね」

「もちろんだ」

重々しい口調で即答するエルヴィンを見て、シフィルは声を上げて笑った。そしてぎゅうっと彼の胸元に抱きつく。

「うん、エルヴィンのぬくもりがあると、よく眠れそう」

「そんなに密着されると、俺は眠れそうにないんだが」

「そんなこと言わずに、ほら、目を閉じて」

ゆっくりと背中を撫でると、エルヴィンが諦めたように小さく息を吐いた。

「分かった。おやすみ、シフィル」

吐息混じりの声が耳を掠《かす》め、視線を上げると目を閉じたエルヴィンの顔が間近にある。やはり疲れていたのか、あっという間に眠りに落ちたエルヴィンの顔を束の間観察したあと、シフィルも彼のぬくもりを感じながら目を閉じた。

◇◆◇

翌朝シフィルが目を覚ますと、部屋の中はすでに明るい日差しに満たされていた。久しぶりに熟睡したので、目覚めもすっきりと爽《さわ》やかだ。

「おはよう、シフィル」

どうやら先に起きていたらしいエルヴィンが、すぐそばで柔らかく笑う。向けられた優しい表情に身悶《みもだ》えするほどの喜びを感じて、シフィルは彼の胸に顔を埋めた。

そんなシフィルの行動に、笑いまじりの吐息が聞こえたあと、慈《いつく》しむように頭が撫でられる。

しばらくそのぬくもりを堪能してから、シフィルはようやく顔を上げた。

「おはよう、エルヴィン。よく眠れた？」

「あぁ、すっかり気力も体力も回復したよ。シフィルを抱きしめて眠ったら、驚くほどに熟睡できた」

「私も一緒よ。エルヴィンがそばにいるだけで、こんなにもよく眠れるなんて思わなかったわ」

「お互い、なくてはならない存在ということだな」

笑い合って軽く口づけを交わしたところで、シフィルのお腹が小さく音を立てた。せっかくいい雰囲気になりかけていたのに、シフィルは真っ赤になって慌ててお腹を押さえる。

「……っ」

「空腹のお姫様のために、朝食の準備をしてくるよ。シフィルはここでゆっくりしていて」

「エルヴィンが作ってくれるの？」

「あまり凝《こ》ったものは作れないけどな。あぁそうだ、その前に髪を結んでもらえるかな、シフィル」

「もちろんよ」

差し出された手を取って、シフィルは笑顔で立ち上がった。

鏡台の前に座ったエルヴィンのうしろに立ち、シフィルは彼の髪を櫛《くし》で梳《す》いていく。しっとりと柔らかな髪を指に絡めるのが心地良くて、いつまでも触れていたくなる。鏡越しに目を合わせながら、シフィルは掬《すく》い上げた夜色《よるいろ》の髪にそっと唇を押し当てた。

「やっぱりこの役目は、誰にも譲れないわ」

「うん。これからはちゃんとシフィルに頼む」

「約束よ」

そう言って、シフィルはエルヴィンから手渡された青緑色の紐で髪を結んだ。自分の瞳の色を選んでくれたことに少しくすぐったい気持ちになりながら、シフィルは鏡の中のエルヴィンに笑いかけた。

「できたわ」

「ありがとう、シフィル」

確かめるように髪に触れて微笑んだエルヴィンが、シフィルの方を向くとまるでお礼のようなキスをそっとひとつくれた。

「さて、朝食の準備をしてくるから、シフィルは着替えてゆっくりしていて。あぁそれとも、俺もシフィルの着替えの手伝いをした方がいいかな？」

「だ、大丈夫よ」

微かに艶《つや》っぽさを滲《にじ》ませた問いに、シフィルは慌てて首を横に振った。彼に手伝いをお願いしたら、着替えどころか服を脱がされたままになってしまうことは間違いない。

残念だと笑ったエルヴィンは、シフィルの額に口づけたあと手を振って階下に降りていった。

身支度を整えていると、エルヴィンが朝食の準備が整ったと呼びに来た。

鏡の中をのぞき込んで最後の確認をしたあとエルヴィンのもとに向かうと、抱き止めてくれた彼が嬉しそうにシフィルの顔をのぞき込んだ。

「今日のその服も、よく似合ってる。可愛いな」

「そんな、褒めすぎよ。普通の部屋着なのに」

「それでもシフィルは世界一可愛い」

「うぅ、嬉しいけど……照れるわ」

「ここ最近、寝顔しか見られなかったから、どんなシフィルも見逃したくないんだ」

そう言って笑うと、エルヴィンがひょいっとシフィルの身体を抱き上げた。そのまま部屋を出ようとするので、シフィルは首をかしげた。

「もしかして、このまま食堂まで行くの？」

「そう。この休暇の間は、どこへ行くのもこうやって抱き上げて連れていこうと思って。ものすごくお姫様っぽいだろう？」

「ふふ、そうね。お姫様っぽいかも」

家の中ではエルヴィンと二人きり。人前では恥ずかしくてできないことも、人目を気にすることなくできる。シフィルは笑って彼の首筋にぎゅうっと抱きついた。

食堂に向かうと、テーブルの上には朝食がずらりと並んでいた。焼きたてのパンにサラダ、瑞々《みずみず》しいフルーツもある。

「美味しそう！」

「それは良かった」

椅子に腰かけたエルヴィンの膝の上に座らされて、シフィルは目を瞬《しばた》いた。腰に回された手がしっかりと支えているから不安定ではないけれど、普段の彼にはありえない行動に戸惑ってしまう。

「ここで、食べるの？」

「当然だろう。さぁシフィル、何が食べたい？」

たずねたシフィルに蕩《とろ》けそうなほどの笑みを向けて、エルヴィンはテーブルの上を指差す。少し照れくさい気持ちはあるもののこうやって抱きしめられるのは大好きだし、エルヴィンも機嫌が良さそうなので、シフィルも笑って彼の胸に身体を預けた。

「じゃあ、サラダが食べたいわ」

「了解、お姫様」

くすくすと笑いながらエルヴィンがサラダに手を伸ばし、フォークをシフィルの口元に差し出す。どうやら食べさせてくれるらしいと気づいたシフィルが口を開けると、エルヴィンが満足そうな表情を浮かべた。


親鳥に餌をもらう雛《ひな》のように、至れり尽くせりで食事の全てをエルヴィンに食べさせてもらったシフィルは、満腹感に小さなため息をついた。エルヴィンが次々と口に運んでくれるから、いつもより食べすぎてしまった気がする。

「お腹いっぱい。朝からこんなにたくさん食べたのって、いつぶりかしら」

「シフィルは少食だからな。もっと食べてもいいくらいだ」

食事をシフィルに食べさせながらも、自分の食事も同時に終えたエルヴィンが、そう言って笑いつつシフィルの身体を抱き上げた。急な浮遊感に声を上げたシフィルの額に、なだめるような優しい口づけが降ってくる。

そのままリビングのソファの上に降ろされて、テーブルの上にはシフィルの好きな本と紅茶のカップが置かれた。エルヴィンの手際の良さに、シフィルはぱちぱちと目を瞬《しばた》くことしかできない。

「片付けと準備をしてくるから、シフィルはここで待ってて」

「準備？」

何の準備だろうと首をかしげたシフィルに、エルヴィンは内緒だと指先を唇に当てて笑うと、部屋を出ていった。

よく分からないものの、昨晩交わした思いっきり甘やかすという約束を果たすために、エルヴィンは色々と考えてくれているのだろう。ここ最近の寂しさを埋めるような彼の優しさに、シフィルも思う存分甘えることに決めてソファに身体を預けた。

しばらく読書を楽しんでいると、エルヴィンが戻ってきた。ぱたんと本を閉じて見上げたところ、そっと抱き寄せられると同時にキスが降ってくる。

「お待たせ、シフィル」

「どこに行くの？」

また抱き上げられて移動する中、シフィルはすぐそばにあるエルヴィンの顔を見上げた。悪戯《いたずら》っぽく笑ったエルヴィンが、秘密だと言って頬に口づけを落とすけれど、彼の足が目指す先が浴室であることに気がつく。

「エルヴィン、えぇと、こんな時間から……？」

「昨日、マリウス様から入浴剤をもらったんだ。せっかくだから使おうと思って」

案内するように浴室の扉を開けたエルヴィンに促されて、シフィルも中をのぞき込んだ。ふわりとあたたかい空気と共に甘い香りが漂《ただよ》ってきて、浴槽に目を向けたシフィルは小さな歓声を上げた。

「わぁ、素敵！」

「シフィルならそう言うと思った」

くすくすと笑うエルヴィンの声を聞きながら、シフィルはうなずく。浴槽の中にはたっぷりの白い泡が浮いていて、ところどころに真紅の花びらが散らされていた。華やかな見た目と香りに、自然と頬が緩む。

「果ての森に行った時のことを思い出すな」

笑みを含んだエルヴィンの言葉に、シフィルはぴくりと肩を震わせた。結界の修復を終えた解放感もあったのか、宿の浴室でエルヴィンと激しく愛し合った記憶は、今も鮮明に思い出すことができる。

真っ赤になって首を振ったシフィルの耳に、エルヴィンが吐息を吹き込むように囁《ささや》く。

「あの時のシフィル、すごく可愛かった。いつもと違う状況に興奮してたよな」

「うぅ、蒸し返さないで……」

「また、浴室でしようか。昨晩からずっと我慢してるから俺はかなり限界に近いんだけど、シフィルはどうかな」

まるで直接頭の中に響くかのような艶めいた声に、シフィルは小さく唸《うな》った。久しぶりに愛し合う場所が明るい浴室であることには若干の戸惑いはあるものの、シフィルだって昨晩からエルヴィンが欲しくて身体が疼《うず》いている。

「……前みたいに、意地悪はしないでね？」

覚悟を決めて囁《ささや》くと、エルヴィンが笑ってうなずいた。

「これ以上ないくらい優しくすると約束する」


ふわふわの泡に包まれて、シフィルはうっとりとため息をついた。真っ白な泡を飾るようにところどころ浮いている赤い花びらは薄い石鹸でできていて、手のひらに乗せると淡い香りだけ残して溶けていく。その儚《はかな》さが愛おしくて、飽きることなく何度も泡を掬《すく》うシフィルの手に、うしろから抱きしめたエルヴィンの手が重なった。二人分の体温で花びらがまた一枚、ふわりと溶けて消えていく。

「シフィル」

名前を呼ばれて微笑みながら振り返ると、柔らかく唇が重なった。啄《ついば》むように触れるキスは、徐々に深さを増していく。うしろから抱きしめていた腕が緩み、そろりと動き始めた少し硬い指先は、あっという間にシフィルの胸の先を見つけ出した。ほとんど撫でるように掠《かす》めた指先にすら、シフィルは身体を震わせて反応してしまう。

「……んっ」

「声を我慢しないで、シフィル。可愛い声を聞かせて」

浴室は声が響くからと慌てて口をつぐんだシフィルの耳元で、いつもより低い吐息混じりの声が囁《ささや》く。それだけで背筋がぞくりとして、シフィルは逃げるように身体をよじった。それを止めるかのように両手ですっぽりと包み込むようにしながら、エルヴィンの大きな手がやわやわと胸を揉みしだく。少しずつ硬くなり始めていた胸の中心は、手のひらで転がされるように刺激を受けて更に硬く尖っていった。

「や……ぁんっ、エル、ヴィ……んんっ」

「うん、気持ち良い？　シフィル」

「だめ、そこ引っ掻いちゃ……ふ、ぁ」

「シフィルはこうされるのが好きだろう」

くすりと笑って、エルヴィンの爪の先が胸の蕾《つぼみ》を何度もかりかりと引っ掻く。敏感な場所に与えられた刺激にシフィルは首を振って逃れようとするものの、うしろから抱き寄せた腕がそれを優しく制止する。触れられた場所から広がった熱いものが身体の中心部に溜まっていき、今にも爆発してしまいそうだ。それが絶頂の予兆であることを、シフィルは知っている。

「も、だめ……イっちゃう、からぁっ」

「いいよ、シフィル。たくさん気持ち良くなって」

どこか嬉しそうなエルヴィンの声と共に、両方の胸の先をきゅっと強めに摘まれた。同時に耳をかぷりと食まれてシフィルは一気に快楽の渦《うず》へと巻き込まれる。

「あ、あぁぁ……っ」

高い声を上げて何度か全身を震わせたあと、くたりと力の抜けた身体をエルヴィンの腕が優しく抱き止めてくれる。波打つ水面を漂《ただよ》う泡が、二人の身体を包み込んだ。

荒くなった呼吸を整えながらシフィルは、久しぶりだったとはいえ胸だけで達してしまった自分に少し驚いていた。だけど、まだ身体は物足りないと訴えている。もっと身体の奥深くに触れてもらわないと、この疼《うず》きはおさまらない。

「エルヴィン、もっと……」

甘えるように身体を預け、視線だけ上げて囁《ささや》くと、エルヴィンの唇が嬉しそうに弧を描いた。

「何でもしてあげる、シフィル。もっと何が欲しい?」

「胸だけじゃ、足りないの。エルヴィンと、もっと……その」

さすがに口に出すのは躊躇《ためら》われて、シフィルは水面の泡に視線を向けた。うしろから抱き寄せられている体勢のため、腰のあたりに当たる熱く硬いものが、エルヴィンがシフィルを求めている証であることも分かっている。

こくりと唾をのみ込んでから、シフィルはそろりとうしろに手を伸ばしてエルヴィンのものに触れた。その瞬間ぴくりと震えて、より大きさを増したような気がする。

「あの、ね。これが……欲しい、の」

「……っシフィル」

少し掠《かす》れた声は余裕がなさそうで、シフィルは思わず笑みを浮かべた。ゆっくりと指先で撫でるだけで、シフィルの身体も早く欲しいと更に疼《うず》きだす。

「お願い、エルヴィン」

吐息混じりにつぶやくと、低く唸《うな》ったエルヴィンがシフィルの腰を強く引き寄せた。向かい合う形で抱きしめられ、まっすぐに見つめる赤紫の瞳の艶《つや》っぽさにシフィルは小さく息をのむ。

「すごく、濡れてる」

確かめるようにシフィルの秘部に触れたエルヴィンが、嬉しそうな笑みを浮かべた。お湯とは違うぬるついた感触を自覚して、シフィルは羞恥《しゅうち》に唇を噛んだ。

「あぁほら、唇を噛んだらだめだ。俺に触れられてとろとろになってるシフィルはめちゃくちゃ可愛いから、恥ずかしがらなくていい」

なだめるように唇を撫でたあと、エルヴィンがそっと口づける。舌先で唇の輪郭をなぞられて、シフィルは羞恥《しゅうち》も忘れてその甘いキスに夢中になってしまう。

「あ……ふぁ、ん」

「俺だけが知ってるその声も、たまらなく可愛いな」

うっとりとした声で言いながら、エルヴィンの手がシフィルの腰を掴んで抱き上げた。ちゃぷんと弾んだ水面が、シフィルの身体を覆《おお》う白い泡を洗い流す。それに気を取られていると、ひたりと蜜口に硬いものが押しつけられた。期待に息を詰めたシフィルを見つめつつ、エルヴィンがゆっくりとシフィルの腰を下ろしていく。お湯よりも熱いものが、押し広げながら入ってくる。シフィルに快楽を与えているのは誰なのかを教えるかのように、じっくりと時間をかけて中を埋められて、身体が小刻みに震えた。

「は、ぅ……あぁっ」

「シフィルの中、熱くて溶けそうだ」

はぁっと吐息を漏らすのも色っぽくて、それだけでもシフィルの身体は高められてしまう。全く慣らしていなくても、シフィルの身体はエルヴィンのものを覚えているから、痛みなんて感じない。そこにあるのは、ただ深く繋がっているという満足感と快楽のみ。

「ずっと……こうしたかったの。一番近くにエルヴィンを感じられるから、すごく幸せ」

首筋に腕を回して囁《ささや》くと、うなずいたエルヴィンに抱きしめられた。その拍子に中の敏感な部分を擦《こす》られて、シフィルは嬌声を上げて更に強くしがみついた。

「ここが気持ち良い？　シフィル」

「ひ、ぁ……っそう、そこ」

優しく笑ったエルヴィンは、ゆるゆると腰を動かしてシフィルの弱い場所を刺激した。それはとても気持ち良いのだけど、いつものような激しさはなくて、もどかしさばかりが募っていく。

焦《じ》れたシフィルは首を振ってエルヴィンの耳元に唇を寄せた。

「もっと……強く、して」

「こう？」

「あ、あぁんっ」

一度強く突き上げられて、シフィルは背中を反らして声を上げた。待ち望んだ激しい快楽なのに、エルヴィンはまたすぐに動きを緩やかにしてしまうから、物足りなくてたまらない。

「止めちゃ、いや。お願い……やめないで。もっと……っ」

「今日は優しく抱こうと思ったのに。意地悪はしないと約束しただろう」

エルヴィンは困ったように眉尻を下げた。確かにシフィルは照れ隠しにそんなことを言ったものの、少し意地悪に攻められるのだって決して嫌ではない。本当は密かに興奮しているくらいだ。

素直にそれを告げるのは恥ずかしいけれど、こんな優しい抱き方じゃシフィルはもう満足できない身体になっている。

「んっ……だけど、もっと激しく……いつもみたいにしてくれないと、もう我慢できない」

エルヴィンのせいなんだから、と少し拗《す》ねたように強く抱きつきながらそう言うと、すぐそばにある赤紫の瞳がぎらりと輝いた。

「本当に……可愛すぎるな。俺のせいでこんなにいやらしくなったって？　あぁ、その通りだよ、シフィル。全部、俺が教え込んだんだ」

「え、あ、やぁ……っんん」

聞き返そうとした言葉は、強く突き上げられたことでばらばらになって消えてしまう。代わりに口から飛び出すのは、意味をなさない喘《あえ》ぎ声。

快楽に押し流されないように、シフィルは懸命にエルヴィンの首筋にしがみついた。そうしていないと、受け止めきれないほどの快楽に暴れ出してしまいそうだ。

二人の動きに合わせて、泡の浮いた水面が大きく揺れる。赤い花弁がシフィルの身体に貼りついた瞬間、その体温でほろりと溶けて消えていった。

「……っあ、エルヴィン……っ、すき、だいすき」

「シフィル……っ」

ちゃぷちゃぷと弾む水音と吐息、それからお互いの名前を呼ぶ声が、湯気で白く彩《いろど》られた浴室の中に何度も響いた。

◇◆◇

「シフィル、少しのぼせたか」

心配そうな顔でエルヴィンがソファに身体を預けるシフィルの頬を撫でた。湯船の中で散々愛し合ってしまったせいか、リビングに戻ってきた今もまだ身体が少し火照《ほて》っている。だけどこれはきっと、湯あたりというよりも快楽の名残《なごり》だ。

「平気。でもお水が飲みたいな。喉が渇いちゃった」

「了解、お姫様」

小さく笑ったエルヴィンが水差しに手を伸ばす。受け取ろうとしたシフィルの前で、彼はグラスの中身を口に含んだ。そのまま唇を重ねられ、ひんやりとした水が少しずつ口内に流れ込んでくる。

「ん……ふ、ぁ」

「まだ飲む？」

「飲む……もっと、ちょうだい」

口移しで水を与えられるという行為がたまらなく淫靡《いんび》で、身体の奥がまたずくりと疼《うず》き始める。まだ足りないと求めるように、シフィルはエルヴィンの胸元に縋《すが》りついた。

グラスの水がなくなるまで繰り返して、最後にもうおしまいだと教えるかのように滑り込んできた舌に応えていると、身体から力がどんどん抜けていく。浴室での行為の名残《なごり》で身体は少し怠《だる》いけれど、次はベッドに移動してゆっくり愛し合うのもいいかもしれない。

そんなことを考えながら深まるキスに溺れていると、不意に玄関の呼び鈴が鳴った。甘い空気をかき消すようなその音に、シフィルは一気に現実へと引き戻される。

「あ、えっと……お客様、かしら。今日は特に誰とも約束はしてなかったはずなんだけど」

赤くなっているはずの頬を冷ますために手でぱたぱたと扇ぎつつ、シフィルは身体を起こした。対応のために玄関に向かおうとすると、エルヴィンが先にすっと立ち上がった。

「俺が行ってくるから、シフィルはここで待ってて」

「そう？」

「真っ赤になったそんな可愛い顔、誰にも見せられない」

「……っ」

揶揄《からか》うように囁《ささや》き、頬に触れるだけのキスを残して、エルヴィンは部屋を出ていった。更に赤くなったであろう頬を押さえて、シフィルはすとんとソファに座った。

やがて戻ってきたエルヴィンは、両手で大きな紙箱を抱えていた。赤いリボンの結ばれたその箱の模様に見覚えのあったシフィルは身を乗り出す。

「もしかしてそれ、タルト屋さんの……？」

「あぁ。シフィルはここのタルト、お気に入りだろう。今日から新作が出るってシフィルが楽しみにしていたのを思い出して、昨日の帰りに配達の予約をしておいたんだ」

「覚えててくれたの？」

「もちろん。本当は一緒に店まで行けたら良かったんだが、外出禁止令が出てるからな」

きっと外出禁止というのは、仕事をせずにしっかり休めという意味だろうけど、律儀にそれを守ろうとするエルヴィンの生真面目さが愛おしいとシフィルは思う。

それに、シフィルのお気に入りのタルト屋を覚えていてくれたばかりか、こうして新作の予約までしていてくれたことが嬉しくてたまらない。

受け取った箱をテーブルの上に置き、わくわくする気持ちでリボンを解《ほど》いていく。蓋を開くと中には、真っ赤なベリーの敷き詰められた大きなタルトがひとつと、一口サイズの小さなタルトがたくさん並んでいた。色鮮やかなフルーツの飾られたものや、クリームやメレンゲの飾られたものなど、可愛らしい見た目にシフィルも顔を綻《ほころ》ばせる。

「わぁ、美味しそう！　今月の新作は、このベリーのタルトね。小さなタルトも可愛い！　キッシュもあるのね」

「キッシュは昼食にいいかなと思って。小さいタルトは見た目が可愛いからシフィルも好きだろうと、少し買いすぎてしまった」

「ありがとう、エルヴィン。すごく嬉しいわ」

抱きついて一度口づけを交わしたあと、シフィルは再びタルトへと視線を戻した。朝食をお腹いっぱいになるまで食べたはずなのに、もう空腹を感じている。それは、浴室で体力を消耗したせいだろうか。

「大きなタルトはお茶の時間に食べるとして、こっちの小さい方のタルトを今、食べようか」

まるで心の中を読んだかのようなエルヴィンの魅力的な提案に、シフィルは満面の笑みでうなずいた。


迷いに迷って選んだのは、きらきらとした砂糖菓子の飾られたチョコタルト。最後まで迷っていたメレンゲのタルトは、半分シフィルにも分けてくれると言ってエルヴィンが選んだ。

「……美味しい」

シフィルは、ふにゃりと表情を緩めた。口の中に広がる濃厚なチョコは、幸せの味だ。

「喜んでもらえて良かった。ほら、こっちも」

笑みを浮かべたエルヴィンが、フォークに刺したメレンゲのタルトを差し出してくれる。ぱくりと頬張ると、さくさくのメレンゲの下に隠れたキャラメルソースがあふれ出てきた。

「ん、こっちも美味しい」

「じゃあ、もう一口」

その言葉に甘えて口を開けた時、フォークの端からキャラメルソースがとろりとこぼれ落ちてシフィルの唇に垂れた。それを見て小さく笑ったエルヴィンが顔を寄せると、唇についたキャラメルソースをぺろりと舐め取る。思いがけない彼の行動に驚いて目を丸くするシフィルに、エルヴィンが悪戯《いたずら》っぽい表情を浮かべた。

「シフィルの唇は甘いな。もっと欲しくなる」

「それは、キャラメル……んんっ」

再びぺろりと唇を舐められて、シフィルは思わずぴくりと身体を震わせた。そのまま深まるキスに、身体から力が抜けていく。キャラメルよりも甘い口づけにうっとりと溺れてしまい、気がつけばシフィルの身体はソファの上に押し倒されていた。

「タルトをもう一個？　それとも、ベッドに行く？」

吐息のかかる距離でエルヴィンが囁《ささや》く。すぐそばにある赤紫の瞳は、シフィルを求めて色気を増している。見つめられるだけで酔ったような心地になりながら、シフィルは彼の首裏に手を回した。

「ベッドに、行きたいな」

「仰《おお》せのままに」

にっこりと笑ったエルヴィンが、そっとシフィルを抱き上げてくれた。

移動の合間にも何度も口づけを交わしつつ寝室へ向かい、シフィルはそっと宝物のようにベッドの上に降ろされた。シーツの上に広がる銀の髪を愛おしそうに撫でたあと、エルヴィンがゆっくりと覆《おお》いかぶさってくる。

優しく降ってきた唇を受け止めて、シフィルはふわふわと幸せな気持ちのまま彼を見上げた。

「もっと、たくさんキスして」

「いいよ、シフィル」

吐息混じりに囁《ささや》いて、エルヴィンがまた軽く唇を啄《ついば》む。ちゅ、ちゅ、と響く可愛らしい音に、思わず笑みがこぼれ落ちた。

「シフィルは、タルトより甘い。いくらでもこうしていられるな」

「エルヴィンがくれるキスも、とっても甘いわ」

「じゃあもっと」

小さく笑ったエルヴィンの唇が、頬から耳へと移動していく。ふうっと息を吹きかけるようにしながら耳たぶに口づけられて、くすぐったさと背筋を走るぞわりとした感覚にシフィルは身体をよじった。

「や、耳は、だめ」

「シフィルは耳が弱いもんな。だけどたくさんキスをするって約束したから」

うしろから抱え込むようにしながら、エルヴィンが囁《ささや》く。いつもより低く掠《かす》れた声なのは、絶対にわざとだ。その声にシフィルが弱いことを、彼はよく知っている。耳元で響く声だけで身体の奥がぞくぞくとして、体温が上がった気がする。

「ひぁ……耳、だめってば……」

「ぴくぴく震えて可愛い、シフィル。耳だけでイけるかもしれないな」

試してみようかと囁《ささや》かれて、シフィルは目を閉じて首を振った。きっと耳はもう真っ赤になっているはずだ。

「これ以上は、むり」

「じゃあ他の場所にキスしようか」

そう言って、エルヴィンの唇がまた移動していく。時折軽く吸いつきながら首筋をたどり、鎖骨の下に柔らかく口づけられた。服との境目をなぞるようなその動きに、シフィルの身体は小さく震える。

「服を脱がせても？」

「……か、確認なんていらないわ」

手で顔を隠しつつ、シフィルは消え入りそうな声でつぶやく。

「エルヴィンになら、何をされても平気。だから……いいの」

「そういうことを言うから、優しくしたいのについ泣かせてしまうんだよ、シフィル」

苦笑しつつ、エルヴィンがシフィルの服のボタンを外していく。手際のよいその指先を見つめながら、それでもエルヴィンはいつだって優しいと思う。ちょっと意地悪に攻め立ててシフィルを泣かせる時ですら、彼はシフィルが本当に嫌だと思うことは決してしない。

「本当に嫌で泣いているわけじゃないことは、エルヴィンだって分かってるでしょう」

「あぁ、そうだな。気持ち良くてつい泣いてしまうシフィルは、俺だけが知ってる秘密の姿だ。また今日も泣かせてしまうかもしれないけど」

「構わないわ。だけどその分、たくさんキスをして」

「もちろん」

シフィルの肌から服を取り去ったエルヴィンが、笑みを浮かべてシフィルの唇にキスをしたあと下へと移動していく。

期待に震える胸にそっと顔を寄せたエルヴィンは、焦《じ》らすように胸の間に口づけを落とした。強く吸われて、きっと痕が残ったはずだ。

「シフィルは色が白いから、こうやって痕を残すとよく目立つ」

確認するように指先で撫でながら、エルヴィンが満足そうに笑った。視線を向ければそこには、赤く色づいた花びらに似た痕がくっきりと浮かび上がっていた。

「俺だけのシフィルだという証だ」

「ん、もっとつけて……」

「シフィル」

両腕を広げてねだるように囁《ささや》くと、エルヴィンが驚きに目を見開いた。珍しいそんな表情を見られたことに何だか楽しくなり、シフィルはエルヴィンの身体を抱き寄せる。

「あなたに愛されてる証って気がするから、たくさんつけて欲しいの。見えるところは困るけど」

「またそんな、歯止めの利かなくなることを……」

困ったようにため息をついたあと、エルヴィンはシフィルの顔をのぞき込んだ。その瞳は先程より更に情欲の色を増している。

「じゃあ、二人だけの秘密の場所にたくさん痕を残しておこうか」

「秘密の場所？」

「そう。例えば――胸。シフィルの胸は柔らかくて可愛い。こんなにも敏感で、ふわふわと触り心地が良いこと、俺以外の誰も知らないだろう」

「あ……ぁんっ」

ゆっくりと胸を揉みながら白く柔らかな肌にエルヴィンが口づけを落とす。強く吸われて、また赤い花びらが浮かび上がった。

胸の中央できゅっと硬く尖った赤い蕾《つぼみ》を愛《め》でるように指先で撫で、エルヴィンはうっとりとした笑みを浮かべた。

「ほら、ここも硬くなって誘ってる。シフィルがこんなにもいやらしいことを知ってるのも、俺だけだ」

「や……エル、ヴィン恥ずかし……っ」

「大丈夫。恥ずかしくないよ、シフィル。どんなシフィルだって愛してる。それに、シフィルをこんなにもいやらしくしたのは俺だろう」

なだめるように一度優しいキスを落としたあと、今度は胸を通り過ぎて更に下の方へと移動していく。吐息が肌をくすぐって思わず身体をよじると、止めるように腕が捕まえて腰骨のあたりに唇が触れた。

「この折れそうに細い腰も、直《じか》に見て触れることができるのは俺だけだ。細いのにシフィルの身体は柔らかくて、いい匂いがする」

今日は薔薇《ばら》の香りだとつぶやいたエルヴィンが、腰のくびれを舌先でなぞる。

「んん……っ、それは、さっきのお風呂で……っ」

「それだけじゃない。シフィルの肌はいつだって甘い匂いがして、食べてしまいたくなる」

「ひぁ……んっ」

かぷりと腰に軽く歯を立てられて、シフィルの身体は大きく弾んだ。もちろん痛みなどないけれど、普段は触れられても何も感じたことのない場所のはずなのに、全身が震えるほどの快感を覚えてしまった。

思いがけない快楽に呼吸を荒らげるシフィルの頭を撫でて、エルヴィンはまた柔らかな口づけをひとつ落とす。呼吸ごと搦《から》め捕《と》るように滑り込んできた舌に応えていると、指先がゆっくりと下半身に伸びてきた。

「そして一番秘密の場所は、ここだな。俺だけに許されたところだ」

「……んっ」

つぷりと沈んだ指先は抵抗なく身体の奥深くへと潜《もぐ》っていく。どれほど濡らしているかを知らしめられて、シフィルは羞恥《しゅうち》でエルヴィンの顔を見られなくなる。何度身体を重ねても、恥ずかしいものは恥ずかしいのだ。

「そうやって恥ずかしがる顔も可愛い。その顔を見ると、つい虐《いじ》めたくなってしまうけど」

「あぁ……んぅ」

「ほら、とろとろに蕩《とろ》けて俺の指を歓迎してる。俺以外誰も触ったことのない、俺だけが触れることのできる場所」

言いながらぐるりと円を描くように指を動かされて、シフィルの腰が跳ねる。更なる刺激を求めて、身体が勝手にエルヴィンの指を締めつけてしまう。

「ここにも俺のものだという印をつけておこうか」

艶《つや》っぽい表情で笑ったエルヴィンが、ゆっくりと秘部へと顔を近づけていく。羞恥《しゅうち》に閉じようとした脚をぐいっと割り開かれ、脚の付け根に唇が押し当てられた。腿《もも》の内側の柔らかな肌を強く吸われる感覚と共に、ちくりとした微かな痛みを感じてシフィルは小さく身体を震わせた。秘められた場所のすぐそばに、またひとつ痕を刻まれたことを自覚して、嬉しさと恥ずかしさが入り混じる。

「ここに口づけられるのも、俺だけだ」

「……っ、あぁん」

エルヴィンの唇が秘部にそっと押しつけられて、シフィルは思わず腰を浮かせた。羞恥《しゅうち》と快楽から逃げ出しそうになるのを、エルヴィンの腕がしっかりと抱え込むせいで動くことができない。あふれ出す蜜を彼の舌が舐め取っていき、その感覚にも全身が細かく震える。絶え間なく与えられる甘い快楽が、思考を真っ白に染め上げていく。

逃げ出してしまいたくなるほどの快楽なのに、身体はもっと欲しいと貪欲に疼《うず》いている。お腹の奥底で燻《くすぶ》る熱を持て余して、シフィルは何度も激しく首を振った。真っ白なシーツの上に、銀の髪がくしゃくしゃと乱れて広がっていく。

ちらりと視線だけでそれを確認したエルヴィンは、満足そうな笑みを浮かべて再びシフィルの秘部に顔を埋めた。

敏感な花芽を舌先でつんと弾かれた瞬間、シフィルは一際《ひときわ》高い声を上げて全身をこわばらせたあと、くたりとシーツの上に崩れ落ちた。

「あぁ、やっぱり泣かせてしまった」

身体を起こして顔をのぞき込んだエルヴィンが、微かに眉尻を下げてシフィルの目元を指先で拭《ぬぐ》う。ぽろりとこぼれ落ちた雫を受け止めるように唇を寄せて、柔らかな口づけがこめかみ付近に降ってきた。

「悲しい涙は流させたくないけど、ベッドの上で泣いてしまうシフィルは可愛いと思ってしまうんだ」

「気持ち良くて……勝手にあふれちゃうの」

「うん。だからこの涙も、俺だけのものだな」

もう一度目尻にキスをして、エルヴィンが笑う。うなずいて笑みを返しながら、シフィルはエルヴィンを見上げた。自分だけ何も身に纏《まと》わず乱れまくったのに、彼はまだきっちりと服を着こんだままだ。

「エルヴィンも、脱いで」

ねだるようにシャツを掴んで囁《ささや》くと、赤紫の目が悪戯《いたずら》っぽく細められ、上から手を握りしめられる。

「それなら、シフィルが脱がせて」

「いいわ」

こくりと息をのんで、シフィルは身体を起こすとゆっくりとシャツへと指先を伸ばした。

じっと見つめられているのを感じながら、シフィルはボタンを丁寧に外していく。緊張のあまり指先が震えていることも、エルヴィンにはきっと気づかれている。

「まるで焦《じ》らされてるみたいだな」

もう限界だと熱いため息をついて、エルヴィンがシフィルを手助けするように自らも服を脱ぎ捨てた。露出した肌に顔を寄せて口づけを落とすと柔らかく抱き寄せられ、布越しではないぬくもりにお互い思わず満足げな吐息が漏れる。

「エルヴィンは体温が高くてあたたかいわ」

胸元に頬を擦り寄せながら、シフィルは割れた腹筋を指先でなぞった。自分の身体とは全く違った硬く引き締まった感触は心地良くて、いつまでも触っていたくなる。

シフィルの指が肌をなぞる感覚に快楽を得ているのか、エルヴィンが堪《こら》えるように小さく息を詰めた。

「悪戯《いたずら》な手だな」

「だって、つい触りたくなっちゃうの。私だけの特権なんだもの」

「そう、シフィルだけだ。でもそうやって触られると我慢ができなくなる」

はぁっと息を吐いたエルヴィンが、そっとシフィルの身体を押し倒した。まっすぐに見下ろす深さを増した赤紫の瞳に魅入《みい》られ、シフィルは笑みを浮かべる。

「一緒ね。私も、もう我慢できないわ。だから……ね？」

「これ以上ないほどの誘い文句だな。そんなこと言われたら、たまらない」

ぐしゃりと前髪をかき上げたエルヴィンが、シフィルの脚をぐいっと割り開いた。いつもより荒々しいその手つきに彼の余裕のなさを感じ取って、シフィルの身体も期待に震える。

「ん……ぅ」

勢い良く最奥までエルヴィンのもので満たされて、シフィルは思わず背中を反らした。足りなかったものが全て与えられたという満足感と、それだけでは足りないと刺激を求めて貪欲に疼《うず》く身体に、全身がびりびりと痺《しび》れたような感覚に襲われる。

「もっと……きて。いっぱい、して」

「……っ可愛すぎるおねだりだ。シフィルが望むなら、いくらでも」

嬉しそうに笑ったエルヴィンが、何度も穿《うが》つようにシフィルの身体を突き上げる。シフィルの身体を知りつくしているエルヴィンの与える快楽に、シフィルの唇からは意味をなさない喘《あえ》ぎ声だけがひっきりなしにこぼれ落ちていく。

「あぁ……ん、そこだめ、……っんん」

「だめ？　いいの間違いだろう」

あまりの気持ち良さに首を振ってみても、意地悪な笑みを浮かべたエルヴィンの動きは止まらない。シフィルが本当に嫌だと思っていないことを知っているから、彼はシフィルが弱い場所ばかりを重点的に攻め立てる。

「や、あぁぁぁっ……だって、もう、イっちゃ……」

「いいよ、シフィル。何回でも気持ち良くなって」

「も……だめ、……あぁぁっ」

首を振るたびにシフィルの長い髪がくしゃくしゃと乱れて広がり、瞳からはぽろぽろと涙が落ちる。縋《すが》るものを探してシーツに伸ばした手をエルヴィンが絡めるように握りしめてくれ、そのぬくもりにほっとしたのも束の間。最奥を強く抉《えぐ》るように擦《こす》り上げられて、シフィルは高い声を上げて全身を震わせた。

息も絶え絶えにシーツに沈み込んだシフィルの身体を、エルヴィンがうしろから抱き寄せた。肌を撫でるその腕の感触にすら小さく身体を震わせながら、シフィルは荒い呼吸を繰り返す。

「ごめん、ちょっとやりすぎた」

「ん……、大丈夫。だけど、少し休ませて」

身体を動かすことすら億劫《おっくう》なほどに消耗しているのは、何度も激しく抱かれたからだ。一度ならず二度三度と求めてしまったのはシフィルの方で、思った以上に欲求不満だった自分が恥ずかしくてエルヴィンの顔を見られない。

窓の外に目を向けると太陽は真上を過ぎていて、昼食も食べずに行為に没頭していたことに気づく。

「食事も忘れて夢中になってたな」

同じことを考えていたのか、うしろから耳元でエルヴィンが囁《ささや》いて笑う。

「久しぶりだったから、俺もつい歯止めが利かなかった。まだまだできそうな気分だけど、続きは夜に」

「うん……」

顔を見られていないのをいいことに、シフィルは小さくうなずいた。動けないほどに散々抱かれたはずなのに、それでもまだ足りないと思ってしまう。夜にまた抱かれることを考えただけで、身体の奥がぞくりと疼《うず》いた。

「夜はシフィルに、またあの下着を着てもらおうかな。お酒を飲みながらするのもいいな。酔ったシフィルも可愛いから」

「エルヴィン、何だかすごく楽しそうね」

「そうだな。シフィルとずっと一緒に過ごせる休暇が嬉しくて、思った以上に浮かれてるかもしれない」

少し照れくさそうに笑ったエルヴィンに抱き寄せられて、シフィルも笑いながら振り返った。

「私もきっと同じくらい浮かれてるわ。でも、こうやってベッドで過ごすのももちろん素敵だけど、庭でお茶を飲んだり読書をしたり、健全な休暇も満喫しましょうね？」

「もちろん」

こめかみに軽く口づけを落とされて、シフィルはくすぐったさに身体を震わせて笑った。

「そうだ、それなら昼食は庭で食べようか。デザートはもちろん、あのタルトだ」

「素敵！」

エルヴィンの提案に、シフィルは目を輝かせてうなずいた。二人で過ごすならどこにいてもきっと楽しいけれど、いつもと違う場所で食事をするのは何だかわくわくする。

「じゃあ、早速準備をしてくるよ。シフィルはゆっくり着替えて。あとで迎えに来るから」

疲れを見せない様子で軽やかに立ち上がったエルヴィンが、さっと着替えるとシフィルの頭を撫でて部屋を出ていく。消耗してまだゆっくりとしか動けないシフィルとは対照的に、彼は随分と元気そうだ。

さすが騎士は体力があるなとうらやましく思いつつ、シフィルは着替えのために身体を起こした。

「準備ができたのでお迎えに上がりました、お姫様」

着替えをしている間に庭での食事の準備を整えてくれたエルヴィンが、そう言ってシフィルを迎えにきた。

気取った仕草で差し出された手をくすくすと笑いながら取ると、恭《うやうや》しく手の甲に唇を押し当てられる。そしてエルヴィンはシフィルの身体をそっと抱き上げた。

首筋に腕を回すと、シフィルが定位置に収まったことを確認したエルヴィンがふっと目を細めて顔を近づけてくる。

彼の意図を理解したシフィルが黙って目を閉じると、唇が柔らかく重なった。

何度か啄《ついば》むように触れたあとお互い額をくっつけた状態で笑い合い、もう一度だけキスをしてエルヴィンがゆっくりと歩き始めた。


庭で食事をしたあとは、ベンチで妻の膝を枕にうたた寝をするエルヴィンを見つめながら、シフィルはのんびりと読書を楽しんだ。

何でもない時間でも、エルヴィンがそばにいるだけで満たされる。彼の存在なしでは、きっともう生きていけない。

「ねえ、エルヴィン」

そっと髪を梳《す》きつつ囁《ささや》くと、目を閉じていたエルヴィンがゆっくりと瞼を開いた。少し眠そうなその瞳すら愛おしく思い、シフィルは微笑みを浮かべる。

「愛してるわ」

「俺も愛してる、シフィル」

「じゃあ、誓いのキスをして？」

「いいよ。シフィルだけを愛するって、何度だって誓おう」

身体を起こしたエルヴィンが、シフィルの頬に触れる。目を閉じればいつものように優しく唇が重なって、それだけで心の奥から震えるような喜びがわき起こる。

「だけど、突然そんな可愛いことを言い出されたら、またベッドに連れ込みたくなるな」

「タルトを食べたいから、今はだめ」

「じゃあ、夜は覚悟していて」

艶《つや》っぽい声で囁《ささや》くのにうなずいて、シフィルはぎゅうっとエルヴィンに抱きついた。しっかりと受け止めてくれる大きな手にこれ以上ないほどの安心感を覚えながら、シフィルはもう一度キスをねだるように首をかしげてみせた。

何度も重なる唇は甘く幸せで、いくらでも欲しくなる。

結局二人は、タルトを食べるのも忘れて甘いキスに夢中になってしまった。

濃蜜ラブファンタジー

ノーチェブックス

Noche BOOKS

謎と執着と愛が絡むミステリアスラブ——

売られた公爵令嬢と辺境伯の秘密

塔野明里

イラスト：天路ゆうつづ

家族に虐げられ、ついには娼館に売られてしまった公爵令嬢のソフィア。しかも娼館に向かう途中、狼に襲われ命の危機に。そんな彼女を助けてくれたのは、謎めいた黒髪の大男だった。彼はソフィアを連れていき、彼女と一夜を共にする。ところが翌朝、男は裸のソフィアを見て仰天し、「誰の許可を得てここにいる!」と怒鳴りつけてきて——

詳しくは公式サイトにてご確認ください

https://noche.alphapolis.co.jp/

濃蜜ラブファンタジー

ノーチェブックス

Noche BOOKS

最強王子の甘い包囲網!?

孕まされて捨てられた悪役令嬢ですが、ヤンデレ王子様に溺愛されてます!?

季邑えり
イラスト：マノ

乙女ゲーム世界に悪役令嬢として転生したティーリアの婚約者は、物語で悪役令嬢を凌辱し破滅させるヤンデレ王子。その未来を避けるため、ティーリアは彼が好青年になるよう誘導する。結果、彼はティーリアにのみ大変な執着&溺愛ぶりを見せるように。そんなある日、身重のティーリアを残して彼が戦地へ向かうことになって……

詳しくは公式サイトにてご確認ください
https://noche.alphapolis.co.jp/

携帯サイトはこちらから!▶

この作品に対する皆様のご意見・ご感想をお待ちしております。

おハガキ・お手紙は以下の宛先にお送りください。

【宛先】

〒150-6019 東京都渋谷区恵比寿 4-20-3 恵比寿ｶﾞｰﾃﾞﾝﾌﾟﾚｲｽﾀﾜｰ 19F
（株）アルファポリス　書籍感想係

メールフォームでのご意見・ご感想は右のＱＲコードから、
あるいは以下のワードで検索をかけてください。

アルファポリス　書籍の感想　検索

ご感想はこちらから

本書は、「アルファポリス」（https://www.alphapolis.co.jp/）に掲載されていたものを、
改題、改稿、加筆のうえ、書籍化したものです。

私《わたし》のことを嫌《きら》いなはずの冷徹騎士《れいてつきし》に、
何故《なぜ》か甘《あま》く愛《あい》されています　※ただし、目《め》は合《あ》わせてくれない

夕月（ゆうづき）

2024年 7月 25日初版発行

編集－反田理美・森 順子
編集長－倉持真理
発行者－梶本雄介
発行所－株式会社アルファポリス
〒150-6019 東京都渋谷区恵比寿4-20-3 恵比寿ｶﾞｰﾃﾞﾝﾌﾟﾚｲｽﾀﾜｰ19F
TEL 03-6277-1601（営業） 03-6277-1602（編集）
URL https://www.alphapolis.co.jp/
発売元－株式会社星雲社（共同出版社・流通責任出版社）
〒112-0005 東京都文京区水道1-3-30
TEL 03-3868-3275
装丁イラストー木ノ下きの
装丁デザインーAFTERGLOW
（レーベルフォーマットデザインー團 夢見（imagejack））
印刷－中央精版印刷株式会社

価格はカバーに表示されてあります。

落丁乱丁の場合はアルファポリスまでご連絡ください。

送料は小社負担でお取り替えします。


ISBN978-4-434-34181-6 C0093